马伯庸　著

上海文艺出版社
Shanghai Literature & Art Publishing House

博集天卷
CS-BOOKY

图书在版编目（CIP）数据

大医 . 日出篇：全两册 / 马伯庸著 . -- 上海：上
海文艺出版社，2022
ISBN 978-7-5321-8571-9

Ⅰ . ①大… Ⅱ . ①马… Ⅲ . ①长篇小说－中国－当代
Ⅳ . ① I247.5

中国版本图书馆 CIP 数据核字（2022）第 209621 号

发 行 人：毕　胜
责任编辑：江　晔
监　　制：邢越超
出 品 人：周行文　陶　翠
特约策划：李齐章　王　维
特约编辑：万江寒　张春萌
营销支持：霍　静
版式设计：李　洁
封面设计：主语设计
内文制作：百朗文化

书　　名：大医 . 日出篇：全两册
作　　者：马伯庸
出　　版：上海世纪出版集团　上海文艺出版社
地　　址：上海市闵行区号景路 159 弄 A 座 2 楼 201101
发　　行：上海文艺出版社发行中心
　　　　　上海市闵行区号景路 159 弄 A 座 2 楼 206 室 201101　www.ewen.co
印　　刷：三河市中晟雅豪印务有限公司
开　　本：700mm×980mm 1/16
印　　张：29.25
插　　页：4
字　　数：532,000
印　　次：2022 年 12 月第 1 版 2022 年 12 月第 1 次印刷
Ｉ Ｓ Ｂ Ｎ：978-7-5321-8571-9 / I.6751
定　　价：108.00 元（全两册）
告 读 者：如发现本书有质量问题请与印刷厂质量科联系 T:010-59096394
团购电话：010-59320018

书中所涉医疗细节，反映的是近代医学在特定时期的手段与理念，受时代所限，存在一定谬误，并不代表正确的处理方式。望读者察知。

第一章
一九一三年七月（一）

上海七月的落雨，向来极有风格。行人走在街头，会感觉像在无数张蜘蛛丝网之间穿行。每一滴雨水都仿佛抹过一层南洋树胶，简直黏腻到可以拉出一条丝来。这样的雨打在身上，再被蒸蒸的热力一烘，会把皮肤上的毛孔全数糊住，瘙痒难耐，却怎么也撕扯不开。

　　尽管人间已变作民国二年（一九一三年），这黏糊糊的夏雨也依然故我，没有任何改变。此刻一男一女正撑着一把大油伞，在雨中驻足仰望，望向眼前一栋二层小楼。

　　这小楼矗立在十六铺太平码头的旁边，毗邻里马路尽头。整个楼的外形像一座腰圆式的欧洲戏院，可细处依旧是中式的雕栏画窗。在小楼的进口右侧，有一面迎墙，墙面上还残留着层层叠叠的海报碎片与糨糊痕迹，上方是"改良新舞台"五个阳刻大字。

　　虽说此时小楼里空无一人，但能想象到，昔日这里是何等辉煌热闹。

　　"这个新舞台呢，可是有年头了。光绪三十四年（一九〇八年）的时候，为了振兴南市华埠，李平书、姚伯欣、沈缦云，还有我爹，几个上海绅商创办了振市公司，他们为了聚敛人气，特地投资建了这么一座戏楼——这里排演的都是新式戏，什么《黑籍冤魂》哪，什么《波兰亡国惨》哪，夜夜客满，生意旺到烧蜡烛。"

　　伞下的姚英子说得兴致勃勃，眉飞色舞。距离辛亥已经一年半了，她容貌俊秀依旧，只是头发没梳成流行的名媛高髻，反而剪了个齐耳短发，透出一丝锐利与干练。

"既然那么热闹，怎么现在还关张了呢？"方三响撑着伞，瓮声瓮气地道。他的身量比之前又高大了几分，站在英子旁边，两人简直就像是一个女香客和庙里的泥塑金刚像。

"他们可不是关张，是搬家啦。新的戏楼在露香园九亩地，等回头建好了，我请你们去看。"

姚英子见方三响兴趣缺缺，又热情地介绍道："蒲公英，你是没去看过。这个戏院跟茶园里那种四方戏台不一样，是按照欧美戏院来建的，里头有机械转台，有顶棚变灯，还特地从东京请来布景师呢，舞台效果老嗲的。"

"日本人的东西呀，那我不要看，你叫孙希来陪好了。"

姚英子知道他对日本人恨意深重，道："你老闷在宿舍里头，要发毛病的。再说了，别的地方就算了，这里的戏你可是一定要看的。"

"为什么？"

"这个新舞台的东家，是姓夏的四兄弟。四兄弟里的老二叫夏月珊，老三叫夏月润，都是革命党。辛亥大战，陈其美只身前往江南制造局劝降，结果被里面的守军扣押。多亏了这两兄弟冒险潜入工厂放火，又趁乱打开大门，让革命军一拥而入，这才奠定了胜局。就连孙先生都特意撰文表彰呢。"

方三响恍然道："噢，原来是革命元勋的产业，那自然要支持一下——啊？你说你在南市盘下一栋房子，不会就是这里吧？"

姚英子微抬下巴："要不我怎么会讲起新舞台的掌故呢？他们搬了新家，我就把这旧址的房子盘下来了，做学校——革命元勋的产业，那自然要支持一下。"

她学着方三响的腔调，而后嘻嘻一笑。方三响本来还想问问价钱，嘴唇嚅动几下，终究没吭声。

两人正聊着，第三个人从另外一个方向缓步走来。他没有方三响那么高大，但四肢更为匀称修长，手里撑着一把伦敦绅士常用的黑面绸子伞，小心地遮住那一身笔挺的蓝灰西装。

"孙希，你辰光倒踩得蛮准嘛。"姚英子说。

伞边一抬，露出一张戴着金丝圆镜的俊朗面孔。

方三响和姚英子同时吓了一跳："你去配眼镜啦？"孙希用手指弹了弹镜框："吴良材不就在南市嘛，我路过顺便去配了一副。正宗的德国镜片，怎么样？是不是看着更儒雅了？"姚英子笑骂道："戴眼镜也不像好人，还是个斯文败类。"

孙希连声哀叹："我们做外科的日日要在螺蛳壳里做道场，用眼过度，不得已配一副眼镜，医院不给报销就算了，还要被你们嘲笑。"方三响忍不住皱眉劝道："吴良材的可不便宜，这一副怕是值你半个月薪水，手指缝太宽了。"孙希不以为然："选最好的材质，一副能用几年，买便宜货一年不到就得换，算下来我还省了呢。"

姚英子懒得听他们俩闲磕牙，径直走到小楼前，开锁进去，抬手拉亮电灯。只见黑漆漆的戏楼里顿时灯火通明。大厅里空荡荡的，所有的物事已被搬走了，只在中间剩下一张方桌与几条长凳。

三人坐定之后，姚英子从怀里掏出厚厚一沓纸来，眼光闪亮："好啦，终于可以跟你们说说我的大计划啦。"

这一天，是民国二年的七月十六日，辛亥革命已过去一年半。中国几千年皇朝历史，终于演进到了民国。而这三个小小医生的人生际遇，也随着时代发生了一些变化。

因为峨利生教授的临终遗言，孙希终究放弃去伦敦，留在了红会总医院，如今他已是一位正式外科医师；方三响度过实习期，选择了时疫防治工作，整天在几家时疫医院之间跑来跑去；至于姚英子，她半年前顺利从上海女医学校毕业，决心履行在武昌时许下的承诺——要专注于拯救妇孺的慈善事业。

今天她把两个人叫过来，就是要正式宣布自己下一步要做的事。

姚英子的计划是，在上海南市建一间保育讲习所。这个讲习所将专门招揽南市城厢的收生婆，向她们传授孕期护理知识与卫生常识。而地点，就设在这座废弃的戏院之内。

"如今上海百分之九十以上的平民，都是找收生婆来接生。教会一个收生婆学会注意生产卫生，便能惠及十几个产妇；教会十个收生婆新生儿的护理诀窍，就有几十个孩子不会夭折。我每期班培训十五人，一期两个月，一年下来能救下近千条人命！"姚英子兴致勃勃地计算道。

方三响冷不防问了一句："那些收生婆，凭什么来听你的安排？"

他现在负责时疫防治，深知民众很多习惯根深蒂固，改变极难。就连莫喝生水这么一个简单的要求，推广下去都要大费唇舌。姚英子想得未免太简单了。

姚英子不耐烦道："只要她们看到婴儿死亡率确实下降，就肯定会来学的，这都是为她们的生意好哇。"

"但你算过没有，一年要培训九十个收生婆，得多少钱？你从哪里弄？"

"我跟沈伯伯都商量好啦，这个讲习所会挂靠在总医院下头，单独开一个账户募捐。"姚英子胸有成竹。

"总医院自己都穷得被卖给哈佛了，怎么养活得起讲习所？"

方三响说的，乃是一件无奈的窘事。红会总医院一直以来全靠善款维持，入不敷出。在去年年初，哈佛大学以每年九万元补助为代价，租借总医院作为其在中国的预设分校。

"哈哈，我知道沈伯伯的难处，怎么会从他那里敲竹杠？"姚英子笑起来，"这个讲习所的启动费用，我爹找了虞洽卿、朱葆三、黄楚九几个浙江同乡，大家凑一凑也就够了。"

方三响半晌无语。能把这几个上海滩响当当的闻人以"同乡"淡称的，也就只有姚大小姐了。

"我第一次做这样的事，心里有点骏牢牢，所以今天叫你们两个来商量一下。你们在武昌时可是答应我的，不能反悔。"姚英子说。

"张校长呢？"方三响问。她搞这个事情，最好的助力肯定是张竹君。

"张校长带着赤十字会北上徐州了，那边要打仗，她什么时候回来还不知道呢。"

孙希忽然从文件里抬起头来："英子，我看了半天，你这个讲习所的课程里，怎么没有解剖学呢？药理学呢？而且课时也太短了……我数数啊。"他快速翻动几页："一期培训才两个月，一百多个课时，这连入门都来不及。"

姚英子道："大部分收生婆连字都不认识，我准备的都是速成课程。"

孙希扶了扶眼镜，难得严肃起来："我虽不是妇产科专业，可初级医学教育还是知道的。解剖、护理、药理、血液、传染病理……要学的多了。英子，你读了几年，张校长才让你毕业？一个文盲只培训两个月就要做医生，这不是开玩笑嘛。"

"我又不是让她们去考博士，只是教她们一些基本常识而已嘛。"姚英子微微噘起嘴，明显不太高兴。

孙希平时一见她这样，就会立刻认怂，可这次却显得异常固执："英子，你这个课程表，实在太儿戏了。峨利生教授说过，医学是人类最复杂的学科，必须严谨地对待，容不得一丝马虎与侥幸。"

一听这个名字，另外两个人顿时沉默下来。

峨利生教授在汉口去世之后，被安葬在了当地，以志其不朽。但孙希取走了他的临终衣物和用过的手术刀，在徐家汇的薤露园立了一个衣冠冢，每个月都去拜祭。他平时还是嘻嘻哈哈的，可一旦讨论起医学问题，却越发有其师的严厉范儿。

大厅里尴尬地安静了片刻，方三响开口道："你看我做疫病防治宣传，只要教会老百姓洗手这么一件简单的事，便能大幅降低痢疾、沙眼、霍乱的感染率。所以我们不必把收生婆当作专业人士那样培训，先满足最低的卫生标准，解决眼前的问题。"

孙希却不肯放松："这完全不一样。你刚才也听英子说了，教习结束后，是要给她们发执照的，发了执照就可以正式行医了，这不是开玩笑吗？她们都可以行医，那我们这些寒窗数年的医生尊严何在？"

姚英子拿起那张剪报，不服气道："哪里是正式行医了？你看这里的规定，收生婆只能协助顺产，如果遇到问题，还须送去正规医院的。"

孙希摇摇头："以收生婆的水平，是不是顺产恐怕都判断不出来。她们分得清胎盘早剥和一般的见红吗？"姚英子气恼道："所以才要教导哇！孙希，你到底要哪能①？难道要一个个捉过来培训三年？"

"三年怎么了？我们哪个不是苦读四年、六年的？医生不比别的职业，生死攸关，宁缺毋滥，治不好要死人的。"

"你说的当然最好啦，可现实摆在那里。南市每天都有几十例临盆，几十个产妇面临危险，她们可等不起。一个有瑕疵的次等办法，也好过一个完美无缺但实现不了的方案。"

孙希挺直了上半身，语气严肃："如果对待治疗的心态是凑合将就，医学是无法取得进步的。你看当年外科医生们动手术是不做消毒的，唯独约瑟夫·李斯特要较这个真，一定要术前用石炭酸洗手、洗手术刀。亏得他的坚持，我们现在才知道消毒的重大意义。"

"这根本是两码事！不同你讲了！"姚英子气得把计划书抢回来。

眼看两人要吵起来，忽然外头传来"笃笃"的敲门声，两人同时停下来。方三响如释重负，说："我去开门。"等到他回到大厅，身后跟着一个年轻姑娘，居然是林天晴。

辛亥之役后，这姑娘在汉口再无任何亲人，便只身来到上海。哥哥林天白有同学在军政府任职，怜烈士孤忠，便给她介绍了一个广慈医院的护理工作。

一见有外人来，孙希和姚英子不再继续吵了，气鼓鼓地各自转开脸去。

林天晴手里拎着一个精致的食盒，搁在桌子上，食盒里头是五六个小屉，摆着虾饺、凤爪、叉烧之类，居然还有三小碗莲花凉粥。她一一摆开来："知道你们在这里开会，我下班顺路带了点夜宵给大家。"

---

① 哪能：吴语，怎么样。——编者注（本书注释如无特殊说明，均为编者注）

另外两位不肯吭声，方三响先伸手抓起一碗。林天晴正要提醒他粥冷伤胃，不料他"吭"一声把碗放在孙希面前："你先吃。"孙希呆坐在原地没动，方三响皱眉道："讨论而已，闹什么脾气。"孙希抬起头，一脸委屈："你没给我拿汤匙，我怎么吃？"方三响从食盒侧面摸出一柄，扔过去："勺子就说勺子！啥汤匙！"

姚英子"扑哧"一声笑起来，桌上氛围总算轻松了点。她端起碗来，轻轻啜了一口，带着莲花香气的清凉细粥滑入咽喉，说不出地惬意。

"哎呀，这是同发酒楼的消夏粥哇。只有他们家才会在粥里放磨碎的松仁。"

"姚小姐好厉害，一吃就吃出来了。"

姚英子抬脸冲林天晴一笑："广慈医院在金神甫路，同发酒楼在公馆马路，你这顺路，可顺出好大一圈呢。"

被她一说破，林天晴登时有些面红耳赤："我是想着大家都忙了一天，肯定饿了，所以去买了点清暑的。"方三响夹起一枚虾饺放在嘴里，解释道："我们俩本也是约今天见面，正好赶上英子你叫开会，我便让她直接过来了。"

"哦，你俩定期约见哪。"姚英子眯起眼睛。

"是的，她在帮我查觉然和尚的事。"方三响回答。

林天晴仿佛受到提醒，赶紧从怀里拿出一封信："对了，都忘记给你了。东京那边又来信了，我已经把中文翻译附在旁边。"

在汉口时，方三响在林天白的留日照片里，发现了觉然和尚的线索。可惜他在日本没有任何熟人，于是林天晴主动请缨，写信给哥哥的日本房东和在日同学，看能不能找到线索，定期报告给他。

方三响把信打开看了一眼，并没有什么实质性的进展，心中略有失望。他放下信件，对林天晴道："夜宵多少钱？"林天晴连忙摆手："在汉口我受了大家那么多照顾，这点心意是应该的。"

孙希嘿嘿一笑："我就知道，这肯定是林小姐的好意。指望老方那铁公鸡，一世也吃不到同发酒楼的东西。"林天晴有点发窘，看了眼方三响："那……那我先走啦，下个月我有消息再拿给你。"

方三响看向另外两人，催促道："林小姐要走了，你们俩快把钱摊算好给她。"姚英子一推身前的笼屉："我们又没在做亏心事，蒲公英，你干吗急着撵人家走？今晚是我叫你们来帮忙参谋的，这顿我请好啦。"

林天晴还要拒绝，姚英子已亲热地挽住她的胳膊："林小姐，我们在商量保育讲习所的事，你也来帮我参详一下。这是为女子谋福利的事，光听这两个臭男人的说法可不成。"

"我只是看护妇,怎么好和医生坐在一块?"

姚英子不悦道:"又不是前清的官场,哪里有那么多规矩?看护妇怎么了?总医院的克立天生女士,哪个医生都要敬她三分。"林天晴这才犹犹豫豫地坐在姚英子和孙希之间,刻意跟方三响保持距离。

接下来的讨论还是那么激烈。从预算到课程,从雇佣人手到建筑布局,三个人唇枪舌剑,各抒己见,有几次吵得直拍桌子。林天晴基本上不插嘴,只有当姚英子问她时,她才说上一两句。

快到午夜时分,这场辩论会方才结束。姚英子是自己开车来的,说:"今天太晚了,我去把林小姐送回家。孙希,你今天意见真多,自己想办法回宿舍吧,哼。"

孙希愕然:"那老方呢?他可是一直帮你,也走回去?"姚英子看看林天晴,又看看方三响:"我替你送林小姐回去,还是你自己送?"

方三响说:"车子快点,你送吧,我跟孙希一道走。"姚英子翻翻白眼,觉得男人脑子的构造真是古怪。

姚英子很快驱车离开,剩下两个人却有点发愁。南市这里地处偏僻,要一直走到城隍庙才有守夜的黄包车,而且要多加五个角洋。孙希知道方三响必定是不肯花这钱的,幸亏此时雨已停了,遂主动提议溜达回去算了。

于是两个人沿着十六铺里马路,缓缓朝徐家汇方向走去。

"喂,你觉不觉得,林小姐来了以后,英子有点不一样了?"孙希忽然用手肘捅了捅方三响。

"怎么不一样?"

"怎么说呢,英子对她好像特别亲切,特别照顾。"

"这不挺好的吗?"

"她跟咱俩在一起的时候,可不这样。就算是对宋雅,也没见英子这么亲切。亲切得都有点……怎么说,有点生分了。"

方三响不以为然:"你想太多了。她是被你训得气闷,想拉个同盟军而已。"孙希嘻嘻一笑:"且不说她,林小姐对你的态度可是有点……暧昧呀。"

方三响一怔:"她只是帮我找人而已,你可不要瞎说,传出去对人家不好。"孙希道:"其实林小姐容貌、人品都不错,对你又有好感,不妨考虑考虑。看护妇嫁医生,不是正好嘛。"

"你今天怎么回事?捧完了英子,又来消遣我!"方三响有些恼火,"我仇人还没找到，又得养活一大家子人，谁嫁给我谁被拖累，你别害人姑娘。"

"那要是英子呢？"孙希冷不防问出一句，"以她家的底子，可不怕你拖累。"方三响怔了一下，旋即怒道："越说越不成话了，你跟她感情也很好，你怎么不去求亲？"

方三响等了一阵，却没等来更巧妙的反驳，他一扭脖子，却看到孙希一手捏着雨伞，一手插兜，眼神望向前方，有些失焦。饶以方三响的粗糙，也品出一丝古怪的意味："不会被我说中了吧？"

"哎，胡说！胡说！"孙希苦笑着摆手，"我是忽然想起来，张大人又给我拍来一份电报，说他最近要给我安排一桩亲事。"

方三响转念一想，此事倒也不算突兀。如今孙希已二十二岁，普通人家这岁数都当爹了。

孙希的这位监护人是典型的大清式家长，说一不二。当初孙希刚毕业就被他一纸电文派到红会总医院，孙希毫无反抗余地。这次安排相亲，估计孙希也只有接受的份。

"那张大人安排你跟谁相亲？"

"不知道。大概是他的故友同僚、在上海的亲戚之类。其实他只要我成婚就行，至于跟谁成婚，他大概无所谓……"孙希把雨伞换了一只手握。

方三响不知道该恭喜还是该安慰，只得重重拍了他一记肩膀。孙希郁闷道："唉，他说等我娶了亲，他才算是彻底完成我爹娘的嘱托，可以无愧于九泉之下。可我从记事起，就跟着张大人走南闯北，只知道我爹娘是广东籍贯，死在南洋，别的什么印象都没有。"

孙希的口气变得有些落寞，脚下随便一踢，一枚小石子远远飞出去，"铛"的一声，砸到了路边的海亭。一只野猫被吓得猛跳起来，然后迅速消失在灌木丛里。

"那你自己想不想相亲呢？"方三响问。

孙希甩了甩雨伞："别的我也就依了张大人，终身大事嘛，最好还是能自己做主。咱们这个职业你也知道，另一半若不能理解其难处，只怕不能长久。"

方三响脱口而出："那你去娶英子不是正好？她也是医生，最合适不过。"孙希咳了一声，一脸严肃地纠正道："老方，你这话不对，她又不是可以被随意分配的物品，你给我，我给你的。就算要聊这事，也不是咱俩讨论谁娶英子，而是她喜欢咱俩中的谁。"

方三响"嗯哼"了一声，算是承认自己失言。可很快他发现，孙希提出的这个问题，虽是戏谑之语，却仿佛在脑海里生了根似的，忍不住会去想。

"她喜欢咱俩中的谁？"

这问题十分滑稽，本该一笑置之，可它就像今晚的雨，暧昧地沾在身上，甩不脱，也干不透。

两个人并肩继续朝前走着，努力表现出淡然。可他们的眼神却飘忽不定，既好奇对方是怎么想的，又怕被对方看出自己对这件事很在意。

就这样，两个人维持着这种尴尬状态，走回了海格路。当他们来到宿舍楼下，准备各自回房休息时，却看到一个矮胖的影子在宿舍楼前的灯下转悠。

"曹主任？"两人对视一眼，"他不会是在抓夜禁吧？"

可他们俩早不是学生了，不必遵守夜禁作息，这是搞哪一出？曹主任也发现了这边，一路小跑过来，喘着气道："你们两个不在宿舍，这么晚去哪里搞花头了！"

方三响道："我们是去开会了。"曹主任顾不得细问什么会，一把抓住他的胳膊："快，快，跟我去医院，沈会长等你好久了！"

"咦？"方三响跟孙希俱是一呆。本以为是曹主任抓风纪，怎么又扯到沈会长？而且大半夜的，难道有紧急事态？可什么紧急事态，需要单独找方三响呢？

孙希还有自己的终身大事要发愁，顾自上楼歇息去了。方三响跟着曹主任匆匆来到哈佛楼——自从哈佛大学租借了总医院后，医院的二层小楼便改叫了这个名字。

沈敦和早已等在会议室，他穿了一件湖绉黑绸马褂，头戴瓜皮帽，除了没留辫子，跟前清时代差不多。多年奔走于慈善事业，给他面上养出一层祥和的温光，有如古物上那朴拙的包浆。

他身前一枚余烬缭绕的烟斗、半盏清茶，显然已等候多时。方三响进屋后恭恭敬敬施了一礼："沈副会长您好。"曹主任闻言，一对小眼睛猛然鼓了鼓，欲要呵斥，看了眼沈敦和，又悻悻忍住。

辛亥之后，袁世凯签发过一道大总统令，正式任命吕海寰为红十字会会长，沈敦和出任副会长，至此红十字会的京沪之争终告和解。方三响称其为"副会长"，合乎规矩，只是不太合乎曹主任的习惯。

沈敦和对称呼毫不在意，开门见山道："辛亥在武昌，三响，你是救援队里最积极参与革命的人，关于最近的政治局势，想必你也有所了解吧？"

方三响犹豫了一下，回答说知道一点。

就在今年的三月二十日，国民党代理理事长宋教仁被枪击于上海火车站，两日后逝世。这一事件导致南北之间剑拔弩张，袁世凯疯狂扩充军备，而孙中山也宣布要联合南方诸省，发动二次革命。进入七月之后，江西、江苏等地纷纷独立响应，通电讨袁，而北洋大军也迅速南下，江西和苏北两地是主战场，大战一触即发。

上海报端对这件事各执一词，有拥袁骂孙的，也有挺孙反袁的，还有和稀泥各打五十大板的，但更多的是抱怨，说辛亥革命后不到两年又打仗，这成立民国还有什么用？总之方三响看下来，各界莫衷一是，乱成一锅粥。

沈敦和道："现在立宪派还在调停，看能否避过战火。以我的判断，战与和的关键节点，就在上海。"

"陈其美？"方三响立刻反应过来。

"不错。我收到消息，陈先生已经从南京赶到上海，只怕是为了串联力量，兴兵讨袁。他一旦通电独立，北洋军必然会挥师南下，届时上海必有一场剧战。"沈敦和说到这里，叹了口气，"政治上的事，我们不去讨论。但兵戈一动，不知会有多少生灵惨遭涂炭，这却是极为可虑的。"

方三响微微颔首，他在汉口亲眼见识过战争的毁灭能力，上海比汉口要繁华十倍，一旦打起来，损失恐怕也要十倍不止。

"从前我们的办法是因事而起，随灾而动，但现在得改改思路了。红会必须采取更主动的策略，筹款、救治、安顿、防疫之类的事情要早做预备——所以我们必须对局势有预判，搞清楚陈其美何时公开发声明反袁。"

方三响面上没说什么，心里却暗暗钦佩。沈敦和久享盛誉，早可以躺在功劳簿上休息，可他还在不断思考更好的慈善办法，主动求变，这份热诚实在难得。

沈敦和把烟斗端起来，放回嘴边："这件事太过敏感，官方是不好去问的。曹主任说三响你跟陈其美有交情，你能不能帮忙私下去打听一下？我们心里就有数了。"

方三响把视线移向曹主任："那时候您还嫌弃我跟刘福彪、杜阿毛交往过密，劝我要远离反贼乱党。"曹主任尴尬地哈哈一笑："哎呀哎呀，彼一时，此一时，前朝旧事而已。这一次我跟你讲，孙先生身秉大义，又有这么多虎将辅佐，讨袁一定大胜。三响，你尽管去问，不要有什么顾虑。"

"我们去武昌之前，您还说皇上春秋正盛，天命在我大清呢。"方三响嘟囔了一句。曹主任腮帮子一哆嗦，小声嘟囔道："年轻人不要刁钻促狭！"

沈敦和笑道："曾子固有句名言：'民病而后图之，与夫先事而为计者，则有间矣。'意思是说，等到老百姓受苦了再去救，和事先做足准备去救，效果是截然不同的。为了上海百姓的福祉，这次辛苦三响你了。"

"明白，不过曹主任得帮个忙，给我开个条子拿点药。"方三响拿起笔来，在一张处方笺上唰唰写下一行德文。

曹主任一见处方笺上的字迹，脸色变了变，视线不期然朝他胯下看去，然后又触电似的迅速挪开。等到他签好字，方三响扯过条子，转身离开会议室。

曹主任狐疑道："这小子不会是趁着您有求于他，趁机去药房揩油吧？"沈敦和眯起眼睛："曹主任多虑了。你想想，通电反衰这么敏感的事，三响能直接开口问吗？若是他以医生身份登门出诊，顺口一问，是不是就自然多了？——三响这小子，心思细着呢。"

曹主任想起那药名，不由得"啊"了一声，终究没敢说出口。

"什么是好医院？不在于医院本身，而在于人。这些孩子慢慢成长起来，医院也就好了。"沈敦和笑眯眯地说。

这边厢方三响取了药品，挎起一个小药箱。沈敦和特意派了一辆汽车，把他直接送到万寿宫。

这一座万寿宫位于西门内的半泾园废址，乃是光绪十五年（一八八九年）所建。其时慈禧垂帘日久，上海士绅屡屡上书请求归政，慈禧迫于压力，终于在这一年还政给光绪帝。上海遂营建此宫，以资纪念。所以这座宫殿在沪上士绅的心目中，颇有些不畏强权之象征。

辛亥革命之时，陈其美集结的部队便驻屯在万寿宫内，这一次他筹谋讨袁，自然也选在这里驻扎。

汽车在距离万寿宫还有五百米的地方，就被一道岗哨拦住了。方三响让司机回去，独自挎好药箱走到跟前，正待开口问话，却发现眼前指挥岗哨的军官眼熟得很，居然是杜阿毛。

杜阿毛还是那一副油滑样貌，披着一套藏蓝色军装，袖子不卷了，裤脚管倒是内挽起几分，露出瘦瘦的脚杆。他正捧着个瓷碗，唏哩呼噜在岗亭里吃着拌面，一见到方三响，大喜过望。

"啊呀，方医生，长久没见了。"他一边说着，一边快速扒拉几筷子，把最后几根甩着油光的面条塞进嘴里，一吸溜，这才搁下碗。

方三响道："不急不急，你别噎着，吃得太快容易造成食管破裂。"杜阿毛拿袖口擦擦嘴，腼腆笑道："南京什么都好，就是葱油面不对。难得回来一趟，我叫了碗开洋面打打牙祭。"

"哦？这么说，刘统带也回来了？"

"回来了，回来了。刘统带不回来，陈老大要靠谁呢？"杜阿毛朝万寿宫那里瞟了一眼，语气有些怪异。

杜阿毛这一番话，方三响是知道因果的。

陈其美在辛亥发动上海起义时，刘福彪率领手下兄弟冲锋陷阵，立功不少。民国肇建之后，陈其美把这位青帮扛把子的力量改编成了福字营，从会党分子一跃成了正规军。后来陈其美辞职下野，福字营便被远远调去了南京。

这一次陈其美要在上海讨袁，手里信得过的部队不多，便把这支福字营从南京调回来了，还委以卫戍重任。这里门口还挂着一块特别威风的牌子：讨袁特别敢死军。

"你怎么不挽袖子，改挽裤脚管了？"

"如今成了军人嘛，所以上袖要放下来，挽起裤脚管，则是不忘本喽。"

杜阿毛与方三响寒暄了几句，问他为什么这么晚跑来。方三响半开药箱，用手指比了个"六"字，杜阿毛登时心领神会，哈哈一笑，带着方三响往万寿宫走去。

原来陈其美性好狎妓，沪上人送外号"杨梅都督"。方三响的药箱里装的是德国产的洒尔佛散，编号六零六，专治梅毒。这种治不雅病的特效药，自然只能晚上偷偷送来。

"陈老大这几天夜夜开会，一刻不停地见人谈话，忙碌得很。等一下你先等我通报。"杜阿毛叮嘱道。

两人快走到万寿宫时，对面忽然一队人迎面而来。就着灯笼火光，方三响认出来为首的一人是李平书，两人曾在鼠疫事件时在道台衙门见过一面。此人的武装商团在辛亥时曾攻打江南制造局，是反清主力之一。

不过此时李平书脸色铁青，似乎刚刚大吵了一架。他压根没认出方三响，只是略一抬眼，便径直走了出去。身后呼啦啦跟着十几个黑褂保镖，个个手握盒子枪。一错身的工夫，方三响注意到，那些枪都是开了保险的，不由得心中一凛——他们何至于如临大敌？

避过这支队伍，两人来到了大殿内。殿内的地板上全是密如蛛网的电线，一不留神就会被绊倒。它们分别接通着二十几个灯泡和电话。陈其美坐在殿角一张行军床上，正埋头研究着一张上海地图。

"方医生，好久不见！"陈其美搁下地图，很是惊喜。

比起一年半之前，他的神情依旧锋利，只是下颌丰满了些，可见日子过得颇不错。方三响从报纸上知道他官运亨通，最高曾在唐绍仪内阁里担任工商总长，虽未就任，也可以想象平时经济必然宽裕。

陈其美又热情地叫来旁边一个军官相见，自然就是刘福彪。刘福彪比从前更瘦，两边颧骨像牛角一样凸出来。跟意气风发的陈其美相比，他的眉宇间总带有些颓气，浑不似当年在闸北的凶悍。

方三响和刘福彪之间，互相胁迫多过交往，两人淡淡握了一下手，旋即放开。倒是刘福彪身后的樊老三激动得够呛，过来要按帮会礼节行礼，被杜阿毛扯到一旁去。

"我读过《申报》上农跃鳞的文章，方医生，你在武昌那边也是立了几件奇功啊。先前你还扭扭捏捏不肯加入我们，怎么样？时代洪流一起，你也觉悟了，成了革命同志。"陈其美兴致勃勃地讲道。

"我只是想代一个好朋友，去看看大江东去的景象。"方三响看向窗外，有些感慨。

"萧钟英我在日本就见过，确实是位人杰。"陈其美啧啧惋惜了一阵，跷起二郎腿，镜片后的眼神一闪，"不过方医生贲夜至此，应该不只是缅怀革命烈士吧？"

方三响点点头，把药箱子里的六零六拿出来，又取出一个针管和棉球——这种药需要静脉注射。陈其美先是愕然，旋即大笑，点着方三响道："你怎么也听信坊间那些没谱的谣言？我是经常去青楼，可那是为了躲避鹰犬追捕！"

"所以你得过杨梅没有？"方三响直截了当地问。陈其美"呃"了一声，很光棍①地卷起右边的袖子，伸到面前。方三响熟练地拿起针头，给他的腕部静脉注射了一管，一边注射一边问道："顺便问一句，你们讨袁军何时通电独立？"

他这句"顺便"转折得无比生硬，陈其美抬了下眉毛："怎么？你也要加入我们？"方三响不擅撒谎，沉默片刻，还是决定说实话："不，我们是想提前做好准备。上海人口密集，一旦开战，必然波及广大，必须提前准备。"

"原来是沈敦和派你来探听风声的。"陈其美一眼便看破了，他抿起嘴唇，冷哼一声，"红会是中立慈善机构，说这话是职责所在。可有些人也讲同样的话，就不知肚子里是什么主意了。"

"嗯？谁？"

陈其美朝殿外瞥了一眼："那个李平书，不赶紧把武装商团的指挥权合并，反而自己搞了一个上海保卫局，宣称中立，南北两不偏帮。他刚刚来这里，就是跟我调停，劝我不要在南市一带开战，说那里商铺林立，容易伤及无辜。"

---

① 光棍：方言词。聪明，办事利索。

"这也是实话。"方三响道。

"瞎三话四！"

陈其美用湖州土话骂了一句，索性把方三响扯到地图前，拳头捶到上面的某一点："方医生，你看到这里没有？这地方叫高昌庙，是江南制造局所在。辛亥之时，前清道台刘燕翼就是逃来这里，被我和李平书联手攻下；而如今北洋军在上海的主力部队，第四师十三团一千三百多人，也龟缩在这里——同样一个地方，他之前怎么不怕伤及无辜？现在倒怕了！

"归根到底，李平书这个人哪，没有坚定的革命信念，还是商人的投机根性。造满清的反，他觉得有的赚，便跟你联手；这次反袁，他觉得打不过北洋军，赔本买卖，立刻便舍不得自己那点坛坛罐罐。

"民国建立两年不到，未能除旧布新，反而乱象频生，就是因为这样的人太多，革命未能彻底。不过接下来，可不一样了。"

陈其美把手指伸直，沿着黄浦江往上游追去："我讨袁军如今足有五六千人，我已派了居正和钮永健去守吴淞炮台，不放水师主力进来，南边主攻江南制造局。不用他李平书的兵，我自己能攻下江南制造局一次，就能攻下第二次！七日之内，便可以底定胜局。这一次，没了那些人掣肘，将会是一次纯粹的革命胜利。"

他的声音，把整个大殿都震得有些嗡嗡响。陈其美有些亢奋地收回胳膊：

"方医生，你回去告诉沈敦和，本人明天上午就会公开通电，讨袁独立。至于战争烈度有多大，不取决于我，而取决于对面的北洋军将领何时迷途知返！"

这时又一拨客人来到殿外，求见陈都督。可见上海如今已是暗流涌动，各方势力都在疯狂串联。方三响已经达成了目标，便挎上药箱，主动拜别。

本来他以为杜阿毛会陪同出去，没想到却是刘福彪主动请缨，说："我送送方医生。"

两人并肩离开万寿宫殿，一路上刘福彪没吭声，不知葫芦里卖的什么药。眼看走到岗哨处，他突然长长叹息一声："方医生，我最近不太舒服，你帮我瞧瞧病吧。"

方三响刚才就发现他状态不太对，连忙细细询问。据刘福彪自述，大约是半年前，他开始经常半夜口渴，小便增多，全身乏力，尤其是左脚经常酸痛，一酸痛踝骨就会肿起来。尤其是福字营调回上海之后，他的精神头明显不足，为此耽误了好几次大事，只能靠鸦片硬撑着。

方三响听完描述，心里"咯噔"一声，追问说："你的体重是不是突然下降了？"刘福彪说对，他拼命进补了一阵，也没什么效果，人还是不断变瘦。

"这是消渴症啊。"方三响很快做出了判断。这病也叫糖尿病，是个很棘手的病症。他又让刘福彪把鞋袜脱掉，结果发现他的左脚底板隐隐出现一圈溃疡。这可不是个好兆头，很多糖尿病人的脚最后都会烂掉，不得不截肢。

刘福彪听完方三响的介绍，脸色霎时黯淡下去。他本来就有些萎靡，这会儿变得更加颓丧。

"这病会死人吗？"

"慢性病，不过时间长了也很危险。"

"那么有什么法子可以治？"

方三响迅速回想了一下。根据欧美最新的研究，这病大概与人的胰腺有关。但到底如何治愈，目前并没有特别有效的办法。方三响只好建议他采用燕麦疗法，每隔两个小时吃十六盎司[①]的燕麦与黄油混合物，彻底戒糖，也许能延缓一下症状。

方三响打开药箱，用小玻璃管取了一些刘福彪的尿样，打算带回医院去化验一下："红会总医院条件有限，等结果出来，我建议你还是去广慈、仁济、宝隆之类的专门医院看看。"

一听到"广慈"二字，刘福彪的眼角一哆嗦，似乎被尖刀割了一下，神色居然有些惶惶然。

方三响觉得实在古怪，他原来在闸北何等凶悍，刀头舐血眼不眨，怎么现在被一个慢性病吓成这样？还是说，这人还有别的心事？

柯师太福教授曾经说过，一个合格的医生，不只要找出病人身上的疾病，还要找到病人心中的疾病，两者往往密切相关。方三响犹豫了一下，开口问道："刘统带可还有其他地方不舒服？"

刘福彪颓然地坐在岗哨板凳上，摆了摆手："生死有命，富贵在天。我是无所谓，只是放不下福字营的弟兄们。他们哪日重操旧业，还望方医生多关照哇。"

重操旧业？福字营是陈其美麾下第一主力，刘福彪讲出这样的话，难道对讨袁之战没有信心？方三响知道患者会因为自身病痛影响到情绪，对未来的判断会倾向于悲观，但一军之将居然在开战前要"托孤"，这委实不是吉兆。

他答也不是，不答也不是，只好胡乱嗯嗯了几声。刘福彪大概也意识到情绪外露略多，赶紧收敛，随口问了几句病情事项，算是遮掩过去。

方三响离开岗哨，上车之前又回头看了一眼。夜色中的万寿宫形体模糊，晦暗

---

① 盎司：英美制质量或重量单位，1 盎司合 28.349 5 克。

不明。那些昔日的盟友要么分道扬镳，要么胆气尽丧，不知此刻在官殿里的陈无为，是真的没觉察到自己的处境，还是刻意扮出一副信心十足的模样。·

方三响也同样陷入困惑。无论情感上还是道理上，他自然是支持陈其美，支持孙先生的，可为什么这次癸丑讨袁的举动，并没有复刻辛亥反清那样一呼百应、瞬间燎原的效果？很多在辛亥身先士卒的人，这一次却顾虑重重，又是为什么？

别家不说，红会总医院在武昌救援时虽标榜中立，可上至沈会长下至普通医护人员，普遍都对革命抱以同情，明里暗里支持。而这一次，沈会长只强调了救护问题，态度明显更加中立。这两次事件的反响差异如此之大，到底本质区别在哪里？方三响实在是想不明白。

他返回总医院之后，向沈敦和汇报了陈其美的军事计划。

接下来的事情，就是医院高层去统筹安排。方三响一宿没睡，晃晃悠悠走到宿舍休息。他倒在床上才睡了几个小时不到，却忽然被人用力晃醒。

"老方，老方！快起来！别贪睡了！"

方三响睁开眼睛，看到孙希的脸距离自己只有几厘米，吓得双臂一推，登时把孙希推了一个趔趄。他脑壳咣当撞在床框上，疼得龇牙咧嘴。

方三响一骨碌从床上爬起来："开战了？"

孙希急道："哎呀，比那个严重多了。张大人安排的那桩相亲，今天中午就要我去！地方都订好了——你得陪我！"

方三响第一个反应是荒唐，眼看上海就要开战，怎么还有心思相亲？可他陪着孙希来到租界四马路一看，才知道自己大谬不然。四马路上熙熙攘攘，车水马龙，除了报童吆喝着南北调停的新闻之外，感受不到半点大战将临的氛围。

他们要去的那家申园番菜馆，门口的大餐牌上用夸张的字体写着"新到欧陆名厨，沪上献艺半年，饕客勿误"，下面是密密麻麻的番菜名目。

"这不和汉口租界一样吗？那边打生打死，这边歌舞升平。"方三响嘀咕，孙希却没心思管这些，压低声音道："等一下看我信号，见机行事。"

孙希和方三响提前商量好了，一旦碰到什么尴尬情况，孙希猛猛地咳上三声，方三响就闯进来，说医院有急事，把孙希拽走。方三响最头疼这种需要演技的事，可架不住孙希苦苦哀求，只好不大情愿地拣了个两人台坐下，要了盘免费的面包等着。

孙希跟着一个仆欧进到旁边的雅间，里面已经坐了一男一女，都是五十多岁，中式打扮，胖墩墩的，十分富态。

"文伯父、伯母，你们好。小侄孙希，初次见面。"孙希摘下礼帽，鞠躬行礼。两个人打量了他一番，眼睛都有些发亮。

文伯父伸出手道："来，坐，坐。在初兄总是跟我提起你，真是青年才俊，一表人才。"旁边文伯母虽然没吭声，但眼睛笑得眯成一条缝。

孙希拘谨落座，文伯父道："听说你原来在英国读书，所以我特地选了这番菜馆，自作主张点了几道菜。"在他面前，已经热气腾腾摆着一桌子菜：鲍鱼鸡丝汤、铁扒牛肉、白汁鲈鱼和一碟香蕉夹饼，外加几盅西米布丁。

"正经番菜我也吃过，总不对劲。俗话说，中学为体，西学为用，还是这改良的菜色合咱们中国人的胃口。"文伯父侃侃而谈。

"那也不至于一次全点上来吧……"这话孙希当然没敢说出口，他扫了一眼，发现一共摆了四副刀叉，便问道："呃，令爱还没到？"

文伯母眼睛微瞪："我们家小囡家教老好，从来是大门不出，二门不迈，这种人多的地方，怎么好抛头露面？"文伯父点头附和："父母之命，媒妁之言，这门亲事有我们替她把关，不用她亲自到场。现在外头闹什么自由恋爱，简直荒唐，难道父母会不如孩子看人看得准？"

说完文伯父拿出一本装裱好的夹册，打开是一张十二寸①的照片，照片上的女子面对镜头，手扶一枝假梅花，神情略显僵硬。

"真是兰心蕙质，贤淑清丽。"孙希随口夸赞了几句。

文伯父对这个态度很满意："你父母没得早，本来这桩婚事我们该跟在初兄谈，可惜他在北京赶不到。可这次见面，你没个长辈作陪也不合适，他便特意委托了蒿隐公来，你可以放心了。"

"蒿隐公？"孙希一怔。这时门口恰好传来脚步声，他回头一看，登时傻眼了。只见一个长袍老者拄着拐杖进门，相貌威严，气度不凡，脑后勺还拖了长长的一根辫子——居然是冯煦！

孙希这几年的跌宕际遇，几乎全是肇始于此人，自从账册事件之后，两人便再没什么联系。进入民国，京沪两会归并一体，也没见冯煦在其中担任什么职位，完全销声匿迹。没想到，他居然就在上海，还起了个"蒿隐公"的名号，完全一副遗老派头。

冯煦看向孙希，眼神里也是感慨万千："你到底还是没回伦敦。"孙希道："宁为

---

① 寸：照片尺寸通常以英寸为单位，此处"寸"即指"英寸"，是英美制长度单位，1英寸合0.025 4米。

鸡首，不为牛后，在那边我就是个平庸的外科医生，还是在这边发展好些。"冯煦只是点点头："人各有志。"然后毫不客气地坐在了孙希旁边。

文伯父与冯煦早就相熟，彼此寒暄了几句，冯煦一指孙希："我这位世侄，人品、见识、学问都是上上之选，峨利生教授的高徒，年纪轻轻就是正式执业医师，前途不可限量。"

文伯父问道："你现在红会总医院，一个月薪水有多少呢？"

"固定收入三十元，倘若值够七个夜班，还有五元补贴可拿。"

一缕轻蔑划过文伯母的鲜红嘴唇，文伯父呵呵笑起来："红会总医院是做慈善的，薪水自然不会太高。这一点蒿隐公最有感触，对吧？"冯煦不动声色："以孙世侄的水平，放到租界任何一家医院，都是正牌之选。"

"好！有蒿隐公背书，一定错不了。"文伯父豪爽地一挥手："这样好了，我正好在吕班路的蒲柏坊有套临街房子，上下两层。我资助你在那里开一家私人诊所，充作陪嫁如何？"

文伯母眼神一亮，附和道："我听说那些私家诊所的医生，一个个赚来是盆满钵满，汽车开着，别墅住着，蛮扎台型的，比在红会那边做苦力好。"听到她最后一句，孙希和冯煦同时皱起眉头。孙希硬着头皮道："小侄目前还没有辞职单干的打算。"

文伯母兀自说道："那里怎么待得住哇？去红会看病的都是些穷汉脏汉，龌龊得不得了。吕班路可是租界地方，住的都是洋行大亨，你去那里开了私家诊所，我们家也体面。"

听到这句，孙希肚子里腾地升起一股怒气："我在红会治病救人，并没什么不体面的。伦敦的医生们，也同样以曾在济贫院工作为荣，这是封爵的必要条件之一。悲悯与仁慈，乃是绅士的重要品格。"

文伯母没想到，这未来女婿居然当面反驳，脸色一下变得僵硬。孙希却横下心来："文伯母、文伯父，你们一直在说薪水，说陪嫁，讲体面，可唯独不提令爱她自己是个什么想法，结婚的难道不是她？"

文伯父赶紧尴尬一笑："年轻人到底心急，等亲事定下来，你们再慢慢了解不迟。"孙希额头青筋绽起，猛然发出几声咳嗽，然后把眼神瞄向门口。

这时冯煦突然截口道："文老弟，先不着急定。最近上海地面不算太平，等过了这阵再说。"文伯父一怔："你是说陈其美讨袁？他们最多是在华界打打，我住在公共租界的，没影响，冯兄杞人忧天了。"

冯煦拍拍孙希的肩膀："我不是担心你们家，而是担心他接下来没空。两军交战，红会总医院的医生可是要上战场的。"文伯母"啊呀"一声："他们不是医生吗？"冯煦假作惊讶："红会的主要职责，就是在战场上救治伤兵啊！怎么，张在初事先没跟你们讲过？"

　　两人面面相觑，冯煦又道："枪炮无眼，九死一生，所以我作为老朋友，劝你们等到战事结束他活着回来，再说亲事不迟。"

　　"啪嗒"一声，文家小姐的照片夹掉在地上，文家夫妻俩本以为那就是个慈善医院，没想到竟然如此凶险。文伯父立刻站起身来，擦擦额头的汗，连声说"再议，再议"，俯身捡起照片夹，一拽老婆走了。

　　他们走了不过一分钟，方三响突然闯进来，夸张地大叫："孙希，医院有急事，召你马上回去！"雅间里陷入一片尴尬的安静，冯煦转头看向窗外，孙希满脸无奈道："老方，不用演了，人家都走啦。而且，你的演技好烂哪……"

　　文伯父提前结了菜款，这桌菜不吃也浪费。方三响索性坐下来，拿起刀叉唏哩呼噜吃起来。

　　孙希对冯煦歉疚道："对不起，我没忍住，给您添麻……"冯煦抬起拐杖，拦住他的话："相亲相亲，总要相中了再结亲。张在初拍电报来，是让老夫给你寻个良配。文家不合适，我再去别寻一家，总有你能看中的。"

　　孙希一怔，冯煦如此善解人意，他都不太习惯了。

　　冯煦见他面露迷惑，微微一笑："当初强令你加入红会的是老夫，要求你窃取账册的也是老夫。老夫一生不愿负人，总要还了这个人情才心安。"

　　他顿了顿，又道："文家虽然嫌贫爱富，但有一点没说错。你在红会行医，只能薄有清名，却无益于经济。你若是自己出来开个诊所，前途更为广大。"

　　孙希正色道："峨利生教授临终前有嘱托，给这里的生民一点希望，让外界少一分误解。我这个人意志薄弱，如果不在总医院做，担心自己会坚持不下去。"

　　"沈仲礼有诸般缺点，但一心搞慈善这点，倒一直很坚定。"冯煦发现孙希面露惊疑，不由得笑起来："我与他当年是各为其主，乃是公敌，没有私怨。如今我虽然不为红会做事，可也在上海组建淮北义赈会，专门援助安徽，和他也算是殊途同归了。"

　　孙希刚松了一口气，冯煦又转回到原来的话题："之前张在初告诉我，他对女方的要求是品貌端正，出身清白。这话未免太泛，我想听听，你对择偶有什么要求？我也要按图索骥。"

大概冯大人是真的怀有歉疚，所以对这件事格外上心。孙希心中苦笑，当初逼他进红会，如今又逼他相亲，冯大人努力要善解人意，可还是改不了家长作风。

孙希脑海中忽然闪过一个荒唐念头，不由得脱口而出："冯大人，我其实心有所属，不劳费心。"

"哦？是哪家的小姐？"

"呃……姚家……"孙希回答。事到如今，也只能请出英子来做挡箭牌了，大不了事后道歉请她吃饭。方三响的餐刀"铛"的一声，切到了餐盘底部，以致冯煦没听清楚。

"谁家？"

正在这时，窗外突然传来一阵报童的嘹亮喊声："号外！号外！沪上大战将启，红会宣布救援计划！"这喊声里的关键词，与三人都关系匪浅，三人同时意动。冯煦立刻唤来仆欧，从外面买回来一份号外。

要说沈敦和的效率，实在惊人。昨天半夜方三响才打听出陈其美的规划，他今天已经编成了救援计划，并通过报纸公之于众：

改红会总医院为第一伤兵医院，改天津路市医院为第二伤兵医院，改时疫医院为第三伤兵医院。成立南市救护队，以王培元为救护队长，驻扎在制造局附近。一俟两军开战，立刻展开救援。

下面还开列了办事处地址与电话，呼吁各界绅商募捐善款云云。

这套救援体系，完全就是比照陈其美的军事计划来做的。冯煦接过号外读过一遍，忍不住颔首赞道："从前做善事都是先有灾至，再行救援。还从来没见过大战未启，救援早在一旁静候的，真是破天荒头一遭。"他抖了抖报纸："而且还提前出了号外，让沪上军民都看在眼里，这一次善款劝募应该少不了——沈仲礼，嘿嘿，真是不简单。"

"那您觉得，这次南北之战谁会获胜？"孙希问。旁边的方三响停止了刀叉切割，也竖起了耳朵。

冯煦一捋胡须："我乃是前朝残老，不管本朝的事。袁世凯和孙中山都是乱臣贼子，随他们去打好了……你别岔开话题，到底是哪家的小姐？"

孙希只好硬着头皮道："姚永庚家的小姐。"

"姚英子？"冯煦眼睛一亮，旋即面露难色，"那姑娘倒确实不错。不过他们姚家毕竟是烟草大王。'门当户对'四个字，她不计较，她家里也要看重。"

孙希把心一横："只要她还没定亲，我就还有机会，所以暂时不做他想。"

他故意发出这种决心，冯煦也就不会继续张罗相亲了。果然，冯煦见他态度坚决，转了转杖头，随后重重往地上一顿："好，你有决心就好！"

孙希暗暗松了一口气，这一关到底避过去了。

他转眼去看方三响，他已经吃得盘光碟净，正用餐巾擦嘴。他们拜别冯煦，走出番菜馆，孙希一按他肩膀："喂，老方，我这是走投无路，你别多心啊。"方三响看着他："什么？我没听懂。"

"我再说一遍，你演技好烂哪。"

方三响板起面孔："你不必跟我解释什么，快琢磨琢磨怎么跟英子说吧。"孙希双手合十："我这是搪塞冯大人用的，你不说，我不说，她是不必知道的。"

两人边说边离开，雅间里只剩下冯煦一个人。他也是做惯慈善的人，拿起号外打算研究一下这个超前救援计划，读着读着，忽然一皱眉头，不由得喃喃自语道："他这个计划用心虽好，但却有一个大纰漏哇。"

冯煦本想把孙希唤回来，请他转达给沈敦和，可再仔细一想，终究作罢："算了，我跟沈有旧怨，让孙希转达有些尴尬。还是寻个别人去提醒吧。"

计议已定，他把号外一折，放入夹袋起身离开。

接下来的几日里，上海局势可谓风云突变。先是七月十八日陈其美正式通电独立；然后七月十九日上海保卫局发布声明，代表沪上士绅呼吁和平；紧接着七月二十日，北洋海军中将郑汝成宣布统辖驻沪海陆各军，进驻江南制造局。

这样一来，北洋军和讨袁军，都拒绝了上海保卫局的调停，大战势在必行。于是整个上海的焦点，一下子集中在了位于高昌庙的制造局。

时间缓慢而无可逆止地推移到了七月二十二日。

"老方你看看，今天各国领事发布了中立声明，这回更热闹了。"

孙希放下英文报纸，啧啧感慨。此时他身穿红会制服，正坐在一驾救护车的边板上。方三响蹲在地上，正检查着担架的绳结，听到孙希讲话，头也不抬："意料之中，他们从来如此。"

"乐观点想，洋人们能各扫门前雪就很不错了，总好过来干涉你的瓦上霜。"孙希拍了拍车篷。

他旁边的这驾救护车，是医院悉心改造过的新玩意儿，胶皮大轮，单辕拱篷，车厢后部被改造成一个下倾的箕形口，正好可以塞进一副担架与两名医护人员。车厢内还有三向棉布帘，必要时可以垂下来，充作临时割症台。

这时宋雅从车内探出头来："我清查完了，甘草合剂与硼酸还差三磅①，你们记得去问后勤工作人员讨要。"孙希懒洋洋地抓起簿子，勾上记号。这时严之榭从远处乐颠颠地走过来，从怀里掏出一个油纸包，里面是几张热气腾腾的大饼，状如鞋底。

"这么荒凉的地方，没想到也让我找到一个大饼摊。可惜没买到油条，不然中间一夹，再来一碗咸豆浆，惬意死了。"严之榭嘴里絮叨着，给他们一人分了一张。孙希、方三响与宋雅停下手里的事情，靠着马车大嚼起来。

他们此时所在的位置，正好是在法徐家汇路的南侧尽头。这里附近是一大片棉花田，往南大概一里②路开外，便是制造局的北大门。刘福彪的福字营，即在棉田附近展开，两军至今仍在对峙，没有开火迹象。

而在两军外围，密密麻麻分布着很多小队伍，都是一驾救护马车配备几名医护人员。孙希、方三响，还有严之榭、宋雅，即其中一组。

这种小组叫作流动手术站，是红会总医院吸取武昌战地救援经验后，苦心发明的救援办法。

它将整个救援区域划分为内、中、外三圈。救援队深入内圈战场，将伤者转移至中圈的流动手术站。轻伤者就地包扎，危重者先做手术处理，然后马车直送至外圈各处伤兵医院。三级接续，形成一个链条。如此一来，既可以确保效率，也能提高伤兵的存活率。

这种救援体制唯一的缺点是，需要有充足的医疗资源。幸亏这一次战事发生在上海本地，资源充沛，除了总医院之外，广慈、仁济、宝隆、同仁、广德、仁德等医院及华美、华洋等药房，都有大量医护人员不计薪酬，自愿前来。所以红会总医院才有底气做一次实战演练。

诚如已故的峨利生教授所言，医术是一种深入骨髓的利他本能。

于是在这一天的江南制造局外，除了陈其美的五千讨袁军之外，还围满了担架队、救援队以及十几个分散的流动手术站。大记者农跃鳞在《申报》专栏里啧啧称奇，称其为"三军未动，华佗先行"，"三千年未见之妙景"。

"唉，这哪是战地救援，简直就是看大戏。观众都到齐了，台上还没开锣……"

孙希第一个嚼完大饼，长长打了个哈欠，手搭凉棚朝南边看去，忽然"咦"了

---

① 磅：英美制质量或重量单位，1 磅合 0.453 6 千克。

② 里：长度单位，1 市里等于 150 丈，合 500 米。

一声。他注意到制造局的北大门毫无动静，但湛蓝色的天空上，却多了几条粗大的烟柱，活像顽童拿毛笔在纸上随手画了两道。

"你们看，你们看，是制造局起火了吗？"孙希嚷嚷道。其他三人纷纷仰头观望，方三响道："不是制造局，那个烟柱升起的位置还要靠南，应该是海筹号来了吧。"

这艘海筹号与海容号是同级炮舰，当初在武昌随舰队一同起义，曾创下一炮炸毁清军五列火车的纪录，也是一艘革命功勋舰。它这次停泊在制造局外的江面上，显然是打算用舰炮支援守军的。

方三响因为自身经历，对水师变化格外关注。此时看到这烟柱，心中迷惘越发浓厚。北洋军不正是清军变的吗？你一艘功勋舰，怎么又回到帮着清军打革命党的老路了？

他正自迷惘，忽然听到耳边一阵"突突突"的声音，由远及近。方三响急忙转头，看到一辆福特 Town Car 正朝这里开过来，车通体黑色，轮胎外面一圈是白的。不用辨认，这肯定是姚英子的座驾。

不过这车来势汹汹，丝毫没有减速，一直冲到救护马车旁边才猛然刹住，吓得辕马踢了踢蹄子，把马车拖动了数步。方三响眉头一拧，赶紧拽住了辔头。这时姚英子"哗啦"一声推开了车门。宋雅正要迎上去，却发现她一脸怒气，径直走到孙希面前，杏眼圆瞪："孙希，你到底跟我爹说什么了！"

孙希莫名其妙地举起双手："什么呀？我都很久没见到伯父了。"

"你是没去见他！你是让冯煦去上门提亲了！"姚英子涨红着脸，几乎要吼出来。

孙希一听，脑子仿佛被海筹号的主炮抵近轰击了一下，顿时蒙了。他本意只是想让冯煦知难而退，没想到老爷子对这事太过上心，居然迎难而上，直接登门去了。

其他三个人，无一例外地僵在了原地。这个八卦来得太过突兀，他们甚至没有时间去消化，纷纷别过脸去，却把耳朵支起来。

"英子，英子你听我解释，不是这样的……"

"有什么好解释的！冯煦跟我爹说了一堆鬼话，什么两情相悦，什么之死靡它，什么知慕少艾！你不要脸，我还要做人呢！"

孙希简直要疯掉了，冯大人，你的文才不要用在这种场合呀！他只觉得气血翻涌，这会儿如果用救护马车里的血压计量一下，说不定血压计会直接爆掉。

"我爹一直骂你是小人，我都不敢在他面前多讲，哪晓得你倒厚着脸皮上门提亲来了！"

孙希小心翼翼问："那……那后来呢？"姚英子瞪了他一眼："你还指望我爹答

应？"孙希缩缩脖子："不是，不是，我是问冯大人后来说了什么别的失礼话没有？"

"你还真了解他。他说了，你孙家在广东也是名门，入赘是不可能的，最多第二个……第二个孩子跟姚家姓。"姚英子羞得简直说不下去，原地拼命跺脚。

孙希眼前一黑，羞愤到要转身去跳黄浦江，这简直比被扒掉底裤还难堪。严之榭和宋雅实在坚持不住，捂住嘴转过脸，肩膀耸动。只有方三响还一脸认真地提醒："那万一第二个是女孩……"

"蒲公英！你闭嘴！"姚英子恼恨地踩了他一脚，又看向孙希："我还没说完呢！我爹听完以后气坏了，当即就要端茶送客。然后你那位冯大人，居然又指摘起红会的救援计划来，说什么有大纰漏……"

孙希有点傻眼，这冯煦冯大人到底是上门提亲，还是上门搦战哪？怎么专挑得罪人的话说？以他的身份，这时跳出来批评红会的救援体制，就算没私心，别人也会认为他是挟私报复，更别说姚永庚正在气头上。

当年冯煦在安徽巡抚任上，就因为一副悼念徐锡麟的对联，恶了端方。这么多年过去，他的耿直做派，真是丝毫没变哪。

姚英子道："我爹说，一定是沈伯伯新搞的这个救伤体制赢得沪上交口称赞，他面子上挂不住了，总要踩一脚才心甘。他替孙希你提亲，只是一个引子，真正目的还是攻击沈伯伯。"

没想到姚永庚脑补出这么一个大阴谋，孙希真是张口结舌，百口莫辩。这时方三响走上前来，揽住孙希的肩膀，对姚英子道："英子，你别误会，提亲这件事我知道，真不怪孙希。"

姚英子冷笑："你听了不急，倒替他说起好话来了！"方三响一怔："我急什么？他确实是无辜的，我全程都听见了。"然后把申园番菜馆的前因后果讲了一遍。

花了好长时间，姚英子这才明白个中曲折，狐疑地看了眼孙希："你们说的是真的？不是串通起来骗我的吧？"孙希忙不迭地点头："真的，真的是冯大人自作主张，我怎么可能会上门找你提亲嘛。"方三响也帮腔道："是的，绝无可能，谁会这么蠢，跑去你家里提亲？"

姚英子大怒："蒲公英你什么意思！是觉得我一定嫁不出去吗？"方三响"呃"了一声，不知该怎么回答才好。好在孙希反应比较快："哎，老方的意思，就算我们有这心思，也肯定会先跟英子你商量的嘛，绝不会自作主张，先斩后奏。"

"那你们到底有没有？"姚英子盯着问。

孙希猛猛摇头，方三响却用力点头。两人发现跟对方反应不一样，同时换动作，结果还是一人摇头，一人点头。

姚英子被这两个家伙的滑稽戏逗得"扑哧"一乐，怒气再也不好发了，只好恨恨道："总之我爹现在更讨厌你了，我可不去哄，你自己想办法。"孙希苦笑着摇摇头："他老人家不要找杀手来追杀我，我就谢天谢地了。"

姚英子哼了一声："那你干脆答应文家算了，人家可是愿意送你私人诊所当嫁妆呢。"孙希突然一脸严肃，以手抚胸道："文家小姐虽美，可没什么生人气，还是传统那一套贤良淑德，娶回家不过一张年画。比起英子你，可差得太远了。"姚英子脸颊略红，却遮不住面上得意："算你会讲话，算是功过相抵，本小姐暂不追究。"

这一段误会，就算就此揭过。宋雅过去跟姚英子嘀嘀咕咕，严之榭却跑到孙希面前，神秘兮兮地问道："文家是在申园番菜馆请你的呀？"孙希点点头，严之榭又问点了什么菜，他皱着眉头回忆了几道，严之榭一拍大腿："哎呀，这些菜号称改良，其实还是中菜为体，西烹为用，不算正宗，下次我带你去别处尝尝。"

孙希正心烦意乱，懒得听他的美食经："你自去说给文伯伯听。"严之榭一听大喜："甚好甚好，下次把他约出来，我来安排馆子。"孙希眉头一跳："我看你呀，是看中了那一座私人诊所的陪嫁吧？"严之榭一点也不羞愧："她云英未嫁，我衣食无着，大家各取所需，有什么不好承认的？"

方三响提醒道："你和红会签了合同的，不可以轻易辞职的。"严之榭满不在乎："我是牙医专业，在总医院做个兼职也就够了。"

这时姚英子才说起自己今天来的目的。原来她这几天一直在忙着筹备保育讲习所，华亭县那边有阔商愿意捐一批棉布，她决定亲自去谈细节。正好赶上冯煦提亲，她便顺道拐进来找孙希兴师问罪。

"真是无妄之灾……"孙希愁眉苦脸，心里暗骂陈其美和郑汝成："你们早点开打，我就不必受这苦了。"方三响瞥了眼制造局的北门，提醒道："眼看就要开战，英子，你小心点，不要靠近南市范围。"

"没事，华亭那边又不打仗，我谈完以后直接回家。"姚英子开门上车，熟练地发动引擎，又从车窗探出头来，声音比刚才柔和了些："你们也要注意安全，下次不要乱来了。"

车子"突突突"地冒着黑烟离去了，孙希和方三响相对无言。

姚英子最后扔下那句话是什么意思？是不许有下次，还是下次不许乱来？他们三个不是没吵过架，但因为这种事吵架还是第一次。他们俩有心交流下理解，可宋雅和严之榭还在旁边，不便深谈，只好一个钻进车里去摆弄手术器材，一个在外头一遍遍地检查担架绳结。

宋雅望着他们两个，无奈地摇了摇头，仿佛看着两块木头。她有心点两句，可终究还是放弃了。严之榭倒是四人中最开心的，兴致勃勃地讲起改良番菜的种种口味，还一直问孙希文家小姐的相貌。

整个二十二日的白天，便在这种尴尬中消磨过去了。

当时间进入二十三日凌晨三时许，昏昏欲睡的医护们突然听到一声剧烈的爆炸声，全部惊醒过来。他们还没揉开睡眼，密集的枪声便骤然响起。只是一瞬间，黑暗中亮起一片纵横交错的炽热火网，把制造局牢牢罩在火网中。

讨袁军刻意选择了这个时间发动夜袭，是打算攻守军一个措手不及。但观战者在黑夜中可以清晰地看到，从制造局延伸向外的火线，丝毫不比外围射向制造局的少，守军显然早有准备，而且装备更加精良。

按照条令，红会医护们在夜间是绝不允许出动的，他们只好趴伏在事先挖好的避弹掩体内，观察着战况。

两军在黑暗中交了数个小时，战线却丝毫没有移动。日出之后，枪炮声才渐渐停歇。硝烟散尽，只见制造局围墙前的空地上，躺满了讨袁军的尸体，断肢残肢奇多，都是近距离被机枪撕裂的。那两扇满是弹孔的北大门，依旧岿然不动。

之前红会医护们因为漫长的等待，心思懈怠，甚至有人拿迟迟不开战开玩笑。可眼前这一番残酷血腥的景象，一下子把众人拉回汉口的记忆中。他们二话不说，立刻投入到紧张的救伤中去。

沈敦和这个救援体制，在首次实战中展现了令人赞叹的优势。以方三响、孙希所在的流动手术站为例，以救护马车为核心，方三响与严之榭深入战场，把伤员运过来，轻伤交给宋雅包扎，重伤让孙希施行紧急手术，如果有人情况危殆，可以直接被马车送到后方伤兵医院。他们忙活了足足两个小时，救治了二十几名伤员，这个工作效率，堪称奇迹。

"孙希，这是最后一个！"

方三响和严之榭匆匆抬过来一副担架。

担架上躺着的伤兵，腹部被弹片豁了一个大口子，肠子从右侧流了出来。这时候就显出救护马车的优点了，它的车厢后头两侧有两条凹槽。伤员不需要挪动，方三响和严之榭抬起担架一头，往车厢里一塞，担架便能顺着凹槽滑进去，牢牢卡住，变成一个简易手术台。

而在极端情况下，这个手术台甚至可以单独拆卸下来，变成一个上下两层的活动病床，上层躺病人，下层放器械、药物和其他物品，直接推着走，极见巧思。

孙希此刻正在处理一个胳膊贯通伤的小兵，方三响正要挽起袖子来帮忙，孙希却转头喊道："不妨事，我可以一起处理，你们快去接别的伤员。"

宋雅打开一瓶酒精，直接往孙希手上浇了一通。孙希伸手把那盘肠子托起来，轻轻推回腹腔。宋雅原先最怕鲜血，经过几次锤炼之后，看到这种血腥场面也熟视无睹了，埋头去准备腹腔缝合的针线。

孙希的手法，比辛亥时更为纯熟。而且他的工作流程与平常不太一样，居然同时在处理这边和另外一边的手臂枪伤。他巧妙地把两种伤势的急救步骤组合到一起，在宋雅的配合下左右忙碌，处理速度飞快。

这是峨利生教授临终前留给他的课题：如何提高战场救伤效率。他这几年来，一直在深入思考，此时遇到战乱，正是实践的好机会。

见孙希他们开始动刀了，方三响喘着粗气走开几步，再次回到战场。

战场上此刻尸横遍野，呻吟声四起。这些伤员和死者，大多是福字营的人。开战后他们冲锋最猛，伤亡也最惨重，方三响保守估计，得有一百多人的伤亡。唯一的好消息是，杜阿毛和樊老三不在其列。

方三响不期然想到，那一晚刘福彪的凄惶与颓丧，是不是正因为预料到了今日？虽然方三响与青帮并没多深的交情，可看到这么多跑码头的汉子以革命军的身份倒在田野里，心中不免有些恻然，对于这一场战争的来由更加迷惑。

这时一辆急救马车从远处赶来，它是来输送补给兼运伤员的。方三响迎了上去，却见到一个完全没想到的人从马车上跳下来。

"陶管家？"

陶管家神色惶急，见到方三响便抓住他胳膊："方医生，你可看到我家小姐了？"方三响一怔："她不是去华亭了吗？"陶管家一跺脚，说她应该当天就回家了，可到现在都没动静。方三响颇为诧异："可华亭安全得很，并没有军队交战哪。"

陶管家叹了口气："错了，错了，咱们全错了。唉，红会这次出了大纰漏！沈会长已紧急召集全部会董商议，老爷也去了，让我赶紧去救小姐。"

方三响的心脏猛然搏出一股血来，浑身却一阵发凉。

到底会是什么纰漏，居然让远在华亭的英子陷入危境？

第二章
一九一三年七月（二）

事实上，姚英子并未深陷危境。

至少不是其他人想象中的危境。

姚英子是在二十二日当天抵达华亭镇的，她正跟人谈捐赠，忽然听到外面喧闹，说有大批流民逼近镇子。主人家里慌作一团，姚英子自告奋勇，开车出去侦察。车子开出镇子十几里之后，她看到眼前出现一番惊人的景象。

只见绿油油的华亭田野上浮动着一片片暗灰色污垢。这些污垢是一片片衣衫褴褛的人。男女老少都有，黝黑的皮肤、蜡黄的脸色、脏灰的衣衫，构成了逃难人群的三原色。夏日的炎热又为这幅景象涂上一层汗津津的油浆色，像在炉渣灰堆里弄翻了一桶菜籽油，黏腻而浑浊。

他们簇拥着，蹒跚着，像钱塘潮水一般涌动，以缓慢却不可动摇的速度漫过农地，漫过桑林，漫过沟渠与道路，朝着华亭方向推进。

姚英子曾亲历过淮北水灾，但那些灾民除了衣服以外一无所有，而眼前这些人虽然惶急憔悴，可带的东西并不少。他们把所有的衣物都套在身上，鼓鼓囊囊的，胸口还扎着一个包袱，女的胳膊上挎起藤筐，男的肩上挑着扁担，偶尔还有几辆独轮车，车上除了大包小包，还歪躺着老太太或老头，怀里往往还抱着嗷嗷哭泣的幼童。

"这是从哪里来的流民？"姚英子有些迷惑，没听说这附近有北洋军或讨袁军驻扎呀。

她又观察了一阵，发现流民的移动速度不是很快，而且颇有秩序——或者说，目的很明确——他们不偏离官道，也不骚扰附近的零星民居，一直朝东北方向走着。姚英子很快意识到，他们的最终目的地不是华亭，而是上海城区！

姚英子迅速驱车返回了华亭镇，镇上已经乱成了一团。商铺关门上板，摊贩拖车拽驴，居民们呼儿唤女，纷纷朝家里跑去，一派大灾将临的街道乱景。

她索性跑去县衙亮明身份，才从县知事那里打听清楚原委。

原来早在七月十二日，江西讨袁军与北洋军的段祺瑞部便已经开战；而从七月十五日开始，江苏讨袁军在黄兴的率领下，与老对手冯国璋、张勋亦大战于徐州、扬州一线——张竹君就是去了那里救援。

且不说两军胜负如何，这一场大战波及数省，大量民众流离失所。迟迟没有开战的上海，便如同黑夜中的一盏明灯一样，吸引这些走投无路的难民从四面八方拥来。再加上浙江都督朱瑞宣布中立，狡黠地放开通路，导致难民潮毫无阻碍地穿过浙江，沿途一路裹挟，直抵上海近郊。

姚英子听完此节，不由得暗暗叹息。

原来这就是冯煦说的大纰漏。

沈伯伯把上海的慈善力量倾注在了江南制造局的战地救伤，仅就上海一地而言，并不算错。但他漏算了外部战争造成的影响，如今难民齐齐拥来，红会恐怕要左支右绌、顾此失彼了。

冯煦做过安徽巡抚，有着丰富的灾政经验，一眼便注意到了这个纰漏。可惜呀，就因为儿女私情的一点误会，这个提醒未能及时传达给沈敦和。姚英子一想到这里，便涌起懊恼与羞愤。

接下来，该怎么办才好？

这时县知事的吆喝声打断了她的思绪。这是个民国后才上任的年轻官员，正叉腰站在堂下，分派手下去镇上搜集木桶、水瓢和面饼。姚英子好奇地问他们这是要做什么。县知事说天气这么热，那些难民必然又饿又渴，准备点水和干粮放在路边的给食点，方便取用。

姚英子登时对这位县知事大为改观，真是个怀有悲悯之心的好官。不料县知事下一句便道："让他们吃饱喝足，好有力气尽快上路。"

姚英子一惊。上路？难民潮里有大量老弱病残，急需诊治，怎么能立刻上路呢？

"华亭县这里不做收容的吗？"她问。

县知事双手一摊："华亭县是个小地方，哪里收容得了？赶快礼送出境，别让他们祸害本地就好。"

"你这也……也太不负责任了！"姚英子有点生气。

面对指责，县知事只是冷冷一笑："姚小姐，你想想，这些难民是怎么跑来这里的？"

姚英子先前还真没想过这个问题，被县知事一点，才发现不太对劲。她刚才亲眼看到，那些难民携带的行李并不多，怎么能完成这么长距离的逃难？

县知事道："流民所到之处，当地政府都会在路边摆好食、水，不许停留，只求让他们有体力离境，去祸害下一家。"

他说得很平淡，既无得意也无愧疚。事实上，这种做法在前清那会儿是通行的。流民为何能一流千里，正是各地官府一路递送推诿的结果。姚英子想起当年在蚌埠集，李巡检也是主动施出粥米，只求城下灾民早点滚蛋。

"那……华亭县处理不了，可以让沪海道出面收容啊。"姚英子又发出疑问。

可县知事笑了笑："陈其美在上海公然招兵买马，道尹大人都管不过来，还指望他能做什么？"

这也不行，那也不行，姚英子感觉胸口有一团火冒起来，燎得心尖无比烦躁。

县知事道："你一个妇道人家，何必管这些事？还是早早回去吧。"

姚英子在县知事眼里，读出了一丝轻蔑。她在筹办保育讲习所时，不止一次在别人眼中看到这种神情。在他们的世界里，似乎从来不会把"女子"和"妇道"之外的事情联系到一起。

"妇道人家怎么就不能管了？我是医生，这是我的责任。"她硬邦邦地顶回去。

县知事一脸无奈："医生是治病的，但目下这些难民最需要的是赈济。敝县力有未逮，还是上海那边更富庶一些，更适合他们就食。"

姚英子摇摇头。上海眼看开战，如果放任这一大股难民冲过去，撞上两军交火，将会造成极大的伤亡。尤其队伍里还有大量妇孺，她若是放任不理，还有什么脸面去搞保育讲习所？还有什么资格去宣称要专门关心妇孺？

她沉吟片刻，迅速手写了一个地址："麻烦大人您赶紧派个快手去上海红会一趟，通报难民的情况，让他们尽快亡羊补牢。"县知事奇道："姚小姐，你开车回去通知，岂不是更快？"

"不，我要留下来——你们的给食点设在哪里？"她问。

"哦，是在华亭镇北一处叫大张泾的小河边上……你问这个干吗？"

姚英子一撩头发，说："我要去那里拦住难民队伍，让他们缓一缓。"县知事闻言脸色一变："本县不得容留难民，这个请求恕难从命！"姚英子反复陈说上海如今不能去，可县知事却冷笑："姚小姐住在上海，自然为上海民众考虑，却要我华亭承担风险，凭什么？"

姚英子实在没办法，只好祭出了家传绝学，拍着胸脯说这次容留难民的费用，她会想办法解决。但县知事顽固得很，坚持说这根本不是银钱的问题，万一起了暴乱，算谁的责任？

姚英子眼看时间一点点流逝，万般无奈之下，只好犟起脾气，强扭着县知事摊开地图。县知事知道她是姚永庚的女儿，不好拂袖而去，只好陪着看。

两个人唇枪舌剑了半天，最终达成了一个妥协方案。

华亭县把给食点从大张泾移至九里亭附近，引导难民前往七宝镇。那里是上海县与华亭县的交界点，以一条叫蒲汇塘的水路相隔。只要难民们进入上海县境，姚英子是劝是阻，悉听尊便。

商议既定，姚英子毫不迟疑，当即驱车直奔七宝镇而去。县知事望着福特汽车后头突突冒出的黑烟，神情复杂。他到现在也没明白，一个与难民非亲非故的大姑娘，为什么要掺和到这种事里来。

"要我说，大人不必理睬她，该干吗干吗，糊弄走了就完了。"旁边的人说。县知事眉头一皱，当即呵斥道："既做了承诺，自然要信守，你们快去上海红会报信。"

从华亭镇到七宝镇大约有三十里路。姚英子这辆车速度不快，加上河沟纵横，一直开到夜里才抵达镇上。

七宝镇的建制比较特殊，它在前清时一镇分别归属华亭、上海、青浦三县，民国之后才统一划归上海县管辖，与华亭隔河相望。姚英子进了镇子，直接拍开了镇长的邸宅大门。

镇长一听有难民要来，当即不敢再睡了，连夜召集士绅来镇公所商议。七宝镇是个富庶镇子，这些士绅对钱粮不在乎，只盼尽快把他们打发走。姚英子深知他们的秉性，直接提出了一个出乎意料的要求：希望镇上拨出五条漕船。

明、清两代松江府每年要运大量白米到北京，为此定制了在漕河里运输的大木船，一直沿用到了现在。这种船的船底平阔，船身低矮，甲板平整且通头贯尾，最适合在江南的水路网络中运送货物或者……人。

"难道姚小姐是打算把难民们从水路运走？这可不够哇。"镇长诧异。

"不，只运妇孺老弱。"

姚英子双手按在桌子上，冷静地回答。她很清醒，自己能力有限，只能优先救助队伍中最需要帮助的群体。

她当初挑中七宝镇，正是因为它旁边有一条叫蒲汇塘的界河，这条河向东途经漕河泾、龙华港，可以直入黄浦江，从十六铺码头登岸。换句话说，只要这些妇孺老弱在七宝镇登上漕船，便可以迅速抵达上海南部城厢，免去跋涉之苦——要知道，这时候绝大部分女子是缠足的，以畸形小脚走那么远的路，会极大地损害健康。

至于其他难民，只能寄希望于沈敦和的救援队伍了。

说服镇公所去准备船只，花了姚英子整整一晚上时间。到了二十三日的中午，她终于看到昨天那拨难民出现在远处的稻田之间，华亭的那个县知事果然言而有信，把他们引导过来了。

那五条漕船已经在蒲汇塘里一字排开，各自搭着一条宽跳板到岸上。姚英子事先叫人写了一个巨大的告示，高高举在一根竹竿上，然后雇了十来个人，站在高处扯着嗓门大喊："孕妇、老人、孩童与体弱女子，请上慈善船！"

难民们面面相觑，有些不知所措，谁也不动。姚英子索性冲过去，扯住队伍里的一个老太太，给她耐心解释。老太太畏畏缩缩不敢动，旁边她儿子满脸警惕："哪里有这样的好事？娘，你可别信她。"姚英子叱道："你光顾着自己，怎么不看看你老娘的腿脚？"

她让老太太一抬右脚，那只畸形小脚穿的布鞋早磨漏了，脚底板一片血红。她儿子心疼地跪在地上，揉着娘的脚哭说："你咋不讲哩？"老太太赶紧解释："我这是怕你担心。"说着说着自己也开始抹眼泪。

姚英子好说歹说，总算把老太太劝上了船，然后把昨晚准备好的一张字条递给她儿子，上面是保育讲习所的地址。那里本来是剧院，空间宽阔，这些妇孺抵达城厢后，正好可以暂时寄身于此。

把第一个老太太劝上去，后头的就好办了。难民队伍里的老人与孩子很多，孕妇也不少，个个都已是强弩之末，疲累到了极点。他们家人虽然舍不得分离，但终究不能看着他们死去，到底还是纷纷将其送上漕船。

姚英子站在跳板旁边，控制着登船的节奏。她忽然发现队伍里有一人头戴斗笠，混在妇孺老弱中往船上走去，她心中狐疑，猛然掀开斗笠一看，下面是一个满是络腮胡子的男人。

"丁壮不能上船，告示没听清楚吗？"

那男子油滑地一笑："我老婆也在船上哩，我得去陪她。"姚英子冷着脸伸手一挡："不行！这是规矩，这慈善船只接送妇孺老弱。"男子伸手要去拨开姚英子，硬往船上闯，嘴里还不干不净地骂"小娼妇"。

姚英子哪被人骂过这么难听的话，气得脸都涨红了，双臂伸开挡在他面前。男子恼羞成怒，正要推搡，却被闻讯赶来的镇公所警察赶开。

下了船之后，那男子冲难民队伍里的其他人喊道："我刚才听那个小娼妇偷偷说，这次骗了几船人，运到苏州去慢慢发卖！大家可别上当啊！"

其时苏州富商多，人贩子喜欢把拐来的女子卖去做丫鬟。这男子张口乱讲，立刻在队伍里传开了。

"若真是官府办慈善，哪有女子出面张罗的道理？"

"对，对，这小娘皮肯定是拐婆子，专门哄我们上当。"

难民们你一言，我一语，似乎补完了一套完整的道理。还没把妇孺送上船的人，都赶紧往后退；送上船的，也骚动着想让他们下来。人群一下子混乱起来。

姚英子只好大声解释说绝无此事，慈善船的路线是向东进入上海，根本不可能开到北面的苏州。谁知难民们一听是去上海，眼睛唰地都亮起来。

"早听说上海租界阔绰得很，洋人铺地板都是用黄金。"

"那要是抠下一块砖，不是值好几块大洋？要一天饭，比种一个月地还赚！"

刚才还群情激奋的难民，突然态度又紧急转变。若能登上这船，就能先一步到上海。他们千里迢迢跑到这里，不正是为了投奔富庶繁华的上海吗？

"你说不是拐卖，那你干吗不让我上船盯着我儿子？心虚了？"

"俺老娘和老爹病咧，得有人陪着伺候哇。"

"少废话！快给老子他妈的让开！"

各种各样的声音，或恳求，或威胁，或质疑，或别有用心，一时间纷杳而起。伴随着喧嚷，前面的人拼命朝船上冲，后面的唯恐赶不上。原本还算有秩序的逃难队伍，隐然有了要崩解的征兆。

面对这起纷乱，姚英子一时间有些不知所措。

她原以为只要释放善意，便会获得难民们的配合，却低估了人性的复杂程度。所以华亭县知事和其他地方官的策略，无不是尽快让他们离开。如果冯煦在旁边，就会提醒这个天真的小姑娘：

在所有的救灾行动中，收容难民至难至艰。抗疫只需要治病，战场只需要救伤，收容难民的关键，却是对无数人心的把握。每个人都有自己的想法和利益诉求，形成一个极复杂的旋涡。

眼前的混乱还在加剧，少数几个镇公所的警察在勉力维持，可也支撑不了太久。

整个队伍都涌动起来，即使前面的想停下来，后面的也会继续推动。

突然传来"扑通"一声，一个尚在襁褓里的小娃娃掉进水里，随即一个女人凄惶的尖叫声在船头响起。

姚英子大惊，一时顾不得多想，飞身扑下水去。好在蒲汇塘的水比较浅，她水性又不错，很快便捞起小娃娃，喘息着朝岸上推。小娃娃吐出几口水来，开始号啕大哭。

这哭声仿佛往水里投入一枚石子，震动出一圈圈涟漪，扩散到四周去。难民队伍突然变得激动起来，没人说得清楚为什么，大部分人也没看到发生了什么，但蓄积的疲惫，让所有人都莫名暴躁，彼此推搡，高声叫嚷，似乎空气中飘荡着一股刺激的辣椒素。

姚英子浑身湿漉漉地刚刚爬上岸，人群便乌泱泱地拥上来，如不受控制的洪水漫过堤坝。姚英子甚至来不及用手撩去发梢的水珠，下意识地紧抱住襁褓，全身尽量弓下去，护住婴儿。

眼看姚英子要被这一拨人潮淹没，忽然一个人影横里蹿出来，牢牢地挡在她面前。只见此人双手似门户封挡，肩背如铁山硬靠，一顿劈挂周旋，冲在前头的几个流民"扑通""扑通"全数落水，人群骚动为之一顿。

姚英子抬起头，是陶管家！

陶管家又打退了几个人，快速过来心疼地把她和孩子搀扶起来。姚英子问："你怎么来了？"陶管家朝另外一个方向抬了抬下巴，姚英子看到，远处数十辆马车正疾驰而至，每一辆上面都竖着一面红十字小旗。

"你们……来得好快呀。"姚英子又惊又喜。

伴随着红会马车队抵达的，还有足足两百多人的长枪队。他们统一头戴英式扁盔，身着浅褐色的咔叽军装，但没有军衔，肩上扛着与北洋军同样制式的曼利夏步枪——这是上海总商会的商团武装！

看到军队逼近，难民们顿时老实了几分。这支长枪队冲到河边，迅速分成几队穿插，把难民队伍登时分割成数块，彼此用长枪与训斥隔离开来。他们还搬来了一个电喇叭，不时发出尖锐的声音。

等到他们初步控制了局面，红会的医护们才跟进过来。他们从马车上搬下大量时疫药水、除虱药等等。只有检查过的人，才能前往七宝镇公所那边领取大饼、饼干或稀粥。先控制，再检疫，最后赈济，这一套流程执行得有条不紊。

陶管家告诉姚英子，华亭县的那个知事办事还挺靠谱，当晚便派人去通知了红会。不过传话的人没提姚英子，害得陶管家今天上午跑到江南制造局去找人。

抛去这个小误会不提，红会理事们对于这一疏漏的反应非常迅速。沈敦和没浪费任何时间，直接抽调了一批在制造局附近的流动手术站的医生，让他们乘马车赶往华亭与上海交界，同时又请求李平书出动商会武装配合。

姚英子这才算松了一口气。她先把孩子交还给船上的母亲，这才发现自己背部和腰部疼得厉害，也不知混乱中是被踢的还是被撞的。

这时她耳边响起一个熟悉的声音："这位小姐，要不要过来检查一下？不收挂号费的。"

姚英子侧头一看，孙希笑眯眯地站在她身后。她突然一阵委屈，狠狠瞪眼道："要你好心！"转身走向另外一辆救护马车。孙希赶紧追过去拽牢，满脸赔笑："我开玩笑啦。我这不是专门跑过来救你嘛。"

因为昨天那点尴尬，姚英子现在见到孙希，还是有点不自在，便问道："那蒲公英呢？"

"制造局那边还在打呢，他得带人留守。"

讨袁军在上午遭遇了惨败之后，士气一直没恢复，只是象征性地冲锋了几次，一触即退，所以两边伤亡不算大——沈敦和这才有底气撤走一半人马，转而支援难民。

姚英子寻了一块石头坐下，孙希一边给她检查伤口，一边感叹："英子，你胆子太大，一个人就敢安排这么多难民。万一我们没及时赶到，你可怎么办？"姚英子不服气道："我要是不管，那些妇孺老弱可就要遭殃了。每次一闹灾，最先死的就是他们，晚一点救援，可就来不及了。"

"唉，大家都没想到，会有这许多难民跑来呢。"

"都怪我爹在气头上，如果当时肯听冯煦冯大人的就好了。"

孙希停下动作，一脸疑惑："你是说求亲？"姚英子差点把碘酊瓶子砸过去："要死了你！是说他提醒我爹多关注难民的事！"

孙希大为感叹，不愧是做过安徽巡抚的人，姜到底还是老的辣。只是一想到冯大人对自己的婚事太过上心，他又是一阵头疼。

检查很快完成，还好姚英子只在背部有几处瘀青，并无大碍。她站起身来，对陶管家和孙希表示，原来的计划还要执行，她一定要把这些妇孺带去讲习所安顿。

陶管家当然是寸步不离。孙希有心讨好她，也一拍胸脯，说："我跟你们去，万一有什么紧急病患，也能帮忙处理。"姚英子嘴上说随便你，心里却对这个态度十分满意。

红会也十分支持姚英子的想法，能运走五船难民，他们的救援压力也会减轻很多。于是，在商团武装的威慑之下，姚英子很快便甄选出难民中的大部分老弱病残，有秩序地分配到五条船上。

一个小时之后，这支小小的船队终于缓缓启航。它沿着蒲汇塘的宽阔水道先经过漕河泾，然后直抵龙华港，并在这里进入黄浦江。接下来，船队只消在黄浦江面逆行十四里，便可以开到十六铺码头。下了船，隔壁便是保育讲习所。

可惜这时风向不对，船队只好先在一处江滩附近停下来等候。孙希盘腿坐在船头，拿着一张地图，皱着眉头用尺子比画来比画去。姚英子觉得古怪，问他在干吗。孙希叹了口气："如果我们再不走，只怕就走不了啦。"

"为什么？"

孙希道："我也是刚刚想起来，北洋军的海筹号已开到了制造局附近江面。整条江都给封锁了，什么船都过不去。"姚英子不以为然："这是红十字会的慈善行动，他们总不至于冲平民开炮吧？"

孙希从船头站起身来，捶捶有点发麻的大腿："讨袁军为了对付海筹号，从吴淞那边调来一支炮队，正在路上——你知道这意味着什么吗？江南制造局附近马上将会爆发一场水陆炮战！"

炮战？姚英子纵然不懂军事，也知道这个词的可怕。

一旦两边爆发炮战，水攻陆，陆轰水，场面会乱成一团。就算双方承诺不对慈善船队出手，但炮弹的散布范围太广了，谁也没法保证不会有一两颗落在漕船旁边。

"那我们赶紧趁开战前过去……"姚英子看了一眼低垂的船帆，把后面的话咽了回去。如果现在能走，早就走了。这条路线需要逆江而上，对风力与风向要求非常苛刻。

陶管家在一旁道："那我们索性晚点再走，让过炮战再说。"这次轮到姚英子摇头。他们出发的时候，船上没携带多少补给，而且船体不停地晃动，已有妇孺出现晕船状况。多拖一阵，会有更多的麻烦涌现。

"那索性从龙华港下船，直接走过去。"陶管家又提议，但他自己很快把话收回。走陆路也要穿行战区，并不比江面安全多少，何况那些人根本走不动。

这一场战争，如同哽在咽喉的一块鸡骨头，无论如何也绕不过去。姚英子苦恼地抓了抓头皮，她这次可算领教了收容难民的烦琐与艰难。这时孙希道："如今只有一个办法，就是让双方暂时停战，等我们过去再打。"

"这怎么可能？"

孙希把视线投向东北方向的江南制造局："我们是做不到，但有一个人可以。"

七月二十三日，下午六时许。

方三响一踏进讨袁军的指挥部，首先听到此起彼伏的呻吟声，随后映入眼帘的，是各种触目惊心的伤口，撕裂狰狞，鲜血淋漓。

之前在汉阳的东亚制粉厂与梅子山小路，方三响早见惯了伤兵满营的惨烈景象，因此只是感慨，却并无多少惊慌。他踏着污血往里面走去，忽然注意到樊老三正软软瘫在一堆弹药箱之间，脖子上挂着个小佛像，紧紧攥在手里。旁边杜阿毛急得团团转，一见方三响凑过来，一阵惊喜："方医生，您来啦，快来帮老三看看，他烫得炭火样。"

方三响过去检查了一下，樊老三屁股受了枪伤，贯通伤，已经包扎好了，只是高烧不退。对于这种情况，他也没有好办法，只得吩咐杜阿毛多给他喂点水。杜阿毛连连叹气："真作孽，一天工夫，自家兄弟折损了三四成，真额受勿了①。"

今天白天，刘福彪的福字营一共发起了三次进攻，但都被北洋军打退。尤其是第三次，海筹号参与到反击中来，连续发射舰炮，猝不及防的福字营被炸了个晕头转向，狼狈地逃回阵地。

杜阿毛比较鬼，躲在靠后的位置，只是摔折了手肘，樊老三却因为体格庞大，被一枪从后头穿了臀部。但他们俩已经算是非常幸运的了，福字营在制造局门前丢了三百多条性命。

"早知道这样子，当初还不如在闸北做做小生意。"杜阿毛垂头丧气地嘟囔道。方三响皱眉道："这里又没有医官，怎么你们不去红会那边接受救治？"

虽然沈敦和调走了一批流动手术站，但仍有数量不少的医生留在战场边缘。杜阿毛苦笑道："陈大人下了严令，除非是伤得不能动，否则都要留下来，不然要按逃兵枪毙。"

方三响一阵无语，讨袁军的兵力有限，陈其美这个做法无可厚非，可眼下士气低迷到了这地步，光靠严令如何控制得住？可他一个医生，不好乱做评价，只好起身朝里间的指挥所走去。

---

① 真额受勿了：上海话，意谓真的受不了。

陈其美和一个年轻军官正站在一幅地图前，激烈地争论着什么。陈其美说到激烈处，把帽子狠狠摔在地上，那军官没有后退，只是默默把军帽捡起来。

陈其美一看方三响进来，强抑住怒气："方医生，你若是来治伤的，我们无任欢迎，若是有别的事情，本督暂时无心接待。"方三响愣了愣，脱口而出："你怎么知道我有别的事情？"

饶是陈其美正在气头上，听到这句也忍不住笑了一下，旋即恢复阴冷神情："无事不登三宝殿。你们红会无非是嫌死的人多了，特意派你来求我停战，是也不是？"

方三响被他一语说中，一时不知该怎么接下去，呆了片刻才老老实实道："是的。目下红会有一批难民要坐船从龙华港前往十六铺码头，唯恐炮战误伤无辜，恳请暂停攻击一天。"

陈其美冷笑："就是说，只许海筹号打我们，不许我革命军还手喽？"方三响道："不，我们红会的柯师太福医生，已前往海筹号，说服他们也停火。"陈其美镜片后的目光一闪："哦？那个去给萨镇冰送信的爱尔兰人？"

"正是。"

陈其美的态度稍稍缓和下来："那么，他们可答应了？"

"暂时还没消息。"

陈其美坐回到圆凳上，手里抖动着白手套："若换作旁人这么说，早被一枪毙了。方医生，我愿意给你一个机会解释——我的炮队马上就从吴淞赶来，江南制造局不日即下，请你告诉我，我为什么要放弃破敌的大好时机，给你们让路？"

"因为船上有几百妇孺老弱呀！"方三响很诧异，"孙先生干革命，不就是为了让生民过上更好的生活吗？"

陈其美不耐烦地拍着桌子："你搞清楚，玩弄民意的，是袁世凯！践踏宪法的，也是袁世凯！辛亥年我们辛苦一场，到头来却为他的野心做了嫁衣。这一年半来，袁世凯一步步谋篡权力，若不抓紧讨伐，只怕再无人能制他——我这一战，是为了四万万同胞的利益，小不忍则乱大谋，岂能为了妇人之仁而放弃倒袁良机！"

他词锋滔滔，以方三响的口才根本无法辩驳。

"方医生，你也是和萧钟英并肩作战过的，难道还不明白？革命就是干将镆铘的宝剑，要铸出最锋利的神器，是要用血祭的。铸一把剑，需要一人之血，那铸造一个全新的国体，得要流多少血？没有仁慈之心，搞不起革命；但只有仁慈之心，却完不成革命。"

"既然这一次和辛亥一样都是革命。为什么上一次那么多人响应，这一次却没什么人帮你？"方三响发出疑问。

"这就是革命未尽彻底的缘故。北边那个皇帝，如今还好好地住在紫禁城里，你想想那身龙袍底下得藏着多少脏东西？可笑有些人鼠目寸光，觉得眼前打扫干净了，就可以躺下来高卧安眠，殊不知边边角角仍是藏污纳垢，需要好好荡涤一番。我兴兵讨袁，就是要让这些心存幻想的人看看，这屋里有多脏！"

其实陈其美并不需要对一个红会医生解释这么多，但他大概是憋坏了，需要找人宣泄一番。正赶上方三响是个傻大胆。一个什么都敢问，一个什么都敢说。

"我之前说过，救国譬如治病。如今割除了老病灶，新病灶却悄然暗生，若不再行割治，只怕到头来这国家还是会死。方医生，你现在可理解我的苦衷了？"

方三响道："纵然有做二次手术的必要，我们也要考虑人体承受能力，刀口越小越好，出血越少越妙。"

陈其美顿时面露无奈，他只是拿手术做个比喻，谁知道这家伙却较起真来。比喻这东西，只能听个大概，哪能抠细节呀！他知道方三响的脾气，便问旁边那个瘦削的年轻军官："志清，吴淞炮队到哪里了？"

军官回答说大概还要两个小时。陈其美怒道："怎么这么慢？"军官无奈道："公共租界不许通过，黄浦江面又被各国兵轮封锁，炮队只能绕路过来。"陈其美抬腕默算了一下时间："也罢，我姑且给方医生你一个面子，先看看对面诚意。倘若北洋军那边同意停火，我便从善如流。"

方三响知道，他并不是诚心停战，只是炮队未到做个顺水人情而已。但这个结果，已经是能争取到的最好结果。

柯师这时应该也已经登上海筹号了吧？只盼他们能迅速谈出个结果。要不然，英子那五船人可要有苦头吃了，也不知孙希能不能照顾好。

一想到姚英子和孙希同乘一船在江上漂着，方三响不知为何，心中忽然涌起一种异样的感觉。这种感觉很难用言语去描述，有几分酸劲，又有几分释然与欣慰。他就像是一个上药剂课的笨学生，面对试管里的制剂沸腾变色，却说不出具体是什么反应。

方三响不太喜欢这种感觉，似乎整个人会失控。他伸出手拍了拍脸颊，让自己清醒一点。这时陈其美道："但我也有个条件，方医生你必须留在营中，战争结束之前不得离开。"

这就是要把他当人质了。

方三响毫不犹豫，当即应允："我本来也要留下来的。这里来不及送救医的伤员很多，无论是医生的天职，还是革命同志的情谊，都不允许我熟视无睹。"

陈其美甚是满意："方医生的人品我向来放心，也不必有人陪同，你自己随意走动便是——志清，替我送送方医生。"

那个年轻军官客气地把方三响送出指挥部，简略介绍了一下营头分布，然后转身离开。方三响对福字营最熟悉，信步走过去，看到刘福彪站在一堆弹药箱前，正在跟军需官交接点验，旁边还放着个大茶壶，随时喝水。

"你的尿样结果出来了，确实是消渴症。"方三响上前说，"最近开始吃燕麦了没有？"

刘福彪指了指周围："你也看到了，我哪有闲工夫弄那个？如今朝不保夕，不考虑那么长远的事情了。"

方三响心中忽地一动，刚才陈其美可是说炮队一到，贼势立崩，乐观得很，怎么刘福彪身为福字营主帅，却说出"朝不保夕"这种丧气话来？莫非是消渴症改变了心理？

柯师太福教授曾经讲过，疾病会改变人的情绪，这也是医者要密切观察的表征。肝病者易怒，心病者易躁，胃病者易颓，消渴症大概会让人意志消沉……

方三响不太喜欢刘福彪，但毕竟都是革命同志，便开口宽慰道："刘统带，此病虽凶，但却没有那么急切。等到讨袁结束，我介绍一个好的专科医生给你检查。"

刘福彪"嗯"了一声，继续验货。点验结束后，军需官拿着单子说："刘统带，这里四十箱手榴弹齐了，请您签个字。"刘福彪签着签着字，手腕却突然一颤，整个人一屁股坐在弹药箱上。

军需官顾自离开了，方三响却发现刘福彪情绪不对。他双手压向鼻翼两侧，似乎在极力抑制眼角的泪管，仿佛受了什么刺激。

"你怎么了？心脏不舒服？"

刘福彪却答非所问："方医生，他们刚刚送来四十箱手榴弹，每箱十五枚。我福字营齐整的时候，每人只能分一枚，兄弟们肯定嚷嚷说不够。"他深深吸了一下鼻子："如今手榴弹倒宽裕了，每人可以分配到两枚……"

方三响一时无语，这岂不是意味着，福字营今天至少伤亡了一半？难怪刘福彪会触景伤情。

"好多在闸北一直跟着我的老兄弟，今天全折了。他们本该跟着我享福，却没看到头……"刘福彪哑着嗓子，似乎是在跟方三响说，又似乎不是。

"我原先跟着范高头，后来他在黄浦江边掉了脑袋，我就知道江湖饭再风光，也吃不了一辈子，还得搏个出身才行。所以我带着兄弟们，投奔了陈老大，指望能出人头地，从此吃香的喝辣的。"

一边说着，刘福彪从箱子里取出一枚手榴弹，握住长柄晃了晃："我记得打完上海之后，一群人讨论谁当大都督。光复会推出了李燮和，李平书代表的商团推出了李显谟，陈老大被他们压得抬不起来头。我在外头一听，当即在身上绑了几枚手榴弹——对，就跟我手里的是同一款——冲进会场，大喊一声：'大都督非陈英士不行，否则今日同归于尽！'"

他把这句话重复了一遍，头向后仰去，似乎在夸耀生平最得意的功劳。

"当时所有人都吓坏了，流氓皮相，怎么讲理？气得李平书面如死灰，到底让陈老大顺利就任大都督，他'投李报桃'，让我们青帮兄弟也成了福字营，编入正经的嫡系。可惜民国以来，陈老大越来越忙，变得大不一样了。"刘福彪说到这里，情绪复又低沉下去。

"他在上海扩军扩了两个师，都是用留过洋的军官，又是发饷，又是升官。我们福字营只因是青帮成分，什么好处都捞不到。兄弟们稍微放纵了点，报纸上就攻击说军纪败坏，然后他就派人下来整顿，光枪毙的就有三四个，弄的弟兄们心都寒了。"

"违反军纪，骚扰百姓，这还不该罚吗？"方三响道。

"该罚，该罚……"刘福彪自嘲地重复了几次，"从那以后，陈老大就不大待见我。等到他辞去大都督的职位，福字营就成了没人要的苦孩子，被发配到南京，扔给江苏都督程德全。我们背井离乡，直到这会儿，他想把我们召回来替他卖命。"

刘福彪把手榴弹往半空抛了抛，自嘲道："原来我们福字营啊，就是这手榴弹，为他前方开路，自己落得个粉身碎骨。"

"刚才杜阿毛也说了，想回闸北去混混。你干吗不退出军界？"

刘福彪脸色变了变，沉默了许久才嗫嚅道："我哪敢哪……"

方三响觉得很荒唐。他初见刘福彪虽然印象不佳，但那会儿好歹是一条锋芒毕露的江湖汉子，如今却成了一条牢骚满腹的丧家犬。

刘福彪也觉察到他眼里的不屑，今日索性说开来："陈老大的手段，承自青帮一脉，谁要是反对他，可是要倒大霉的——你可知道光复会的陶成章是谁杀死的？"

一听这名字，方三响目光一凛。光复会是一个反清团体，大名鼎鼎的徐锡麟、秋瑾、蔡元培、章太炎等人皆是其成员。辛亥之役，光复会于其中出力甚多，转年到了民国元年（一九一二年）一月十四日，光复会的领导人陶成章竟被人刺杀于广慈医院，光复会从此一蹶不振。

林天晴恰好就在广慈医院工作，当天值夜班，还被巡捕房叫去问了很久的话。所以方三响对这件事印象很深。

"我记得报纸上不是说凶手叫王竹卿吗？是个光复会的叛徒。"

刘福彪嘿嘿冷笑："当日去医院刺杀陶成章的，一共有两个人。一个是王竹卿，还有一个是沪军第五团团长、陈老大的拜把子兄弟，叫蒋志清。他事发后避去了日本，还是我给买的船票呢。"

"蒋志清？不就是刚才我在陈其美身边见到的那个年轻军官吗？"方三响骇然觉察，自己竟跟一个杀手擦肩而过。

其时政治刺杀并不罕见，光复会自己就是刺杀满清大员起家。不过这些刺杀，多是针对敌对势力。同盟会与光复会明明同属革命阵营啊？这不是内讧吗？

刘福彪道："陶成章和陈大人一直互相看不惯，积怨太深。这几年很多像陶成章一样反对陈大人的人，都落得同样下场。"他下意识地先左顾右盼一番，才继续道："像蒋志清这样的死士，谁知道陈老大麾下还有多少？他喜欢用青帮的手段治军，我们这些人哪，说不定什么时候就会消失。"

方三响看出来了，刘福彪归根到底还是怕死。既怕跟着陈其美讨袁战死，也怕拒绝跟随陈其美被暗杀。再加上罹患消渴症，更是雄心顿挫。

他当初在汉阳时也曾目睹义军内部吵架，想不到进入民国之后，斗争非但没有平息，反而变本加厉。怪不得这一次陈其美在上海起兵，应者寥寥。当初选大都督得罪了李平书和总商会，刺杀陶成章又让光复会离心离德，就连福字营也被吓得心寒胆落。

方三响不认为陈其美是假革命，他眼中的那种光芒是演不出来的，但这样的行事手段，也委实上不得台面。到底哪一个陈其美，才是真实的？他蓦然想起萧钟英的那句话："革命从来不是几个圣人搞起来的，它总是泥沙俱下，却也鱼龙混杂。譬若大江东去，须观其大势可也。"

这时刘福彪阴阴地道："方医生，我知道你最有原则，这些话是断不会对旁人说起的。"方三响点头："这是自然。刘统带，你也莫要多虑。"

刘福彪一阵苦笑："倘若我有个三长两短，福字营的兄弟们散回闸北，还望你多多看顾。青帮汉子都是贱命，就怕死得冤枉。"

谈话就此结束。刘福彪自去整理军务，方三响则继续在各处营地巡看，为伤员们提供救治。就这样过了约莫两个小时，王培元忽然带着红会小旗，只身来到军营里。

他带来一个好消息，北洋军那边谈妥了，答应暂时停战十六个小时，王培元连声说："我很欣慰呀，很欣慰。"方三响立刻找到陈其美，陈其美一拍桌子："他们当然是拖得越久越好！我们只停战八个小时，多一秒都不行！"

红会方面万般无奈，但也只能接受这个要求。

没办法，他们要做的事情实在太多了。要疏散附近居民，做好同时迎接难民潮与战争伤员的准备，还要组织上海各界持续募捐，以应对食物与药品的极大消耗。

因此得到陈其美的停战承诺之后，各方面都立即动起来。王培元离开军营之后，第一时间将消息传到龙华港。龙华港外的五条漕船迫不及待地扬帆出江，排成一列向上游驶去。今夜对大部分人来说，都注定是个不眠之夜。

方三响信守承诺，只身留在讨袁军的营地照顾伤员。到了二十四日的清晨，停战窗口即将关闭，他才听到确切的消息：那五条满载妇孺老弱难民的漕船顺利抵达十六铺码头。他长长舒了一口气。

"英子可要折腾呢，不知她做好心理准备没有。"他心里感叹。战事不知何时完结，这几百个妇孺老弱的吃喝拉撒，全都要管；就算仗打完了，还要把他们遣返回原籍，反正都是琐碎头疼的事务。

所以说难民工作，比其他救灾任务都麻烦。

在方三响的面前，讨袁军的炮队已经挖好了炮坑，调校准了炮口；远处江面上的海筹号，也重新恢复试射。停战的窗口期即将过去，两边都有些迫不及待。一场水陆炮战，即将开始。

但这一天的大战，几乎出乎了所有人的意料。

讨袁军的炮队使用的是沪造克式75毫米山炮——仿造自德国克虏伯"1904"山炮，讽刺的是，仿造工厂正是江南制造局——这种野战炮外号叫"过山炮"，跨射能力很强。甫一开战，炮队便凭借精准射击与刁钻的角度，将北洋军完全压制，三十门大炮齐声怒吼，海筹号一度被逼退到了浦东岸边，失去对江南制造局的掩护。

可讨袁军的指挥官万万没想到，江南制造局里的北洋军胆气十足，眼见没了火力掩护，突然打开制造局大门，进行了一次极为凶猛的反冲锋。炮队前方的掩护恰好是福字营，他们被北洋军一冲即溃，导致炮队完全暴露在兵锋之下。

等到大惊失色的陈其美派人来救援时，北洋军已经杀光了所有的炮兵，把山炮朝着制造局里面拖。讨袁军正要追击，海筹号不失时机地返回浦西岸边，舰炮连续发射，把追兵炸了个七荤八素，突击队从容返回。

这一场仗功败垂成，连作为撒手锏的火炮都丢了，这对讨袁军士气的打击十分巨大。陈其美狂怒之下，差点要把刘福彪枪毙。在其他幕僚的劝说下，他才勉强表示暂时不执行军法，但要求刘戴罪立功。

在接下来的数天，走投无路的刘福彪只能带领福字营的弟兄，发起一次又一次徒劳的进攻。最后连刘福彪自己都被炸弹炸伤了左胳膊，狼狈不堪地逃回来。他们取得的唯一的成果，就是给方三响增加了许多工作量。

陈其美没办法，只好把强攻改为围困。可不过四五天时间，一南一北两个噩耗接连传来。在南边，率先起兵讨袁的李烈钧被段芝贵击败，湖口要塞被夺，南昌危在旦夕；在北边，张勋连续占领徐州、淮阴、扬州，冯国璋进占蚌埠、滁县，黄兴连南京都不敢待了，连夜返回上海。

到了八月一日，第三个消息彻底浇灭了上海讨袁军的战意。应瑞、肇和两艘军舰，护送两团精锐从塘沽走海路，即将抵达上海。

听到这个消息，陈其美纵然无奈，也只能停止围攻江南制造局，全师北撤到吴淞口一带布防。吴淞口炮台位于长江与黄浦江的交汇处，地势紧要，是从水路南下上海的必经之路。只要炮台还在讨袁军手里不失，北洋援军便进不来上海，事情尚有可为。

于是整个上海战场的重心，从南边转到了北边。

喔喔喔——

一阵嘹亮的鸡鸣声从远处的农家传来，方三响缓缓从椅子上抬起头，双眼密布的血丝仍在。

昨晚一个福字营的伤员突发嵌顿疝，那个倒霉鬼的腹股沟直疝突然增大，塞不回腹腔，导致腹痛难忍，不停呕吐。方三响折腾了大半宿，才算暂时让病人安定下来。他不敢离开，最后陪在病床边迷迷糊糊睡着了。

多年在总医院值惯了夜班，方三响无论多疲惫，早上一到点准会醒。他知道这会儿肯定睡不着了，索性起身，走出房间。

一出门，一股闷热的潮气扑面而来，全身的皮肤像是罩上一层蜘蛛网，黏湿滑腻，很不舒服。在这栋建筑门前有一口青石台砌的水井，方三响赤裸着上半身，从里面打上一桶井水来，顺着头顶泼洒下去。清凉的井水一激，汗毛倒竖，整个人这才恢复些精神。

他甩了甩湿漉漉的头发，举头望见对面校舍楼顶的铁血十八星旗恹恹地垂下来，仿佛一朵被烈日晒蔫的鸡冠花，不由得叹了一口气。

方三响如今所在的地方，是一所叫中国公学的学校。这是两江总督端方在光绪年间建的，为了安置留日归国学生，在吴淞炮台附近划出一百亩[1]地，成立了这所公学。

这几天来，方三响跟随着讨袁军一路败退，也来到了吴淞。中国公学毗邻吴淞炮台，又有水源、厕所、灶房以及足够宽敞的校舍，正适合军队驻扎。他遂跟着福字营住在这里，单独辟出一间医室。

方三响冲完井水，换好衬衫，正要去巡看伤员。杜阿毛风风火火地跑过来，拿着一张报纸嚷嚷道："方医生，这可怎么办？怎么办？"

方三响接过报纸一看，原来北洋政府正式发布了通缉令，这一次名单上除了陈其美之外，还有一批上海讨袁军的将领，诸如居正、钮永健、黄郛、蒋志清等，而刘福彪也赫然在列。

看来袁世凯不想再玩"只诛首恶"的攻心战，要大开杀戒了。刘福彪因为消渴症而意志消沉，看到这样的消息，只怕会雪上加霜。方三响眉头微皱："你们刘统带看到了没？"

"我就是从他桌子上发现的，真触霉头了……"杜阿毛一撇嘴，神情惶然。整个福字营都是靠着刘福彪，他若是有了差池，大家也要跟着倒霉。

方三响觉得有必要跟刘福彪谈一谈，设法开解一下。他问刘统带现在哪里。杜阿毛挠了挠头，不确定道："他一早就出门了，谁也没叫上，大概又去募兵了吧？"

讨袁军败退到吴淞以后，陈其美允许刘福彪自行募兵凑够三个营。所以他这几日吊着一只胳膊，在吴淞、金山到处招兵买马。

杜阿毛叹道："唉，原先在瓦舍里听评弹，我最爱听的就是大聚义，一百零八人，一个不少。那些好汉原本没什么大出息，被宋头领提携，上得梁山排了座次。最后受了招安，兄弟们也没话讲，蛮好的。"他把身上的短褂子拽了拽："可我最不爱听的，就是征方腊那一段，梁山好汉们一个接一个地死，听着难受哇，不知道什么时候就轮到自己——方医生，你读书多，这征方腊，梁山好汉还好赢的吗？"

方三响只得正色道："我在汉阳军中，形势比现在还要绝望，最后不也撑下来了吗？"杜阿毛似乎只是想讨句安心话，听到方三响这么说，立刻咧开嘴笑了，连声

---

① 亩：地积单位，10分等于1亩，100亩等于1顷。1市亩合666.7平方米。

说："我去给你拿点早点去，热乎乎的糯米糍。"

方三响望着他离开的背影，明显能感觉到，刘福彪的焦虑如同时疫一样蔓延到了整个福字营，正在侵蚀每一个人的精神。他不期然想到梅子山下最后那一次敬礼，萧钟英、文学社那个年轻成员，还有其他留下来的士兵，却个个神态平静，视死如归。

同样是革命队伍，同样濒临绝境，梅子山守军与福字营的精神状态为什么迥异？是什么造成了这种差异？方三响涌起一种超越医生的好奇。

他一直忙活到中午，刘福彪还没回来，病房门口反倒来了两个意料之外的熟客。

"英子？孙希？你们怎么跑到这里来了？"方三响一怔。

孙希笑嘻嘻正要开口，方三响一把将他拽过来："快，这个人昨晚犯了嵌顿疝，你来开刀给想办法塞回去。"孙希一听是这病，脸色一肃，俯身检查片刻道："哎呀，这已经不是嵌顿疝了，已经发展到绞窄疝了！"

嵌顿疝如果一直不做处理，万一弥漫成腹膜炎或肠瘘，便是九死一生。

孙希顾不得多解释，他从来都随身携带割症刀具和必备麻醉药物，当即给伤员动起刀来。方三响见有他接手，这才放下心来，问姚英子是怎么回事。

原来就在前几日，红会得益于姚英子的及时警告，迅速调整了救援策略，在南市设置了一系列医药点、平粜局、留养院和赈济处，把这一大批难民顺利安置下去。他们的举动有条不紊，没有对市面造成大波动，广受市民赞誉。

自从徐州、蚌埠一线失利之后，又有大批难民从北边拥入上海境内。这一次红会早做了预判，挥师北上，提前在金山、吴淞附近做准备。这次姚英子和孙希来中国公学，是想和驻军交涉一下，看能不能腾出点空间来收容难民。

他们俩也没想到，会在这里遇到方三响。

"你怎么还留在这里？不会真的要加入青帮吧？"姚英子疑惑地问道。方三响摇摇头："这一大堆伤兵败兵聚在一起，很容易暴发疫病。我留在身边，多少能督促他们注意卫生，防患于未然——对了，讲习所那边怎么样？"

姚英子兴奋道："把那批妇孺安置进去之后，我特意从女医学校找了几个同学，白天教那些女子学学认字、学学刺绣，晚上教她们打拍子唱歌。农先生还特意去采访了一回，夸赞说这里对难民'视如戚友，保全弱质'，结果当天募捐就铺天盖地而来。"

这些都是很琐碎的事情，可姚英子双手比画着，说得滔滔不绝，双眸熠熠生辉。方三响认识她这么久，她要数这一刻最为生动漂亮。他就这么定定地凝视着英子，本还有些话想单独对她说，到底还是咽了下去。没办法，舍不得打断，只盼能多看一会儿她浑然忘我的沉醉神态。

直到孙希甩着手从房间里走出来，方三响才从沉迷的状态中抽离出来。

"手术如何？"方三响略显心虚地主动问道。

孙希满不在乎道："很简单的小手术。就是肠祥绞窄得太紧，坏死部分较多，我直接给那截肠祥切掉了，老方，你注意一下他的饮食就行。以后严之榭再说大肠好吃，我就让他看看这个。"

姚英子撇撇嘴："恶心！你手术就手术，不要扯到食物。"孙希哈哈一笑："做医生的，还忌讳这个？我们解剖课上好，都是蹲在门口吃大肠面。"

"龌龊死了，你以后离我远一点！"

三个人嘻嘻哈哈了一阵，姚英子忽然道："哎，对了，难得我们三个都在这里，有件事我想跟你们说。"

孙希和方三响同时看向她，姚英子正要开口，却忽然听到旁边马蹄响动。只见刘福彪从外面一个人骑马回来了，他脸色蜡黄，左胳膊还用布袋吊着，一副病恹恹的模样。

姚英子见正主回来了，这边先不聊了，赶紧走过去，向他提出了红会的要求。刘福彪似乎没什么心思，含糊地说："随便你们来好了。"转身就要走。方三响觉得他状态不太对劲，伸手拦住："刘统带，你是不是哪里不舒服？要不要检查一下？"

刘福彪拒绝了，说等一下陈都督还要叫去开会，然后径直回了校务处，那里是福字营的指挥部所在。

"他跟之前变化好大呀。"姚英子也觉出不太对劲。方三响把他罹患消渴症的事一说，三人一阵唏嘘。饶你是铁打的汉，得了病也绷不住架子。

既然刘福彪同意了，姚英子和孙希决定考察一下校舍环境，评估一下到底能接纳多少难民。方三响说："你们随意去看，我要回去补觉了。"

他此时睡意上涌，打着哈欠回到自己床铺，倒头便睡着了。没睡多一会儿，方三响觉得自己手臂被人拼命摇晃，迷迷糊糊睁开眼睛，发现是杜阿毛。

"怎么了？哪个伤员出危险了？"方三响一骨碌爬起来。

"不是，不是，是陈都督那里派了一个传令官过来，叫老大去吴淞炮台开会。"杜阿毛说。方三响很迷惑，这不是军务上的事吗，叫醒他做什么？杜阿毛道："老大忽然得了病，去不了，你赶紧去给瞧瞧。"

方三响一怔，赶紧披上衣服赶到校务处。只见刘福彪躺在床上，脖子一圈的皮肤泛起潮红，密密麻麻起了好多斑疹，看上去颇为吓人。旁边站着一位军官，一直盯着他。

"方医生，陈都督有重要军务，需要刘统带去开会。请你替他诊断一下。"军官说。

方三响觉得古怪，这口气，似乎不太相信刘福彪，要验证一下。他俯身过去，撕开刘福彪的上衣，发现浑身都蔓延了红疹，但意识还挺清醒。

方三响问他去过哪里，刘福彪断断续续道："可能是出去募兵的时候，在村里得了烂喉痧……"

烂喉痧？方三响一惊。这病虽然没有赤痢、霍乱那么凶猛，可也是很棘手的时疫之一，上海每年都会闹上几次，一闹就是一片街区。它主要靠飞沫传染。他赶紧从药箱里取出一个双层布口罩，给自己戴上，然后才开始做检查。

这次检查的结果，颇为古怪。如果是烂喉痧，那么会出现舌面鲜红、舌乳头突起的症状，让整条舌头看起来如同杨梅。但刘福彪的舌头表面红润，并没见到什么异常。方三响又用木条压下舌头，探到咽喉里去看扁桃体，也没有什么明显肿胀。

刘福彪自称是在金山一个村里感染的，但他早上出去时并没问题，回来不过三四个小时。这么短的时间，疹子出得未免太急了。他询问刘福彪，回答说感觉到头疼和咽喉疼，浑身燥热。测了一下体温，不算很高，但一直在出汗。

方三响没见过这么古怪的烂喉痧。你说是吧？几个典型症状都没有。你说不是吧？皮疹却是真真切切，做不得假。

军官一迭声地追问，方三响迟疑道："我觉得应该不是烂喉痧。若要做精确判断，得从他的咽喉拭取分泌物，看里面是否有化脓性链球菌……"

他话没说完，刘福彪突然挣起身来，抓住方三响的胳膊，大声喊道："我好难受哇……我不要得烂喉痧！"突然张开嘴，大口大口呕吐起来，地板上流淌的全是黄绿汁液。

军官厌恶地站开几步，放弃了坚持。这种情况，宁可信其有，不可信其无。万一刘福彪到了会场，把讨袁军的高级将领们全传染上，这仗也不必打了。

他问方三响讨了一张说明病情的处方笺，便离开了。方三响环顾四周，校务处位于校舍中央，周围人来人往，容易传播。他叫来杜阿毛等几个亲兵，让他们戴好口罩，把刘福彪抬去一个密闭性更好的房间，进行隔离。

安顿好刘福彪之后，方三响想起姚英子和孙希还在校园里，得赶紧通知他们离开，最好顺便去查一下那个村子。倘若烂喉痧的源头是那里，整个村子也得封闭，否则将会对北面即将到来的难民产生重大影响。

包括福字营里，也得做一次彻底的检疫。

这么一想，要做的事情简直堆积如山。方三响一个人忙不过来，他一抬头，恰好看到樊老三正挂着一杆枪，跷着二郎腿守在学校门口，嘴里还吧唧吧唧嚼着东西。

他先前受了枪伤，伤口一度被感染，浑身发热，不过傻人有傻福，居然硬生生熬过来了。

"樊老三，你过来。"方三响喊道。

樊老三对方医生最是信服，赶紧跑过来。方三响见他嘴里似乎嚼着一把草，皱眉道："你的枪伤未好，不要乱揪野草吃，容易中毒。"樊老三伸出指头，从嘴里抠出一团混着唾沫的稀烂纤维，放到掌心笑嘻嘻道："俺可没瞎嚼，这是麻黄草，一吃就出汗，汗出透了就舒服了。"

"你这是从哪里得来的？"方三响不记得本地有野生麻黄。

"昨天老大有个朋友来见他，顺便带来的。我一直高烧不退，老大就送了我几根。"

方三响无心跟他辩论医学问题："你赶紧去找找姚医生和孙医生，让他们尽快离开这里。"樊老三说"好"，转身的时候，脖子上的小佛晃荡了一下。

这小佛据说他生下来就戴着，用一根红绳子拴在脖子上，从不离身。方三响看到那红绳在眼前一荡，愣神片刻，脚下突然掉转方向，朝回走去。

他想起来了，凡是得了烂喉痧的人，在腋窝、肘弯、腹股沟等处，皮疹会聚成一条条线。民间都叫作"无常绳"，学医的则称为帕氏线。刚才检查时，在刘福彪身上似乎没看到无常绳——有必要再确认一下。

方三响刚走到校务处门口，一拍脑袋，暗叫糊涂。他太专注于回忆病理，忘了刘福彪才被抬去别的地方隔离，不在这里。他正欲抬腿走，却无意中看到床榻旁的地上，掉着一张暗黄色的信纸。

刚才方三响给刘福彪检查发疹时，直接把上衣给撕开了，估计这张信纸就是那会儿从兜里掉出来的。他俯身捡起，随手搁到旁边桌上，又觉得不稳妥，万一是军事机密，还是给刘福彪带去比较好，于是又伸手拿回来。

这一伸一收，让方三响不小心瞥到了信的开头，只看到三个字。可这三个字，却像一块烙铁骤然烫到视网膜。

程德全。

程德全原来是前清的江苏巡抚，辛亥革命中，他是第一个站到革命党这边的封疆大吏。民国之后他成了江苏都督，驻守南京，一度是福字营的顶头上司。癸丑之役开始后，革命党本来要推举他当总司令，但程德全反对讨袁，索性宣布下野，跑来上海隐居。

这样一个人，在这个节骨眼上给刘福彪写信，会是什么用意呢？

突如其来的疑惑，促使方三响多看了一眼，这一看，便把整封信看完了。内容很短，核心意思就一句话："以君之声望，苟能择人而事，则少将与五万金不难也。"

这是一封收买劝降信，劝刘福彪投降北洋军。

方三响还没把信重新叠好，忽然背后被一支冰冷的铁管顶住。随后一个比铁管更冷的声音响起："方医生，你一个医生，何必多管闲事？"

方三响转过身来，居然是刘福彪。他还是那一副蜡黄脸色，身上的疹子密密麻麻，但双眼精光毕现，完全不是得了"烂喉痧"的恹恹模样。

"我记得闹鼠疫那年，杜阿毛闲聊的时候提过，说你对麻黄过敏，一吃就浑身起疹子。我早该想到才对。"

刘福彪笑了笑："方医生好记性，几年前的事都记得。"

怪不得他的大部分症状都和烂喉痧对不上，原来是口服麻黄，利用这个来误导传令官。

"但是，为什么？难道你不想去参加陈都督的军事会议？"方三响问。

"陈老大疑心病太重了，我若说得了其他病，他抬也要把我抬到炮台去亲眼看看。只有得了传染病，他才不敢召我到近前。"

方三响冷哼一声，举高手里的信转过身来："这封劝降信和麻黄草，想必是昨天那位故友送给刘统带的吧？"刘福彪很光棍地承认道："你猜得不错。程老做事向来周全，我对麻黄过敏一事，在南京时只跟他提过一句，没想到他都记得。这么一安排，既可以避过军事会议，也可以让陈老大不起疑心。"

他晃了晃枪口，语气既钦佩又恼怒："只可惜他漏算了方医生你，差点露馅。你可是真轴，何必那么严谨呢？"

"因为那是错的。"

"啧，若不是那个传令官自己先放弃了，我差点掏出枪把你和那个传令官都干掉。那样一来，势必要提前起义，麻烦就多了。"

一听到"起义"二字，方三响双眸绽出厉芒，前踏一步："为什么？为什么你要背叛陈都督？"

握着枪的虽然是刘福彪，他却下意识地后退了一步："我没办法，方医生，真的没办法呀。从制造局撤围以后，陈老大就不信任我了。凡是他不信任的人，都得消失，我不想像陶成章那样。他催着我去那个吴淞炮台开会，其实是鸿门宴！我去了就一定死！"

刘福彪歇斯底里地嘟囔着，与其说是解释给方三响听，倒不如说在给自己解释。方三响怒道："明明是你被那五万大洋说动了心，现在却把锅扣到陈都督头上！"

"五万大洋，不少了！值了！"刘福彪先是一阵亢奋，随后自嘲地一笑，"我问过人了，消渴症没的救，以后脚会慢慢烂掉，什么燕麦疗法，屁用没有。我只想要最后过几年富贵舒坦的日子，让残存下来的这些兄弟有个着落，这有什么不对？"

刘福彪似乎不想继续说，枪口一摆，杜阿毛满脸羞惭地从后面站出来，拿出麻绳把方三响捆住："方医生，对不起啦。老大发话，我得执行啊。不过我事先可真不知道……喀喀。"

方三响没理他，对着刘福彪挺直胸膛："你有本事把我杀了灭口，否则我一定会检举你。"刘福彪道："方医生的脾气刚直不阿，我向来是佩服的，所以我不白费那力气。"

他正说话，外面传来一阵喧闹和脚步声，只见孙希和姚英子被人绑着推进来，两人面色惊慌，不知发生了什么事。樊老三跟在后面，一脸古怪。

"你好大胆子，连红会医生都敢绑！"方三响怒不可遏，挣扎着向前冲去，却被死死按住。

刘福彪道："我不是恩将仇报之人，只要你们老老实实待在这里就好，等大局底定，我自会放你们离开。"

他一挥手，杜阿毛带着几个亲兵把他们三个推搡着，带到学校伙房里，把木门咣当一声关上，还加上一条锁链。

孙希和姚英子明明只是在考察校舍，突然被关进伙房，都一脸莫名其妙。方三响讲了前因后果，叹息说："我把你们给连累了。"

"算了，这几天我们俩也没合眼，就当休息好了。"孙希很快调整好心态，"刘福彪不是说大局底定就放我们走嘛。"

方三响却摇了摇头。刘福彪既做到了这地步，怎么会轻易放过知情人？他恐怕在等一个时机，等到北洋军和讨袁军在吴淞开战，到那时再杀死三人，便可以伪造成战场意外身亡了。

姚英子和孙希听了，俱是脸色煞白，他们对于人心险恶，见得终究少。方三响咬了咬牙："你们不要慌。刘福彪想要获得最大利益，就一定要到关键时刻才突然反叛，在这之前他得维持一切正常的假象，我们还有时间逃走。"

姚英子沮丧道："外面还都是刘福彪的人，怎么逃？"孙希忽然道："哎，你们看过一部法国小说，叫《基督山恩仇录》①吗？开头就是男主角困在一个海岛监狱里面找出路。"

姚英子瞪他一眼："别卖关子，快说！"孙希嘟囔道："那个写的就是越狱。里面有个法利亚长老，什么工具都没有，全是利用监狱里的东西现做，用铁烛台做削刀，将鱼骨改成缝衣针，把床腿改成凿子，厉害得很。"

听着孙希的絮叨，方三响观察起周围的环境。这伙房只有一扇门和一个很窄的小窗，采光很差，里面菜刀、扁担什么的早就收掉了，就剩个黑漆漆的灶台和几个破筐。怪不得他们会选这里关人，只消门口站着两个守卫，神仙也逃不出去。

"孙希，你带来的手术刀呢？"方三响忽然问。孙希回答说被他们搜掉了，又摸了摸口袋，只剩下一支卫勒氏动脉镊。这是用来钳住小血管的器具，样式比较怪，搜身的人只注意刀具，把它给剩下了。

方三响拿过镊子，用镊子头一点点去抠那口铁锅的边缘。铁锅是用黄泥土粘在灶台上的，被这么一抠，很快有一块块碎土崩开。孙希登时喜出望外："老方，你可真是个越狱的天才。"

这个伙房因为是新式学校，比较注重卫生，锅灶的灶口开在屋子外面。所以只要掀开铁锅，就能钻进灶膛，从灶口爬出去。方三响小心地抠了一阵，交给孙希接班。两人交替努力，终于把铁锅给抠松了。

他俩同时用手指头抠着边缘，一起发力，轻轻把锅抬起一边，靠在墙上。孙希看了眼裸露出了的灶膛，忽然提出个疑问："灶口那么狭窄，咱俩能爬出去吗？"

屋子里沉默了一阵，两个人同时把目光投向姚英子，她的脸"唰"地变了颜色。那灶膛里堆积着无数柴灰，看一眼都觉得恶心，简直无法想象趴在里面爬动的情形。可那个灶口确实很狭窄，只有自己的娇小身子能勉强挤出去。

形势容不得迟疑，姚英子不敢犹豫，只得紧闭起眼睛，屏着呼吸，跳进灶膛，手脚并用。她感觉有一百万只蚂蚁爬在身上，又痒又麻，只能尽力把大脑放空。当姚英子好不容易钻出灶口时，却发现一双半挽起裤脚的干瘦的腿挡住了去路。

她颤抖着抬起头，看到杜阿毛站在灶口，拎着一个食盒，满脸无奈。

灰头土脸的姚英子被重新带进伙房，其他两个人都很紧张。谁知杜阿毛却只字

---

① 《基督山恩仇录》：今译为《基督山伯爵》。

不提越狱的事，反而把守卫们遣开，然后打开食盒，从里面拿出三碗粥、三枚咸鸭蛋和一碟腌萝卜，放下就走。

"杜阿毛!"方三响忽然喝道。

杜阿毛浑身一颤，缓缓侧过半张脸，苦笑道："方医生，你们有什么不便当，尽管同我讲。但刘老大发下话来，我不敢放你们走，不要为难我了。"

孙希抢先道："给我们拿个马桶，对了，还有一道布帘子!"杜阿毛点头说这个没问题。这时方三响道："刘福彪是铁定心思要叛变，你难道要跟着他吗?"

杜阿毛道："唉，怎么讲呢? 论起青帮辈分，我拜他做师父，不听师父的，这叫欺师灭祖哇。"方三响冷笑："陈无为也是青帮出身，刘福彪难道不算欺师灭祖?"

杜阿毛有些招架不住，叹了口气，转身诚恳道："实话说吧，仗打到这地步，谁都知道陈都督不成了。刘老大这么做，我是不赞成的，但他也是为了福字营的兄弟考虑。我们死了许多人，剩下的只想活命罢了。"

他说完之后，拖着步子朝外走去。这时方三响在背后突然道："昨天那位程德全的说客来访，给刘福彪带了一封信和一份麻黄草。你可知道，他先给了樊老三吃。"

"这我知道。"杜阿毛随口回答，正要迈出伙房的门槛，方三响冷冷道："那你是否想到，他为何要这么做?"

"樊老三一直发烧，吃了麻黄草可以散出汗……"杜阿毛回答到一半，身体骤然一僵，猛然回过头来，惊恐地看向方三响，嘴巴张合，说不出话来。

方三响上前一步，几乎贴到他耳边："我来替你说出来吧。刘福彪疑心太重了，他生怕程德全送的东西有毒，所以让樊老三先试吃!"

食盒当啷一声跌落在地，杜阿毛蹲下身子，瑟瑟发抖。方三响道："这就是你们青帮的规矩? 这就是他为福字营做的考虑?"杜阿毛下意识地要捂住耳朵，方三响却继续刺激："你家刘统带得的是消渴症，心态已失衡，只盼着最后苟且几年好好享福。他为了这个目的，昨天背叛了陈都督，今天拿樊老三做挡箭牌，明天能保证不出卖你杜阿毛吗?"

"别说了，别说了……"杜阿毛几乎要崩溃，他突然抱着脑袋低声泣道，"麻黄草，昨天老大其实是给我吃的，我嫌苦，随手给了樊老三，说是老大送他的……"

这个变化，方三响也没预料到。杜阿毛沉默片刻，开口道："可就算我放你们走，你们也走不脱。刘统带已经下令戒严，整个中国公学都封锁了。"

他一念之转，连称呼都不一样了。方三响道："我不是让你放我们走，是让你走。"

"什么？"

"这里距离吴淞炮台只有几里路。你现在离开，去炮台通知陈都督。他们可以直接出兵，把中国公学拿下。"

杜阿毛听完这个指示，不由得怔在原地，这可就是彻底站在刘统带的对立面了。方三响道："这不是为我们，也不是为青帮，而是为你自己。你不是总说，要在闸北做做太平生意吗？现在就是你的机会了。"

"可我若如此做，不是恶了北洋军嘛……"杜阿毛仍瞻前顾后。姚英子不失时机地插了一嘴："北洋军再厉害，也管不到租界。我可以做主，让我爹送给你一个租界的香烟铺子。"

杜阿毛没有留下任何承诺，默默离开伙房。但三个人都看出来，他已经彻底转念了，两条裤脚管不知何时，已从小腿放了下去。

他离开之后，伙房这边彻底恢复平静。三个人都知道，这平静只是表面的，无论是吴淞炮台还是中国公学，此刻都是暗流涌动。他们已经投出一枚小石子，究竟能起多少涟漪，便只能静候了。

"哎，我都不知道，老方你的口舌这么厉害。"孙希耐不住寂寞，率先打破沉默。方三响道："我只是说了一些实话罢了，倒是可惜了你的基督山计划。"孙希哈哈一笑："难得见英子这么狼狈，值了。"

只见姚英子脸孔上黑一道，白一道，活像一只钻篱笆的花猫。等到一会儿太阳落山，屋子里没有火烛，这样的奇景可就看不到了。她见这两人贼兮兮地看过来，气得黛眉倒竖，怒说："你们再看，我就告诉张校长去！"

这两个人一听英子要请出这位老太君，立刻尿了，连连告饶。姚英子气呼呼地扭过头去，借着落日余晖，无意中看到墙上贴的一张卫生告示，落款盖着"中国公学"四个字的鲜红大印，蓦地想起一段往事来。

"哎，你们知道吗？这座学校跟张校长之间，还有点浪漫渊源呢。"

"啥？"两个人以为自己听错了。张竹君和"浪漫"两个字，怎么会联系到一起？

姚英子嘿嘿一笑："也就在这里，我敢给你们讲讲，可不许说出去。张校长当初在广东行医时，有好多追求者，其中有一个桂林人，叫马君武，是个风流才子，对张校长倾慕得不得了，天天写情书，还是用法语写的呢。法语本来就浪漫高雅，再加上马君武文采斐然，这情书写得不要太漂亮。"

"那张校长答应了吗？"孙希问。

"张校长给他回了封信，说自己要专心治医，为女子谋福利，立誓终身不嫁，还劝他不要为个人情感所累，要致力于革命。马君武从善如流，遂东渡日本，还加入了革命组织。当初起草同盟会章程的八个人里，就有他一个。"

姚英子又道："后来张校长来了上海，马君武也跟了过来，跑到这所中国公学里当老师。因为中国公学原来的校址是在北四川路横浜桥，离女子中西医学院很近。他既不痴缠，也不声张，就是一封信接一封信地写，自言要做一个安静的仰慕者。"

孙希和方三响面面相觑。张校长立誓不嫁，这个他们是知道的，但这位也真是一位痴人。

"这位马君武，其实你们也不算陌生。《民立报》知道伐①？他离开公学以后，就去那里做了主笔。"

两人一时恍然大悟。辛亥前期，张竹君与沈敦和有一场隔空对战，她的发声主阵地就在《民立报》。原先他们以为是《民立报》与张竹君的政治立场相同，这才力挺，原来背后还有这么一段浪漫故事。

"如今马君武已贵为国会参议院议员，但张校长反而与他断绝来往了，免有攀附权贵之讥。唉，亏得是张校长意志坚定，换了其他任何一个女子，面对这样子的追求，怕是早早便沦陷了。"姚英子轻声感慨。

此时外头光线已经彻底消失，屋子里一片黑暗。方三响和孙希看不清姚英子的表情，不知她是在惋惜还是在羡慕。隔了好久，方三响才忽然问道："那你呢？"

姚英子还没说话，孙希却先猛然一惊，仿佛一个赌徒被同伴突然揭开盅。他张了张嘴，正要说点什么，黑暗中，姚英子的声音缓缓响起：

"你们知道吗？这一年多来，我最累的，便是这段时间。无论是筹建保育讲习所，还是安置那些难民，太多琐碎的事，一件件做也做不完。可是，这也是我最开心的一段时间，尤其是那几百个妇孺住进讲习所里以后。我看着那些女子兴致勃勃地学认字，读门口的春联和戏单子，晚上一起打着拍子唱歌，别提多有成就感。哎，那些小囡囡见到我，会伸开小手，高兴地叫我校长呢，一下子疲劳都没了。我这才晓得，为什么张校长这么多年，乐此不疲地做这些事，没有什么比这些事让我觉得更愉悦、更充实了。"

两人安静地听着，都没吭声。

"这一次我在松江，眼看难民将至，那个县知事说：'你一个妇道人家，何必管这些事？'难民们也不相信我是医生，骂我是拐子。我在筹建保育讲习所时，这样的话听过太多，即使是那些开明士绅，也对我出面奔走很是迷惑，他们会去找沈伯伯、找我爹确认之后，才慷慨解囊。无论是士绅还是难民，无论是官员还是百姓，在他们心里，女子和医生，好像是两个完全没关系的名词。就连陶管家，还有我爹，都觉得我早晚还是要嫁人的，仿佛这是女子唯一的命运。"

"别担心，这些偏见以后会慢慢消失的。伦敦原先也是……呃……"孙希感觉肩膀被方三响捣了一拳，赶紧闭嘴。

"我尚且在民国，尚且在上海，可想而知，张校长在光绪年间的广州，毅然以女子之身行医，该是何等艰难。她总跟我说，女子做医生不易，要牺牲许多东西。我现在才明白是什么意思。张校长发誓终身不嫁，是因为她必须付出全部身心去抵抗偏见，为后来者行出一条路来，再无一丝余裕顾念其余。"

姚英子停顿片刻，似乎酝酿了许久，方才缓缓道："这一次我感受到了张校长的快乐，也体会到了张校长的难处。接下来，有太多事情等着我去做，我希望沿着她的路走下去，心里再也放不下别的事了——你们，能明白吗？"

黑暗中的两个人先是一阵沉默，仿佛在等待对方先开口，然后觉得对方似乎不打算出声，又同时把嘴张开，两声"我……"正正撞到一起，吓得又双双把尾音咽下去。

这全无默契又可以说十分默契的狼狈，惹得姚英子忍俊不禁，一下子笑出声来："我在说我的事，你们这么紧张干吗啦？"

最后还是方三响先开口："呃……英子，我支持你。无论怎样，我都支持你。"姚英子轻哼一声："这么说，你还是不明白喽？"方三响老老实实道："不是很理解，不过我会努力去试着理解。至少我知道，刚才你讲讲习所的事情时，特别好看，我都看入迷了，我希望你能一直这么好看下去。"

"啧，蒲公英，你什么时候这么油嘴滑舌了？孙希教的？"

"我可没有。"孙希急忙分辩，他捅了捅方三响，后者赶紧"嗯"了一声。

屋中的黑暗恰到好处地过滤掉尴尬，姚英子的声音忽然变得柔和："你们在未来还会碰到自己喜欢的人，恋爱、结婚、生小囡……我会一直守在旁边，帮你们出谋划策，给你们送出祝福，做一个最好的朋友该做的事情。"

方三响忽然担心道："我们俩好说，万一你爹那边逼你结婚，那可怎么办？"姚英子还没回答，孙希一拍胸脯："这还不简单，你就往我身上推。我是正经上门提过亲的，我没退出之前，谁也别想插队抢先。"

姚英子嗔道:"你当是去老裕昌买鲜肉饼啊?"她顿了顿,方才说道:"我知道这个决定太难,比张校长当年可能还难,所以才先同你们讲。若你们都反对,那我真的要孤军奋战了。但现在我知道自己不是一个人,就有信心多啦,谢谢你们。"

黑暗中,两只柔软的小手分别伸过来,握住了他们两个人的手,触感滑腻而温暖。孙希和方三响同时感觉到,心中似乎少了点什么,又似乎多了点什么。虽然看不清彼此的脸,可他们都感应得到一种默契与承诺,正悄无声息地凝结着。

次日天色刚蒙蒙亮,三个人就被一声震耳欲聋的爆炸声吵醒,尘土从房梁上扑簌簌掉下来。

这不是克虏伯山炮,而是大口径要塞炮的声音,它只可能是从吴淞炮台打过来的。

毫无疑问,这应该是陈其美收到消息,决定对刘福彪动手了。他大概是气坏了,炮击力度十分猛烈,一枚枚炮弹接连不断地砸向中国公学,整个校园立刻硝烟弥漫。

伙房前的看守,在第一发炮弹落地后就跑光了。最先清醒过来的方三响,迅速把孙希和姚英子带到附近一处反斜面的小丘,躲进一处石缝中。

炮击足足持续了半个小时,随后讨袁军的主力杀到,他们这才从石缝里钻出来,被重新带回校舍里。在那里,三个人再次见到了杜阿毛,他正惶恐不安地清点着人数,身前是一群同样惶恐的福字营士兵,樊老三也在内。

早晨那一场炮击,其实并没造成多大伤亡,却骇破了大部分士兵的胆。尤其是刘福彪,一听到炮击,知道自己阴谋败露,二话不说夺马而逃,其他人没了主心骨,一哄而散,只剩这几个人了。

过不多时,陈其美穿着马靴,亲自跑到中国公学这里来。他比之前要憔悴许多,只是镜片后的锋锐之气未减。他见到方三响,难得开口为刘福彪的事道歉。

"革命意志尚不坚定,革命同志尚不纯粹,故而有此一败。"陈其美恨恨道,"无论是商团、帮会、前清官僚,皆逐利之辈,不可相信,下次必要先以思想坚强队伍,才可战胜!"

"下次?"方三响敏锐地捕捉到这个词,"这次就这么结束了?"

陈其美"哼"了一声,把目光换了个方向,没有回答,反而问道:"方医生,你要跟我走吗?"方三响看了眼身旁的姚英子,摇了摇头:"我是红会约定生,必须留在总医院。"

陈其美早猜到,点点头:"我跟你说过,救国如治病,非止一日之功,亦非止一科一人之力。方医生,你已有觉悟,继续做医生亦是革命之幸。他日再见,希望可以称你一声同志。"说完拍拍他的肩膀，转身离去。

"他讲话怎么怪怪的？"孙希说道，再看向方三响，发现他一脸凝重，似乎预感到了什么。

三人没在中国公学多做停留，立刻返回附近的红会驻地。在那里，他们先后听到两个消息。一个是福字营溃散之后，刘福彪带着少数几个亲信逃去了宝山，一路南奔到法华镇才停住脚，就地发表声明，向北洋军投诚；另外一个消息，则更让三人吃惊——柯师太福教授乘坐小火轮，居然去了吴淞炮台调停。

这位教授还真是调停上瘾，专往危险的地方去。

方三响这才知道，陈其美为何说出那种古怪的话来。原来北军已从四面八方逼近吴淞，整个战局无可挽回。柯师太福教授前往炮台，是去劝讨袁军罢战解甲，不要让沪地徒增伤亡。

他们三人休息了半天之后，继续投入紧张的工作中。到了次日，也就是八月十三日，正在忙碌的方三响听到一阵清亮的号声，抬头向远处看去，只见吴淞炮台最高处，革命军旗缓缓降下，红十字旗冉冉升起。

讨袁军基层官兵，已悉数放下武器，陆续进入附近红会营地待遣，炮台、炮闩亦交红会执管。至于陈其美等高级将领，已在红会的护送下先一步离开，随后北洋军一拥而入。

到了十一点，吴淞炮台改悬中华民国海军军旗。轰轰烈烈的癸丑上海之役，至此结束。

方三响并不知道，那是他最后一次见到陈其美。

第三章
一九二〇年六月

"全体起立！"

随着法警一声呼唤，整个审判厅里的人都齐唰唰地站起身来。身着镶蓝边黑袍、头戴镶蓝边文官帽的推事缓缓走到审判台前，把手里的文书重重一搁：

"上海地方审判厅乙号庭。今日审理的是，朱贵云诉徐家汇红会总医院方三响医师误诊致死案，原告与被告可都到了？"

被告席上站起一个年轻男子，浓眉大眼，唇上胡须呈一字形，直挺浓密："本人方三响，已到。"然后面无表情地坐下。对面原告席上是一个四十多岁的男子，面色枯黄，两条袖子卷过小臂。他忐忑不安地从椅子上站起来，说"本人朱贵云"，说完就要给推事磕头。推事哭笑不得："都民国九年（一九二〇年）了，怎么还搞这一套——你所诉何事？"

朱贵云怯怯地看了方三响一眼，开口道："小人家住广肇路、长安路路口，家里以制卖腐皮为业。三日之前，我老婆周氏忽然浑身发热，胸闷，当时帮内的兄弟杜阿……"他突然注意到推事眼神一眯，赶紧"呃"了一声，改口道：

"当时我一个朋友杜阿毛，推荐了红会总医院的方医生，说他常来闸北诊治，手段甚好。我便请他来家里看看。方医生来了以后，说我老婆得的是伤寒病，但在这里看不好，一定要我把老婆送去总医院医治。"

推事看向方三响："被告，原告截止到目前，所诉属实？"方三响点了点头。推事又问："你让周氏去总医院，理由是什么？"方三响道："朱贵云夫妻一家就住在腐皮铺子内，前店后屋。店内日夜都要磨豆煮浆，空气极为浑浊，不利于休养。而且伤寒有传染性，总医院有专门设备与医护人员，周氏可以得到更好的隔离与治疗。"

"所以原告你同意了？"

朱贵云委屈道："开始我是不允的，只让他在家里诊治，可方医生说若我老婆想得救治，非得去医院不可。我没办法，只好把老婆送过去。"

"那你为何不愿意送医院治疗？是担心他们漫天要价吗？"

"那倒没有，只收了两元挂号费和十五元住院费。"

"这个价格很便宜呀，你有什么好抱怨的？"推事奇道。朱贵云跺了跺脚："哎呀，大人你不知道，他们给人瞧伤寒病，要拿一大块冰搁在额头上！还让护士用冰水给我老婆擦身子。冰的寒气侵入人身体里，不是雪上加霜吗？"

推事看向方三响："你有特别的理由这样做吗？"方三响无奈道："伤寒的症状之一是浑身发热，保证患者降温非常重要。以冰囊置于额头，以冰水洗涤全身，是欧洲乃至全球通用的降温方法。"

朱贵云大怒，几乎吼起来："那我老婆怎么会在你们医院莫名暴毙的？"方三响道："不是莫名暴毙，她是多次便血引发肠穿孔，并伴发腹膜炎而死。"

"别扯这些听不懂的鬼话，就是那劳什子冰囊害的！我老婆平时体虚得很，秋风都不经吹，那么冷的东西贴着，肯定更虚了。哦，对了！再加上你给她乱喂什么密洞……"

"是疋拉密洞。"

"对！就是这个！我听说它对肾和肝都不好的，我老婆先被寒气入体，又被喂了这种东西，怎么会不死！"

"疋拉密洞是用来退烧的，而且投放量只有半匙。"

"反正她在家里本来好好的，你一把她弄到医院就死了！就算与冰囊无关，也一定是你给的药不对！"

推事见原告情绪激动，赶紧用小木槌敲了敲桌面："安静，安静！"然后困惑地问道："疋拉密洞是什么？"

"就是 Pyramidon，这种药是解热镇痛之用，和阿司匹林效用差不多。"

推事彻底茫然了，不得不把目光投向证人席。一般这种医疗纷争，法庭总会延请一位专业医师来做专业证人，各个医院义务轮替。今天轮值的这位顾问医师三十多岁，面如鹅卵，额头宽大，白白净净像个馒头，唯独双眼似睁非睁，似很疲惫。

推事问："被告所说，您可有什么意见？"那医生慢条斯理道："被告适才所叙药物效用与投放方式，并无讹误。用冰囊处置伤寒，乃是国际间通行的做法。因伤寒而致肠穿孔，亦属常见症状。"

"那个芷拉密洞……"

"如被告所说，这是一种镇痛解热的药物，主要适症于肺痨、肺炎与肠伤寒。它的作用比较缓慢，适用于身体软弱的病人。从他的描述里，我没听到有误诊或处置不当之迹象。"

"那会不会造成肾和肝的损害呢？"

"这款药早在光绪二十三年（一八九七年）便在欧洲上市，据我所知，还没有临床证实对肾、肝有影响，但确实有几例显示病人的白细胞会变少。"

"那么原告所猜测的，冰囊致使寒气入体，是否有可能？"

"闻所未闻。"医生断然道。

朱贵云一听急了，指着那医生大骂："睁着眼睛说瞎话！你们俩根本就是一伙的！欺负我们这些穷苦人！"推事面孔一板："这是仁济医院的副院长牛惠霖，和红会总医院不搭界，你乱讲话是要负责任的！"

朱贵云呆了呆，又跳起来嚷道："是药三分毒，也许我老婆就是因为他投的这个药，那个什么白细胞才会减少的！然后就死了！老婆呀！你死得好惨哪！"

他说着说着，声嘶力竭地哭起来，台下的人议论纷纷，大为同情。他们并不明白医学原理，但一个病人活着进了医院，吃了药，然后死了，这事实不是很清楚嘛。

推事见庭内喧闹不已，只好挥动小槌宣布："此案暂时休庭，俟本庭调查分明，再做宣判。"

方三响面无表情地离开被告席，一个长发姑娘在旁听席扬手招呼道："三响，这里坐。"方三响"哦"了一声，走过去坐到她旁边。

这姑娘正是林天晴，她指了指法庭侧面："孙希就在下一号，不知他准备好没有。"方三响皱了皱眉头，双手交叠在膝前。

没过多久，方三响忽然听到"咚"的一声，一个人影毫不客气地坐在自己另外一侧。林天晴听到声音，探头打了个招呼："姚小姐，你来啦？"

姚英子应该是一路小跑过来的，正累得气喘吁吁，只好抬了抬手算作回应。她这几年出落得越发有气质，齐耳短发被一个蓝发箍勒住，干练洒脱，简直就是一个小张竹君。等她喘匀了气息，才低声道："讲习所的事情太多了，刚才你审得怎么样？"

方三响道："该说的都说了。"姚英子知道他笨嘴拙舌，索性把他拽起来交换位置，然后与林天晴嘀嘀咕咕。

这边推事喝了几口茶，拿起卷宗一看，眉头微皱，对牛惠霖道："牛院长，下一桩还是医疗纠纷案子，还得多劳烦你一场。"又看了眼卷宗开头："嘿，又是他们红会总医院的医生，有意思。"

牛惠霖脸上浮起一丝异色，他拧开钢笔，在面前的本子上写了几行字。推事本来还很好奇他写了什么，凑过去一看，立刻放弃了——典型的医生笔迹。

休庭时间转瞬而过。推事宣布再次开庭。孙希懒洋洋地站在被告席上，他个头已经蹿到了一米八——或者用他自己的表达方式，五英尺①十一英寸——戴着金边眼镜，一身笔挺的藏蓝色西装，激起旁听席女性们的一阵小声议论。

原告是个四十多岁的女工，个头不高，瘦得好似个豆芽菜，手里还挂着一根木拐。她自称叫沈贤淑，是福祥牙刷厂的一个工人。她的工作是对刷毛进行修剪，需要长年累月久坐在工作台前，因此她的腰腿一直有问题，到今年五月，情况变得更严重了。

"我老公挽我去了红会总医院外科，接诊的正是这位孙希骨科医师。他给我动了手术，结果把我的大腿骨都掰断了，然后又错接成了弯曲形状，半身没法转动。我入院前还能坐着干活，谁想到出院时候比入院时更严重。如今工作也丢了，我家里几个孩子，都靠我一个人糊口，这可怎么活呀……"沈贤淑说到伤心处，不由得掩面哭泣起来。

推事见她哭得可怜，只好低低地喝止了一声，径直看向孙希："被告，原告所叙，是否属实？"

孙希一推眼镜："首先，我是外科大夫，不是骨科医生，这两者还是有区别的。其次……"他看向原告："你在说谎。你在入院之前，肢体就已经弯曲得很厉害了，可不是我接坏的。"沈贤淑急道："你可不要污人清白，明明我那时还好，老公挽我去的医院，他可以做证！"

这种地方审判厅的民事快速厅，流程并不复杂，原告、被告均可自辩，证人亦可随时加入，与传统的官府审案方式颇似，算是中西合并。所以沈贤淑一说完，一个长着一口大烟牙的瘦弱汉子立刻站起来，走到证人席道："正是我挽她去的，去的时候腿脚还算好。分明就是你医术不精，把骨头弄坏了。"

孙希一阵冷笑："你把鞋子脱了看看。"沈贤淑尖叫一声，满脸羞惭，觉得受到了天大的侮辱。孙希却抢先一步对推事道："大人，她入院之时，腿足已经溃烂腐

---

① 英美制长度单位，1 英尺等于 12 英寸，合 0.304 8 米。

臭，而且弯曲得非常严重，按足则首起，按首则足翘。这种症状，绝不是久坐导致的关节畸形，也不是掰断大腿骨的结果——如果您不信，可以当场验看。"

"验看不必了……这是什么病？"推事问。

孙希大声道："医院已用梅氏反应法化验过，她这是梅毒性关节炎。"

一听这名字，旁听席一片哗然，大家看向沈贤淑的眼神都不对了。孙希道："这种病无法通过外科解决，所以我只给她做了简单的骨体矫正。"

沈贤淑哭叫道："可我的腿现在明明比入院时更严重了呀！这总不能是假的。"孙希耸耸肩："梅毒性关节炎严重起来，骨质会变得极疏松，如果不良加防护，极容易变形——本来我建议你转内科治疗，谁知你却突然自行出院，自己弄坏了又来怪谁呢？"

沈贤淑扯着嗓子大喊："你们医院不是有什么爱克斯光机吗？能照透骨头，怎么没给我们用？"孙希轻轻叹了口气："你知道那玩意儿多贵？它的灯胆和菲林都是从国外运来的，每周只能启用一次，想拍照？二十五块钱一次。我是替你们省钱好吗？"

推事低声询问牛惠霖道："您是骨科方面的权威，觉得如何？"牛惠霖道："梅毒性关节炎最关键是要先驱梅。换了我是孙医生，也会建议转内科。但是，孙医生，病人入院的时候，你没有给她做爱克斯光检查吗？"

孙希双手一摊："梅毒性关节炎做爱克斯光没有意义，我直接让他们去做了梅氏检验。"牛惠霖皱眉道："你在做梅氏检验之前，怎么判断病患是梅毒性关节炎？"

孙希愣了一下："呃，她的双足下疳现象那么严重，肯定是呀。"牛惠霖却穷追不舍："梅毒性关节炎也分成骨性、白肿和水肿几种情况。不用爱克斯射线做辅助判断，你如何知道关节有无骨质增生或骨萎缩的情形？"

他们两个人对话速度很快，只苦了推事和周围旁听的人，如听天书。推事跟牛惠霖低声交谈了很久，方才问道："反正孙医生你在接诊时，检查确实没有齐全完备，就得出了结论对吧？"

面对别人，孙希还有对辩的勇气。可这位牛惠霖是上海最权威的骨科医师之一，他只能承认，他确实没要求过患者进行爱克斯光检查。

沈贤淑如同抓到救命稻草一样，立刻叫道："对的！我们出得起这个钱，他不肯给我检查，所以才会掰坏了我的大腿骨！"牛惠霖打断了她的话："孙医生的流程有问题，但判断本身并没错。你的腿脚症状，不可能是入院后手术造成的，只可能是梅毒性关节炎恶化导致的。"

这时沈贤淑又喊道："为什么不是他给我开的药有问题？"推事一听，忙问详情。沈贤淑道："我入院以后，他给我开了一种怪药，味道甘涩，吃完以后我头昏眼花，还肚子难受。"

推事问孙希，孙希坦然道："我确认她得了梅毒性关节炎，便给她开了一剂药叫Salipyrinum……"

"请你说中文。"

"就是沙利比林，是治疗急性关节炎的镇痛药物，也可以退热。"

"它是对梅毒性关节炎有用吗？"

"没用。我只是打算临时控制一下，然后转内科驱梅，但病人中途自行离开。"

推事看看牛惠霖，牛惠霖点头，表示认可这个说法。但沈贤淑一口咬定，说吃了那东西以后，浑身不舒服，冒汗，一个劲地恶心，不是药开错了就是用的假药！

台下的人又议论起来，不是在感叹爱克斯光机之贵重，就是说那个什么比林药必然也是有毒的，你看上一个官司那方医生投给患者吃，不也死人了吗？大部分人，都明显偏向于沈贤淑那边，让坐在台下旁听的姚英子等人很不自在。

推事伸出手去揉了揉太阳穴。这种医疗官司实在是民事诉讼里最恼人的，全是各种专业术语，如何宣判，着实难以取舍。末了他一敲小木槌："此事太过复杂，待本庭咨询专业顾问后，择日宣判。退庭。"

孙希离开被告席，走到方三响和姚英子面前，面色如常。而另外一边，沈贤淑失魂落魄地被她丈夫搀扶下去。

孙希和方三响办完了手续之后，和姚、林二人离开法庭。这座地方审判厅位于斜土路附近，外面连接一条宽阔的沥青马路，叫作"地方厅路"，道路两侧种满了梧桐树，车水马龙，颇为热闹。

林天晴愤愤不平道："那个推事真是个糊涂蛋，偏袒得不要太明显哪。三响好心去闸北给他们看病，孙希好心帮他们省钱，尽心尽力，反被咬一口。"

姚英子叹道："只要开门问诊，总少不了遇到一些这样的无赖病患。"林天晴有些担忧："不知道推事最后会怎么判。"

"只怕我们会输。"一直没吭声的方三响忽然道。林天晴大惊："不会吧？这两桩案子明明占着理呀？"方三响冷笑："法庭最要考虑的不是道理，而是民意。从老百姓的角度看来，病人在家里还活着，送到医院就死了，这肯定是医生的错。至于诊疗细节，他们不懂，也不关心。先前有好几桩案子，不就是这么稀里糊涂判的？"

"在英国，这种医疗纠纷案子，都须交给医师公会来做判断。中国这边只请一位医师做随庭顾问，而且推事采纳与否，全凭心证。一个外行人，肯定会更倾向于民意。"孙希也是一肚子抱怨。

姚英子道："南市前一阵就有类似案例。一个产婆接生时，发现胎儿脐带绕颈，连忙把孕妇紧急送到一处诊所。医生采用剖腹产，可惜赶上妊娠高血压，孕妇没救回来。结果孕妇家人指责医生开肠破肚，居心叵测，把他告上法庭。张校长去随庭做证，奈何孕妇家人在审判厅外围了个水泄不通，要求惩办杀人凶手，最后推事到底还是判那医生赔偿。"

众人听了，都是一阵唏嘘。林天晴忧心忡忡："那……这案子最坏的结果，会是什么？"

"大概是吊销医生执照吧？"方三响回答。

"老方你错了。"孙希截口道，"我刚才可是在旁听席看到几个小报记者，那些人唯恐天下不乱。所以最坏的结果，是上海的报纸上哄传，红会总医院一日之内两医生误诊受审，到时候连医院都要砸招牌。"

他们两个还算淡定，却让姚英子急得不得了。万一法庭真要吊销医生执照，他们的职业生涯就这么毁在两家小人之手，岂不冤枉？

可她已不是那个肆意妄为的小姑娘，知道很多人盯着这案子，如果找自己多疏通关系或贿赂法官，有理也变没理了。

他们这么讲着话，走进了审判厅西边一条南北向的小路，这里官方称为"地方厅西路"，不过当地人嫌绕嘴，都简称为"厅西路"。孙希眼睛最尖，忽然看到牛惠霖一个人站在路边，手里搭着一件薄西装，似乎正在等车。

他应该是结束了法庭轮值，正要返回仁济医院。

孙希和方三响赶紧走过去，向他道谢。牛惠霖端详两人一番，方才缓缓开口："你们不必道谢，我没有偏袒任何人，我只是讲出医学上的客观事实而已。"

姚英子心直口快，抢着说道："医师培养不易，您也不想让两个小人毁掉两个好医师吧？"

牛惠霖转过身来，他两条淡眉本来是趴下来的，这时却微微抬起："按说官司未了，我不该评论此事。不过有些话，还是想跟两位讲一讲。"

孙希和方三响赶紧站直了身子，屏息凝气。

这位牛医生在上海医界可是赫赫有名，圣约翰大学毕业，剑桥深造，然后在伦敦各大医院都担任过外科主任医师，还参加过世界大战的救伤工作。一个华人在欧洲能做到这地步，绝对是凤毛麟角。对孙希来说，这简直是神祇一样的存在。

"那两桩官司，论道理是你们占理，论医德却大有可商榷之处。"牛惠霖讲话很慢，可一抛出来极有杀伤力。

两人都是一抖，面面相觑，方三响忍不住道："您指的是哪方面？"牛惠霖道："你在使用冰囊之前，是否跟她与她的家人做了沟通？"

"这是所有医院通行的做法，您在庭上不也这么说吗？"

"你我知道，但病人并不知道。向他们解释，也是治疗的一个重要环节。"

林天晴在旁边忍不住帮方三响道："那些人愚昧得很，就算解释了，他们也听不进去呀。"牛惠霖不动声色："什么时候医生看病，需要先检查病人的智识水平了？"

"我……"

"在病患入院前，你是否出于专业傲慢，觉得他们太愚昧了，没有多做解释，让他们只要听医生的就行了？"

方三响"呃"了一声，面露尴尬。孙希见方三响嘴笨，赶紧上前想解释一下。不料牛惠霖看了他一眼，冷冷道："你的问题更严重。你当庭公开说出病人罹患梅毒性关节炎，有没有考虑到病人的处境？我们并不知道她是如何感染的，但外界只会认为她行为不检点。她可能会被左邻右舍指指点点，孩子也许会被欺负，名声也会受损——这些悲剧，只要你走到推事面前小声讲出她的病情，就完全可以避免。"

孙希的脸色登时比方三响还尴尬。

"还有你那段关于爱克斯光机的高论，又是国外进口的灯胆，又是二十五元一次。你这么说，岂不是让旁人觉得你是嫌人家穷，不配接受检查？"

牛惠霖这一顿批评，如急风骤雨，说得孙希满头大汗，讪讪不能言，连带着方三响也垂头不语。

"这些话本不该我一个外人来讲：医生与患者之间，到底谁为主体。是你们用技术去尽力拯救病人，还是让病人来迎合你们的技术，请你们仔细想一想。"

牛惠霖的训斥，持续到车子开过来方止。他上了车，忽又从车窗里探出头来，两人以为他还要教训几句，连忙立正。

牛惠霖远远看了眼审判厅，收回视线道："你们这两桩案子，若依今天的局面判，多半是要输的。但那位姚小姐说得对，如此毁掉两位好医生，我亦觉扼腕，所以提醒一句，你们胜机尚存。"

两人面面相觑。牛惠霖作风公正，不会徇私，那么这胜机从何而来？

"你们仔细想一下。无论是朱贵云还是沈贤淑，对医学并无任何常识，但他们居然会选择从正拉密洞、沙利比林两种药入手攻击，还颇为专业……"

"您的意思是，他们背后……有人唆使？"孙希反应最快。

牛惠霖道："我只说我看到的，你们自己判断。今天是民国九年六月二十六日，推事会在七月五日做出判决，你们还有十天时间。"

孙希和方三响对视一眼，却只有无穷的迷惑。信息太少，根本无从着手。

"我亦是红十字会理事会的成员之一，记得代问沈会长好。"

牛惠霖丢下一句没头没脑的话，汽车疾驰而去。剩下的四个人面面相觑，心头不约而同地联想到过去一年的种种古怪。

自从癸丑之役结束后，红会总医院一直活跃在各地战乱、灾害一线，广得赞誉。但到了民国八年（一九一九年），也就是去年，却遭遇了一桩大变故。

去年四月，徐世昌大总统突然发布一条命令，宣布免去沈敦和的副会长之职，原因语焉不详。

这条命令让上海舆论一片哗然。要知道，红会乃是沈敦和一手创办，他经营会务前后十五年，堪称红会核心的灵魂人物。此时突遭免职，又无正当理由，直接引发了红会内部的极大混乱。施则敬、王培元等核心骨干相继愤而辞职，基层会员也茫然不知所措。一直到沈敦和自己站出来安抚大众，并主动与继任者交接，局面才勉强稳住。

接下来的一年，红会总医院照常运转，可每个人都心存阴霾，仿佛被抽走了主心骨，大家都讳莫如深。如今经牛惠霖这么一提醒，他们几个人才惊觉，这两桩医疗纠纷，竟似……竟似是冲着沈敦和去的。

姚英子皱眉道："这么说来，和沈会长有关的人，好像都或多或少出了事呢。曹主任去年因为医院账目有个小错，也被辞退。"

即使鲁钝如方三响，也从这巧合里品出一丝诡异。仿佛冥冥中有一股势力，在不动声色地给与沈敦和有关的人找麻烦。

可沈会长是沪上有名的谦谦君子、仁厚长者，谁会跟他结仇？张竹君算是一个私敌，但张校长光明磊落，绝不会用这种手段；冯煦算是一个公敌，不过他本人早早在上海做了寓公，至于红会京沪之争，早已消弭。欧战期间，会长吕海寰还与沈敦和密切配合，于胶州战场联手救伤，一时传为佳话。

那么还有谁会这么痛恨沈敦和呢？

几个人商量了一轮，没什么结论，只达成一个共识：若要孙、方二人从两桩官司里脱身，势必要在十天之内找出这个人来。

姚英子一拍巴掌，说："我们直接去问沈伯伯不就得了？"大家连连称是。姚英子扫视一眼道:"一下子去那么多人,也没什么意思。我们兵分两路。我和孙希去找沈伯伯;蒲公英,你跟曹主任比较熟,和天晴一起去他那里问问。"

方三响眉头一拧:"这事何必劳烦天晴,我自己去就行。"林天晴连忙表示:"正好我今天请假了,左右没事。"方三响"哦"了一声,不再说什么。

姚英子望着两人离开的背影,对孙希叹道:"这个蒲公英,简直就是个榆木疙瘩。林小姐的心意,谁看不出来,偏他还傻乎乎的。"孙希道:"他不是发下誓言嘛,不报父仇就不考虑亲事。"姚英子冷哼一声:"天晴这几年可没少帮他去日本打听,这份心意,难道还不够他破个例?"

孙希笑道:"你自己守誓不嫁,安排别人倒挺心急的嘛。"姚英子瞪了他一眼:"你还说别人。蒲公英好歹有个伴。你也快三十的人了,怎么还整天一个人晃来晃去的?"孙希笑嘻嘻道:"我若结了婚,你可怎么办?家里再逼你,可就再没有借口了。"

"你别岔开话题,现在不是说我,是你自己怎么想的。"

"暂时没那心思。"

"大话精,谁会信哪?你看今天你一站到被告席上,下面多少姑娘议论。"

孙希掸了掸肩膀:"生得靓仔,这也怪我?"

他们一路说笑,先去了白克路的退思里,发现沈敦和不在寓所,问过仆人后才知道去了西藏路。

红会原来在天津路有一家时疫医院,近年来规模逐渐扩大,不太够用,沈敦和便在西藏路的大世界对面盘下一块地,把天津路那家时疫医院搬迁过来。医院即将竣工开业,他去现场盯进度去了。

两人心中一阵感慨,沈伯伯都被强行解职了,完全可以颐养天年,居然还在矢志不渝地为慈善奔走。实在想不通这样的人,会惹来什么怨恨。

他们赶到大世界时,正赶上午间开锣,门口聚集了上千人想挤进去。这个地方是药业大亨黄楚九在三年前建起的,里面除了有各色游艺戏曲之外,还有十几面西洋哈哈镜,极得上海市民青睐,只要开门,永远人潮汹涌。

孙希下了黄包车,感慨这么多人常年挤在一个密闭空间里,简直就是个"病毒大世界",随时会暴发疫病。沈会长在它对面建时疫医院,正可谓对症下药。

姚英子挽着他走过马路,对面是一座漂亮的欧式两层砖楼,一层是立柱与狭窗,二层则是一水的落地盾窗,采光极好。所有的窗户都涂成朱红颜色,与白墙交相映衬。在小楼的最上方,几个工人正粉刷着一个簇新的红十字。

"我听我爹说，大世界建成之后，周围的地皮噌噌地涨价。别人买了都疯狂地建商铺、盖公寓，赚得盆满钵满。只有沈伯伯盘下这块地，却用来盖免费的时疫医院，好多人都笑他港兮兮①。"

孙希一听姚英子这样说，下意识地把西装抚了又抚，仿佛怕衣冠不整亵渎了这份用心。可他们一进到院长室里，却大跌眼镜。

院长室里有两个人，一个是沈敦和，还有一个是柯师太福教授。两个人都是年过六十的老人了，却像两个顽童一样趴在地上，一架古怪的机器正在两人之间咕嘟咕嘟地响着。

这机器上面是一个玻璃大盂，里面插着个空心管，下面是一个生火器，彼此之间有各种胶皮管和细杆相连。柯师太福见姚英子他们来了，兴奋地挥手说："你们来看，来看。"

姚英子问："这是什么呀？"柯师太福得意道："这是我新发明的时疫机器，说起来，还是从姚小姐你那里得来的灵感。"

"啊？我？"

"你们看，只要生火器打出火来，便可以给玻璃大盂里的盐水升温，通过空心管输送到病人体内。"柯师太福一边说着，一边捋起袖子，把连接着机器的一枚输液针头刺入自己腕部，"如此一来，只要刺入血管，输液便可自行运作，不须人在旁边盯着。机器自会调节压力，控制输液速度。"

姚英子面颊一红，想起那个输液过快导致肺水肿的那子夏。柯师太福所谓"灵感"，八成就是在拿这件事开玩笑。

沈敦和从地上爬起来，满意地拍拍手："我们已经做过实验。一经注射，只要十到十五秒，病人就能够四肢复温、面色转活。这机器既省人工，见效又快，且不需电力，最适合赤痢、霍乱等大规模疫情的场合。"

柯师太福得意道："我要去申请专利，以后不用给你打工了，躺在公寓里就有进账，还有余钱可以支援爱尔兰独立。"

"先把针头拔出来吧！这点配液你都贪！"

这两个老头你一言我一语，说得不亦乐乎。姚英子在旁边凝神观察，在沈敦和胖乎乎的脸上，丝毫看不出被强行解职的沮丧，双眼一如既往地充满热忱，唯是眼袋深重，如两个墨团垂吊下来。

---

① 港兮兮：上海方言，傻乎乎。

"沈伯伯，你不好这样大意，多注意注意休息。看你格 ① 两个眼袋，都快大过我的荷包啦。"

"唉，最近北方诸省大旱，得组织义赈；再加上时疫医院马上竣工，总要盯一下。忙过这段时间，我是要歇歇了。"沈敦和走回到办公桌旁，这才反应过来："英子，孙希，你们两个来这里做什么？"

姚英子把孙、方两人的官司与牛惠霖的提醒讲给他，沈敦和缓缓坐到沙发上，拿起烟斗吧嗒吧嗒吸了几口。孙希觉得沈会董的脸色有些不正常，肤色暗淡无光，老斑颇多，明显是一种病容。

他要上前帮他检查，却被沈敦和婉拒："我这就是累的，睡一觉就好了——对了，你们不用担心，我认识几位大状，这两桩官司应该不难打。"

"这个不是重点！"姚英子有点着急，"重点是，谁会跟您过不去，您有什么仇人吗？"

沈敦和闻言失笑："我能有什么仇人？"孙希在一旁忍不住道："那您去年突遭解职，到底是个什么缘由？"沈敦和把烟斗轻轻搁下，笑容不变："江山代有才人出，各领风骚数百年。大总统希望除旧更新，我也只好主动让贤喽。不过没关系，一家好医院，不在于医院本身，而在于里面的人。只要你们在，那就没什么好担心的了。"

之前大概有无数人都问过沈敦和这个问题，他这一套太极拳打得纯熟无比。姚英子不禁有点气急，连沈伯伯都讳莫如深，这仇家到底什么来头？

这时柯师太福拿着个红酒瓶子走过来，手里掐着几个玻璃杯："来，来，不说那些了，一起喝点葡萄酒，庆祝一下我的新机器的诞生。"沈敦和趁势摆脱两个人的纠缠，转头笑道："张裕？他们又送你红酒了？"

"我之前替他们做过一次化验，结果他们拿着到处去打广告。喝他们一点酒也是应该的。"

沈敦和拿过酒杯，两个老头就这么对酌起来，一个天真烂漫，一个城府深重，姚英子和孙希站在旁边，简直是老鼠拉乌龟——无处下嘴。

姚英子一跺脚："就算您淡泊名利，也得计较一下红会呀！这么多年积攒下来的好名声，怎么能毁了？"

沈敦和放下酒杯，脸色却严肃起来："英子，你也跟着我做慈善这么久了，应该

---

① 格：上海方言，这里是代词，那。

知道的。红会和个人慈善家不一样。它也罢，我沈某人也罢，起的不过是一个号召善举、中转款项的作用。倘若我因为办红会而得了乐善好施的名声，那岂不是盗取了真正捐款者的好意，成就了我个人的名声吗？"

姚英子一时语塞，不知该如何回答。

沈敦和笑眯眯道："红会掌握着巨万善款，本就不该有慷慨之誉，而只能承严管之责。我沈某人经营红会这么多年，很多人分不开我与红会，也分不开红会与善事，长久来看并非好事。这次借政府的光退下来，正好给后人做个表率，何乐而不为？"

两个老头相视一笑，"当"地又碰了一次杯。姚英子觉得好气又好笑，只得无奈地心想："只能看蒲公英那边有什么进展了。"

倘若姚英子此时有一双能看到方三响的眼睛，那注定要失望了。

方三响和林天晴此时正站在一座石库门前，一脸尴尬地看着眼前的情景。

在他们面前的逼仄弄堂里，曹主任正四肢着地，背上驮起一个胖乎乎的小娃娃。小娃娃手里的拨浪鼓咚咚作响，曹主任随着鼓点在地上爬前爬后，满脸是汗，不时还要故意拱起背颠一下，逗得小娃娃咯咯大笑。

方三响平时见惯了曹主任的苛刻嘴脸，骤见他这副宠溺模样，一时不知该说什么好。林天晴反应倒快，走过去双手伸开："好漂亮的娃娃，姐姐抱抱哇。"那胖小孩一见来了个漂亮姐姐，毫不怕生，伸手就让她抱在怀里。

曹主任解除了这个负担，费力地从地上爬起来，擦擦脸上的一层油汗，对方三响道："你们怎么想起来望望我呀？"说着眼神朝他手里瞟，一见是空的，便露出个"早知如此"的表情。

这两个人一个斤斤计较，一个锱铢必争，当初在总医院就棋逢对手，对彼此的风格都很熟悉。

方三响道："今天过来，是有一件事要请教曹主任。"曹主任见林天晴和那小娃娃玩得开心，一屁股坐在门口的石礅上，扯开衣襟拼命扇风："不要叫我主任了，我都已经从总医院离职了，还有啥事能帮到你呢？"

他说得不经意，语气里却带着股酸溜溜的萧索。方三响道："当初沈会长突然去职，你知道是什么原因吗？"

曹主任扇风的动作停了一霎："这个我可不晓得。我只是个院务主任，离红会副会长还隔着好几层呢。这件事还是王培元同我讲的，我开始都不信，哪知道是来真的。"他说到这里，一阵感慨："沈会长一手把红会建起来，现在倒好，被人一纸命令就踢出自家产业，真是气也气死了。"

见曹主任鼻头涨红，鼻翼翕张，方三响知道他确实是真情流露。他一转念又问道："那曹主任你又是因为什么离开红会总医院？我看告示上只说是身体原因。"

"唉，你们可不知道，这还是沈会长帮忙，不然可真冤死忒①。"

曹主任一提这事，腮帮子都气得鼓起来了。

去年沈敦和离职之前，内务部曾经突然派员过来审核财务，结果审出一个不是问题的问题来。

一九一四年，也就是民国三年，日本和德国在青岛开战。会长吕海寰亲自带队，组织救援队奔赴胶东战场。当时吕海寰提出，救援队要统一着装，定为着黄色制服，系红十字袖章，悬救护记章。

不过因为青岛大战一触即发，订货不及，沈敦和便指示曹主任，让他在胶东就地采购。曹渡游说当地布商和成衣商捐助了一批物资，作为回报，给他们授予了红十字会籍。这些富商随后打着红会旗号，利用慈善物资可享受铁路打折的优惠，发运自家货物。

内务部认为红会有滥发会证、滥用特权之嫌。曹主任满腹委屈，这件事确有不合规之处，奈何事情催得急呀。还是沈敦和站出来解释，才算没有起诉曹渡。没想到很快沈敦和也被迫离职，新副会长上任之后，曹渡到底没保住这份工作，只好以"健康原因"体面离职。

幸亏曹主任投资眼光精准，早早在法租界环龙路上买了一栋渔阳里的两层小楼，索性当起了寓公。

"哼，其实做院务主任有什么意思，管账管得一包气。反正沈会长也不在了，我不高兴给他们做，就在家里弄弄孩子。你看，我楼上自住，楼下出租，光吃吃租金也蛮好。等我老了，这房子就留给有善——哦，这是我儿子大名，一辈子都不愁！"

正讲话间，一个长衫眼镜男子夹着几本书走进来。曹渡打了个招呼："陈先生侬回来啦？"男子点一下头，然后钻进小楼里去。曹渡冲方三响说："看到伐？来租我房子的都是读书人，比病人好打交道多了。这位陈仲甫先生人不错，办杂志的，清清爽爽，就是访客多了些。不过也好，他们一开会就是一整天，十几个人吃喝都由我代买，又是一笔赚头。"

---

① 忒：tè，这里是吴语，助词，用于动词后，表示动作已完成，相当于普通话中的"了"。

方三响听曹渡絮叨着生意经，他越强调自己现在过得不错，说明他越在意当初离职的事。

平心而论，曹主任虽然抠门，倒没恶意克扣过工钱，只是算得过于精细而已。他在红会总医院期间给方三响安排了很多做工机会，这份人情，方三响还是认的。

曹渡随手从旁边石礅上拿起一本杂志："陈先生在我这里放了几本，说随便取阅。你难得来望望我，总不好空手回去。"方三响随手接过杂志，跟曹主任也吐露了实情。

曹主任听完"啊呀"一声，一迭声地埋怨道："我在的时候，你们老嫌我啰唆。我离职了，你们两个十三点①好了，连官司都吃上了，一吃就是两桩。"

"所以我们必须找出原因来。沈会长一年前为什么会被解职？"方三响急切道。曹渡努力琢磨了一番，只是摇摇头："不晓得谁会对沈会长有这么大仇怨。"

"那你猜猜呢？"

"那怎么好猜。"曹渡连连摆手，一脸苦笑，"你找我来押宝，真是问道于盲。"

曹主任说这话，是有原因的。辛亥革命的时候，全院只有他觉得大清春秋正盛；辛亥革命胜利以后，他又坚持说孙中山绝对会上台，最后却是袁世凯；癸丑之役，曹主任又看好孙中山、陈其美，等到两人流亡日本之后，他才彻底倒向袁世凯；结果不久袁大总统就成了洪宪皇帝，曹主任刚在哈佛楼前挂起庆祝登基的横幅，"皇上"就驾崩了……曹主任的政治眼光，一时在红会总医院传为笑谈。

方三响见曹主任不愿多管，知道他到底还是怕事。试想，一个连沈敦和都能搞下台的势力，他一个寓公哪里敢去招惹？他不为已甚，便叫了林天晴一起告别。临到要走出弄堂，曹渡抱起儿子，忽然低声问了一句："总医院最近可还好？"

"曹主任你在的时候，没感觉什么。你一不在，便觉出差异了。"方三响认真回答，转身离去。

曹主任抱着儿子，就这么怔怔地望着他们离开。过了足足五分钟，小有善不安分地开始扭动：那两个哥哥姐姐早就走得看不到了，怎么爸爸还站在原地一动不动？

两人离开渔阳里之后，林天晴好奇地问道："他送了你一本什么杂志？"方三响这才从怀里取出，发现叫《新青年》，已经发行到第七卷第六号了，这一期叫作"劳动节纪念号"。随手翻开扉页，上面赫然有孙中山题的"天下为公"和蔡元培题的

---

① 十三点：吴语，指傻里傻气或言行不合情理的人。

"劳工神圣"几个大字。

"我好像听医院里的人说过，似乎这杂志被查抄过几次呢，你可也要小心。"林天晴提醒道。方三响不以为然："当初《猛回头》《革命军》也是违禁读物。越是禁书，越说明书里讲得有道理。他们要查封，我反倒要认真读一下了。"

自从陈其美于民国五年（一九一六年）遇刺身亡之后，方三响对北洋政府便怀有浓厚的敌意，对于南方的事越发上心。

"你看从去年开始，上海到处都在罢工，报纸上各执一词，又是劳工权益，又是资本剥削什么的。我想看看这本杂志怎么说的，到底罢工对还是不对。"

林天晴见他现在又有点上头，赶紧岔开了话题："唉，曹主任这里一无所获，你接下来怎么办？"

"也许英子和孙希会有成果，先跟他们碰头吧。"方三响看了她一眼，"你跟着我也跑了一整天了，早点回去歇着吧。"

"我不累的。"

"毕竟这都是红会总医院的事，怎么好一直麻烦你？"

林天晴白了他一眼："我在广慈上班而已，又不住在广慈。再说我也不是为了总医院哪。"

方三响轻轻叹道："因为私人关系，我就更过意不去了。过去几年里你一直帮我联络日本那边找仇人，搭进去那么多时间，总不能事事都占着你。"林天晴略带幽怨地瞥了一眼："你为什么不能？"

方三响摸摸鼻子，想了半天，不知如何回答。林天晴熟知他秉性，无奈地摇了摇头，伸手说："你先别操心旁的啦，赶紧在十天内把事情解决掉是正经。"方三响一捏拳头："倘若官司输了，执照被吊销，那就有时间了，亲自去一趟日本！"

"那我陪你去，我也想多找找我哥哥的事情。"林天晴道。

当晚他们与姚英子、孙希在保育讲习所碰头。两边一对，发现都一无所获，大家不免有些沮丧。姚英子说："可惜我爹身体不好，回宁波休养去了，不然他肯定知道点什么。"孙希却道："还是算了吧。你爹见了你，肯定要唠叨婚配的事，说不定会把你绑了直接成亲。"方三响也点头附和："还是不要回去的好。"

姚英子神色一黯。这几年来她抵御家里要求她成亲的压力，十分辛苦。姚永庚和陶管家再疼她，在这件事情上与她也是相反立场。若不是有孙希与方三响两个人帮她，她未必能撑到现在。

"那接下来怎么办？一点头绪也没有了。"姚英子很是沮丧，觉得事事都不顺心。

"也不能说没有……"方三响用指关节敲了敲桌面,若有所思,"曹主任今天说他被内务部审查过,也许和沈会长被解职之间有所关联。如果能接触到政府那边的文书,也许能查到些什么。"

孙希沉默片刻,抬起头来:"我去找一下冯大人吧。"

冯煦虽然在上海做寓公,但他毕竟曾贵为前清巡抚,在官场多少留有人脉。姚英子奇道:"冯大人?他还在张罗给你相亲吗?"孙希一脸苦笑:"最近几年不大张罗了,也许是适龄的女子该嫁的都嫁了,他手里没库存了。明天我去找他一下,他不帮忙,我官司就要输掉,我官司输掉,就做不成医生,做不成医生,就更没有姑娘要嫁给我了,看他怎么办。"

饶是大家心事重重,也笑了一阵。冯煦天天磨孙希,也有被孙希反过来磨的一天。

"其实,我们还有一个办法。"一直不作声的林天晴在旁边道。

"嗯?"其他三个人都有些惊讶,林天晴难得主动发表意见。她被他们盯着,微微发窘:"我们干吗不去直接问问朱贵云和沈贤淑?如果真有人在背后唆使,他们肯定知道得最清楚。"

"唉,天晴,你天真了。"孙希摇头,"我们是被告,他们是原告,贸然接触很容易被人误解为私下威胁,传出去官司更会输。"

"如果不是当事人,而是一个无关的人去问呢?"

孙希一怔,他们也不是没考虑过这种办法,但即使是一个无关的人跑去问官司的事,傻子也知道受谁指使。林天晴抿嘴笑起来,从怀里掏出一个小蓝本一晃:"没关系,我有美国红十字会的会员证,上门说为穷人提供医疗救济,至少沈贤淑那家人不会拒绝。"

"美国红会?你怎么又成那边的会员了?"方三响问。

林天晴道:"这不是前一阵看到他们在街头搞募捐嘛,我捐了二十元,就成会员了。都是红会嘛,能有什么区别?"

方三响虽觉不妥,但一时也想不到更好的办法。孙希说:"那朱贵云怎么办?"林天晴表示她也可以去那边问。方三响一口否决:"不行,你不能同时接触那两家人,太明显了,很容易就能联系到一块。"

这时一个年轻姑娘走进房间,手里端着几盘小点心,她的腿脚似乎不甚灵便。姚英子正冥思苦想,看到她,眼睛一亮:"翠香,你过来一下。"

邢翠香是当年姚英子在蚌埠收养的那个残疾小女孩,交给家里花匠抚养。如今她已经十八岁，出落成一个大姑娘。之前孙希给她做了矫正手术，现在勉强可以直立走路，只是还得拄一根拐杖，这几年在讲习所里帮姚英子做事。

"哎呀呀，大小姐，叫我做什么？"邢翠香笑嘻嘻地凑过来，她梳着两根麻花辫，正是天真烂漫的年纪。姚英子道："孙叔叔和方叔叔有点麻烦，需要你帮个忙。"

孙希面色大变："是哥哥！"邢翠香冲他吐吐舌头："我只听大小姐的话——孙叔叔！"尾音故意压得很重。她大概和孙希八字相冲，凡事都喜欢针对他，不刺两句不舒服的那种。

孙希知道辩不过，便看向姚英子求援。姚英子笑着摇摇头，把情况一说，邢翠香大为兴奋，一拍胸脯："这个我擅长，我来我来！"

她从小性情欢脱，像只野地里的兔子，最喜欢到处乱混，养父母和陶管家没少揍她，可仍是秉性不改，而且不知从哪里学来的口音，喜欢张嘴就是"哎呀呀"。

"你可不能做出格的事啊。"方三响叮嘱了一句。他知道这野丫头胆大妄为，可不能当普通十八岁小姑娘看待。

"知道啦，方叔叔！"翠香的回答依旧带着刺，不过方三响却一点不在乎。

孙希与方三响次日还有医院的工作，姚英子在讲习所也有一大堆事务，于是众人很快散去，各自回去休息。

在接下来的三天里，他们忙得根本顾不上聚。到了六月三十日，孙希终于等到了一个好消息，冯煦让他下班后，去内务部驻沪办事处一趟。

内务部驻沪办事处就在徐家汇，暂在南洋公学里借了一栋小楼。孙希来到楼门口，冯煦手持拐杖，正和一个干枯瘦小的男子等候在那儿。他见孙希来了，一指那男子："这是内务部的委员田伏侯先生，当年曾是安徽总督府的一位书手，与老夫有旧。去年那一次红会财务审稽，他就是执行之一。"

田伏侯一脸不情愿，冷冷道："冯公于我有救命之恩，我才出来与你见上一面。但先旨声明，违法违规之事，我一概不做，不该说的，我也一律缄口。"孙希道："我只想知道，当初内务部要查红会的起因是什么？"田伏侯摇摇头："我就是一个普通科员，奉命行事而已。"

"那你们到底查出来什么没有？"

田伏侯原本冷冰冰的表情，突然有了微微的变化："没有。我与同僚花了一个月时间，核查了所有账册和历届募捐所公布的征信录，居然没有任何纰漏。沈公操持红会这么久，经手数额以百万计，账簿之清楚明白，乃鄙人平生仅见。"

孙希冷哼一声，账册有无问题，他再清楚不过了。

"那曹渡主任的制服事件，是怎么回事？"

"我们审稽之后，认为此事虽有瑕疵，不至违规。但报告提交上去，被上司打回来了，要求我们重新审稽。"

田伏侯这话听起来答非所问，其实已经隐晦地点明了缘由。上头显然是一定要查出什么，哪怕是鸡蛋里挑骨头，也必须挑出来——曹主任的制服事件，就是鸡蛋里的这根骨头。

这说明，内务部搞这次审稽，从一开始就是要来找麻烦的。

孙希眉头微皱，再想问详细点，田伏侯便不肯讲了。孙希看看他身后那栋小楼，突然提出："我可以去看一眼你们的审稽报告吗？"

"这绝不成。这些属于政府档案，无关人等不得翻阅。"田伏侯一口否决。冯煦在一旁顿了顿拐杖："伏侯，你且让他进去瞧瞧，横竖少不了一块肉。"

"冯老，这个恕难从命！"

冯煦沉默不语，就这么盯着田伏侯，直到他几乎承受不住这目光，老人才缓缓开口："这样好了，十分钟，给他十分钟。然后各安天命，绝不纠缠。"

审稽报告浩如烟海、繁似秋茶，想在十分钟内翻出点名堂，几乎是不可能的。田伏侯胸口起伏，最终长长吐出一口气来："就十分钟，多一秒也不成。"

田伏侯犹犹豫豫带着两个人来到档案室前，打开锁，掏出怀表开始计时。孙希踏进去的一瞬间，冯煦在身后一挥拐杖，朗声道："老夫当年教过你。查账这种事，须溯其源流，观其所隐。"

孙希感觉有一种微妙的讽刺感。十年之前，冯煦指使他去偷红会账册，要查沈敦和，说的就是这么一句；十年以后，还是冯煦和他，还是查红会账册，这次却是要保沈敦和。命运实在是一个奇妙的东西。

档案室里面是十几排木质大书架，上面摆放着一排排牛皮纸袋，按照年份分门别类地摆好。孙希迅速锁定了民国八年对红会的审稽报告，飞快打开，里面是一页又一页冗长的数字。

如果一条条仔细看，恐怕看上三天三夜也看不完，而且最麻烦的是，孙希不太清楚自己想要找什么。他有些茫然地翻动着账册，时间一分一秒地过去，很快翻完了一本。孙希觉得自己纯粹是在做无用功，他烦躁地把账册合上，"啪"的一声，不小心倒扣在地上。

孙希叹息一声，俯身去捡，却忽然发现几张字条从簿子尾部露出来。

他十年前为了窃取账册，跟施则敬混了一阵，对记账多少有点了解。所有的账册尾页都有一栏叫作附录。附录里一般都会贴一些与账目有关联的文件，诸如收据、账单、契单之类，以供交叉比对。

孙希想起冯煦的叮嘱，突然之间福至心灵，迅速找到日德青岛之战期间的账簿。这时田伏侯已经在门口拍门，提示只有一分钟了。孙希拿出了动手术时的手速，哗哗翻动，很快翻到附录页。

这里贴着一封信，铅字油印，正文是举报红会在胶东地区滥发会证、滥用特权云云。这时田伏侯已经走进屋子，粗暴地制止了他。孙希在账簿被收起来之前，只来得及看到举报信落款的名字，叫作罗天霝。

田伏侯既不问他具体找到了什么，也不肯再多通融点时间，客客气气把两人送出了小楼。

离开南洋公学之后，冯煦问他可有收获。孙希说他疑心这封举报信就是内务部审稽的源头，因为他注意到举报信的一角写有一个"14"的编号，也就是说，至少有十四封举报信，而且很可能是按地域分开的，"14"大概对应的是胶州。

换句话说，至少有十四个红会分会在去年同时遭到举报，这绝对不是个巧合，而是一次处心积虑的大攻击。

冯煦眯起眼睛："这举报信是何人所写？"孙希在手心写出"罗天霝"这个名字，但最后一个字他不认识。好在冯煦学问通天："'霝'这个字生僻得很，念'哪'，意为雨落。罗天霝……恐怕这是个化名。"

孙希暗记于心："有线索总算比没有线索强。"冯煦忽然正色道："沈仲礼被解职这件事，他自己都不愿说出缘由，恐怕背后的水很深。你们这么深入挖掘，做好心理准备没有？"

孙希耸耸肩："如今可不是沈会长一个人的事，还关系到我和老方的职业生涯。就算我们不关心时局，时局也会来关心我们嘛。"冯煦两条白眉毛微微一抬："沈仲礼这些年来所做的事情，老夫都看在眼里。他一辈子做慈善，若蒙不白之冤，天道未免太过无情。你能有这个心思，很好，很好。"

"我只是一个小医生，能做的也只有这些了……"孙希仰起头看看天色，语气萧索。

"哦，对了，内务部虽然不能再查了，但陆军部老夫的熟人更多，可以一试。"冯煦忽然想起来，精神一振。

红会在名义上是陆军部的下属机构。内务部要查红会，必然有大量与陆军部往来的文书。冯煦这个建议，确实是一个独辟蹊径的好办法。

"不过陆军部远在京城，我让人设法抄些东西，送去你宿舍好了。"

"我已经搬离宿舍了，总不好占着学生床位。现在搬去了福开森路的一间公寓，我写个地址给您。"

"也是，你都快而立之年了，是该出来独立居住了。"冯煦说到这里，忽生感慨，"第一次见你是在宣统二年（一九一〇年），那时候你不过一个毛头小子，如今十年过去。张在初已然仙去，我也老态龙钟，你却变成一个有担当的男子汉了。"孙希正要谦虚几句，不料冯煦话锋一转，"你都这把年纪了，还不结婚，到底怎么想的？"

"我，呃……"

"张在初临终前一直念叨，生平就只有这一件憾事。老夫若不安排明白，九泉之下都不好见他。"

孙希眼前一黑，他刚欠了冯煦人情，突然来这么一出，连搪塞都不好搪塞。好在冯煦也知道他最近事情多，只说待官司有了结果，再让他去相几次亲。孙希胡乱答应下来，赶紧逃开。

他回到总医院，那边邢翠香也传回了消息。

别看翠香年纪小，却精明得很。她没有直接去找朱贵云，而是先让方三响把前因后果问了一遍——不是问诊疗细节，而是问人际关系。

自从癸丑之役刘福彪叛变之后，福字营化为鸟兽散。杜阿毛虽然得了姚家馈赠的店面，但终究还是回了熟悉的闸北地界，依旧混在青帮里。朱贵云也算是在帮弟子，杜阿毛好心把方三响请来给他老婆看病，谁知道搞出这么一摊子事情来。

搞清这一层关系后，翠香先找了杜阿毛。杜阿毛一听，火冒三丈，直接打上门去兴师问罪。朱贵云原是个怯懦的人，被杜阿毛狠狠威胁要动用青帮家法之后，立刻尿了。这时翠香才现身询问，朱贵云自然是知无不言。

原来他老婆在总医院去世的当晚，朱贵云家里来了一个人，自称是一位美国红会赞助的律师，说愿意提供法律救济，向总医院索赔一大笔钱。朱贵云一听能赔钱，乖乖听从他的安排发起了诉讼。针对疋拉密洞的指控，正是那律师教他说的。

可惜那个律师每次都是主动上门，从不留联系方式，连姓名都不知道。

杜阿毛本来要狠狠揍朱贵云一顿，逼他撤诉，但被邢翠香拦住了，这个阶段还不能打草惊蛇。

跟邢翠香这边相比，林天晴却遭遇了挫折。大概是她演技有问题，甫一上门，就被沈贤淑夫妇识破了，大骂她是骗子，还威胁要抓去警察局。最后还是邢翠香脑袋活络，去审判厅套出了沈贤淑提交诉讼材料的日期，一比对，恰好与朱贵云是同一天。

如果是两起单独的案子，不可能提交和审判都是同一天。邢翠香的这个发现从侧面证明，这两桩案子，暗中有人在控制节奏。

一个大阴谋的轮廓，隐然浮现出来。

可是，接下来该怎么办？罗天零显然是个化名，不会查到任何结果。而那个神秘律师的信息太少，在朱贵云家守株待兔，不知要等到什么时候。

"我去胶东一趟好了。"方三响忽然开口。其他人一惊，怎么突然冒出这么一个想法？

方三响道："你们不关注防疫这一块，可能还不知道。今年北方雨水奇少，如今已是六月底，直、鲁、豫、陕、晋五省一直无雨，一场旱灾铁定要暴发。直系和皖系正在打仗，政府是顾不上赈灾的，总医院很快就要出动了。"

凡是旱灾发生的地方，因为用水不足，一定会暴发霍乱或痢疾，很可能还有肝炎。方三响在总院负责防疫工作，加入救援队顺理成章。

方三响见众人还有点迷惑，解释说："那封14号举报信既然举报胶东的问题，那么举报者必然曾在当地打听过消息。我到了胶东以后，顺便可以调查一下。"

邢翠香眼睛一亮，拍案叫绝："对呀。对方在上海藏得深，可绝对算不到方叔叔会去山东揪他的狐狸尾巴。大妙，大妙。"

这时林天晴担心道："可你的官司怎么办？没几天就宣判了，你肯定赶不回来上海呀。"邢翠香道："天晴姐姐不必担心，这种快速法庭的民事诉讼，可以缺席宣判，只要有保人就成。"

孙希忍不住侧头对姚英子道："这丫头，你是怎么教出来的？年纪轻轻，一口老江湖的口气。"姚英子笑道："白天撒出去在大街上乱跑，晚上饿了自己回家，家猫硬是养成了野猫。"

翠香听见两人说自己，斜眼瞪了孙希一眼："叔叔你老了，我们年轻人的世界，你不懂。"孙希气得敲了敲桌子："我还没到三十呢，你不要擅自划分年龄层。"

"那你知道圣安舞厅，一块钱可以跳几场伐？"

孙希知道那是上海时下最流行的舞厅，不过做医生工作太忙，从来没去过。翠香不依不饶："那跑马、跑狗、跑人，孙叔叔总赌过一样吧？"孙希沉下脸道："赌博和抽大烟一样，是第一等害人的事情，有什么好炫耀？你可不要学坏。"

"孙叔叔还说自己不老，只有老头子才会把'不要学坏'挂在嘴边。"

姚英子见他俩斗起嘴来，转头对方三响道："我让陶管家陪你去一趟吧，他就是山东人，也好多年没回去了。红会坐的火车票价减半，他也能省点钱。"

陶管家当年是山东响马，虽然改邪归正这么多年，但山东地面肯定比方三响熟。姚英子知道蒲公英耿直有余，机变不足，有陶管家跟着能好点。

经过这几年的事务磨炼，姚英子考虑起事情来，比孙希和方三响更周全。

座钟敲响了十一下，大家看时间不早，各自散去。姚英子和邢翠香一起开车返回姚府，她不爱用司机，车子换了一辆又一辆，向来都是自己开。

车子开过南市，坐在副驾的翠香突然神秘兮兮地问："他们两个还真有耐心呢。"

"嗯？"姚英子握着方向盘，目视前方。

"哎呀呀，我还能说谁，那两位叔叔呗。"邢翠香嘻嘻一笑，"大小姐你守誓不婚，他们两个就这么不言不语地也硬挺着不婚。我看孙叔叔都快被冯老头子逼婚逼得上房了，怪不容易的。"

姚英子姿势未变，唇瓣间微微吐出一口气来："大丫头，你也看到我现在忙成什么样子。讲习所的事，女医学校的事，还有各地妇孺救援的事，恨不得一个人劈成两个用。哪里有时间想这些？"

邢翠香笑眯眯地继续纠缠："哦，原来是没时间想，不是不想啊？"姚英子冷哼一声，不去回答。邢翠香道："大小姐，咱们假设一下哈，单纯地假设。如果你必须结婚的话，他们俩你选谁？"

这个问题，让姚英子一瞬间陷入困惑。这个臭丫头深谙话术之妙，"假设"就像是一团醇厚的大烟泡，诱惑你可以抛开一切制约与顾虑，尽情遐想内心深处的渴望。只要你一琢磨，就停不下来。

偏偏邢翠香还不停地在她耳边念叨："要说稳重呢，还是方叔叔稳当，可有时候真的无趣哎。孙叔叔呢，能说会道，跟他在一起绝不会无聊，可好像性子软了点。我一看见他，就只想欺负。"

"他们两个都是一样笨，我都说得那么明白了，何必要等下去呢，能等到什么呢？"姚英子望着前方车窗上映出来的模糊面孔，喃喃自语。

"能等到什么呢？"她不自觉地重复了一次。

说来奇怪，车窗前的影子晃来晃去，最后幻化出的竟是颜福庆的样貌。

这几年来，她没再见到过他，但一直从各种渠道听到他的动向。他和伍连德一起成立中华医学会，成了会长；他前往萍乡煤矿调查钩虫病，并发表了防治论文；他在湖南搞公开解剖课，为民众破除迷信；他远赴哈佛去学习公共卫生学……

姚英子感觉颜福庆从来都没有停下来，脚步飞奔，让她怎么努力都赶不上，唯有一丝淡薄的碘酊味道，在鼻前若有若无地缭绕。

"大小姐，大小姐？你在想谁呢？"

姚英子猛然警醒，强行喝道："讲习所的事情都忙不过来，不要节外生枝！"邢翠香叹道："大小姐，不是我节外生枝，而是你得早做打算——李超姐姐，就是前车之鉴哪。"

她说出"李超"二字时，车灯恰好扫到了前方写着"姚府"的两个大大的红灯笼，姚英子霎时明白了她的真正用意。

邢翠香提到的李超，乃是去年社会上热议的一则大新闻：广西梧州有一名女子叫李超，原本家中颇为殷实，偏偏赶上父母去世。她没有兄弟，族里说女子是外姓人，不得继承家产，便让她伯父的一个儿子来管家。

李超一心想读书，这位继兄却一心催她出嫁，只要她嫁出去就是外人，李家家产便尽归自己。李超不想听从这个安排，遂从梧州前往广州，然后又去了北京，先后转校数次，却始终无法摆脱继兄的打压。明明是自家的财产，却被人扼住无法取用，失去经济来源的李超精神抑郁，贫病交加，最终死在民国八年的春天。

她的死惊动了社会各界人士。蔡元培、胡适、陈独秀、蒋梦麟、李大钊等名流亲自参加追悼会，胡适还亲自写了一篇《李超传》，引发了一场大范围的讨论，核心的一个点是：女子到底有无父母财产的继承权。

邢翠香没明说，可暗示得十分明显。姚永庚近年来身体欠佳，多半时间在宁波休养。万一他有个三长两短，姚英子搞不好会面临和李超一样的窘境——不，也许更惨烈。姚家可比李家有钱多了。

在宗法规则之内，姚英子唯一能保护家产的办法，就是招个上门女婿，马上生个儿子姓姚。所以这几年来，姚英子的压力越来越大。宁波亲族里已有老一辈的直接把子侄领来，要求过继给姚永庚了。

"那些老夫子天天说婚配是什么人伦大道，讲得冠冕堂皇。说到底，还不是为了分家产？"姚英子冷笑着推门下车，"砰"的一声重重关上。邢翠香一扭一扭从另一侧过来："话是这么说，可大小姐你也得早早想个法子。俗话说，男子承屋，女子承柜。到时候你若真只落得一个化妆盒，可怎么办？咱不为感情，也得为钱哪。"

"就连你也逼我结婚？"

"哎呀呀，我是心疼大小姐。你那几个堂兄堂弟，一个赛一个地讨厌，可不能让他们得意了。"

"要解决这件事，不是只有结婚一条路。"姚英子道，"李超为何最后会凄凉而死？说到底，还是经济上不独立，受制于人。我专心做出自己的事业，谁也不依靠，他们能奈我何？"

"你还没回答我呢，那两个人你选谁？"

"哎，你还没忘了这事呀。这又不是皇上翻牌子！"

"假设啦，假设。"

"你真该去大世界里照照镜子，真是奇出怪样！"

两人正说着往门里走，却忽然发现一个人早等在那里。借着煤油路灯的光，姚英子发现居然是宋雅。她双眼红肿，佝偻的背上趴着一个小娃娃。

宋雅是四年前离开红会总医院的，当时有个小开①来医院看病，一下子就看中了她。宋雅很快便辞职去结婚，当时克立天生女士还遗憾了很久。

宋雅见姚英子出现，情绪一下子没绷住，"哇"地哭出声来。姚英子见她面容憔悴，额头上已现出数道皱纹，二十多岁的人却是四十多岁的面相，心疼得不得了，赶紧带她进了府。

翠香把小娃娃抱开，喂了一块她最喜欢的巧克力。宋雅就着一口热茶吞下块松糕，才说出缘由。

且说在今年二月一日，上海证券物品交易所正式成立，预计七月一日开市。但在开市之前，各种投机者已经在场外开始运转炒作，举凡布、麻、火柴、麻袋、烟、酒、沙土、水泥等等，什么都能作为交易标的。

宋雅的老公听了朋友劝说，把全副身家都投到一项叫作"洛恩斯牌祛热药"的药剂里。据说这是美国密苏里州一位天才药剂师的新发明，专司镇痛去热，效用非凡，且完全没有副作用。如今已经有满满一船药剂，正运往上海。

宋雅老公把全副身家投进去，还借了一笔巨款，只等药到发财。哪知忽然传来消息，那船在太平洋遭遇风暴沉了。他赔了一个血本无归不说，债主们还打上门来，他只身逃回老家，扔下宋雅和女儿在家走投无路，只好来找姚英子求助。

姚英子见老友如今落魄到这地步，唏嘘良久，拉着她的手故意扯些闲话。宋雅这才知道总医院最近的麻烦，也是吃惊不小，不过她如今麻烦缠身，顾不得其他了。

"其实姚小姐你不用借我钱的。只要请姚先生吃进一点洛恩斯药剂的股票，股票做的就是信心，只要有人买，我们就能翻身。"宋雅恳求道，"其实这次亏本，只是因为谣传那条船沉了。我听航运处的朋友说，其实它还好好地在海上呢。趁着在低

---

① 小开：方言词。旧时称老板的儿子。

位吃进一批，等船一到港，立刻能赚个三五倍。"

姚英子同情地望着她，不知该说什么好。她忽然见到翠香在走廊招手，起身走过去。翠香抱着孩子，压低声音道："大小姐，你可别糊涂啦。我要是那个男人，知道自己老婆认识富豪朋友，哪里舍得走？我看哪，不是雅姐姐上门求助，而是他老公逼来的，演一出苦情戏。"

姚英子眉头一皱，这可为难了。借钱倒是小事，怕就怕这种事没完没了。她开了几年保育讲习所，什么样的人都见识过了。真有赌博输红眼的丈夫，逼着自己老婆来讲习所偷东西回去卖的，讲习所给她补贴，结果下次照旧。

"其实有个办法……"邢翠香趴在她耳畔嘀咕了几句。

姚英子走回厅里，柔声对宋雅说道："我可以帮你们母女俩，但你得跟你老公离婚。否则这件事永远没有结束的时候。这就和你们买的药剂股一样，及时止损才是正确的。"

听到姚英子的要求，宋雅愣住了，这是她登门前没预料到的。姚英子又道："你不用担心生活，你可以来我的讲习所帮忙，你的专业正好用得上，都还没忘吧？虽说这是个慈善机构，每个月只有十几块钱拿，但餐宿都有保证，小囡囡还有地方照顾。"

宋雅眼神中闪过一丝欣喜的光芒，可很快又黯淡下去："谢谢姚小姐，可离婚这样的事，孩子就没爹了，总是不大好……我……我再去别处想想办法。"说完起身背起娃娃要走。

姚英子实在是狠不下心来，不顾邢翠香眼神提示，拿起一枚玉镯塞到宋雅手里，说："你先拿去救个急吧，讲习所随时可以来。"宋雅苦笑着摇摇头，不知是自己不愿意还是夫家不许。

等宋雅离开，邢翠香撇撇嘴道："都穷途末路了，还满口说卖给你们稳赚，实在是失了心疯。"

"唉，这也是遇人不淑，没办法的。"姚英子把发箍取下来，甩了甩头发。

"哎呀呀，大小姐，你就不该给镯子，她肯定转头送进当铺，去补老公的亏空。最好送吃的，当场看她们吃下去，才算没落进狗肚子。"

"唉，翠香，你嘴巴不要这么毒。救不得他老公，总不能看着她们娘俩饿死。"

姚英子洗漱完毕，换好睡衣上了床，忽然想了想，爬起来，拿起床边的电话："请接五洲大药房，项松茂宅。"

项松茂自辛亥一别，返回上海做了五洲大药房的总经理。如当年对姚英子承诺的那样，他回上海后胼手胝足，建起一个合药间，连续开发出人造自来血、月月红、止咳杏仁露等日用药品，生意做得越来越大。姚英子的保育讲习所用的药物，都是项松茂捐赠的。

项松茂这时候还没睡，姚英子在电话里问他知不知道洛恩斯牌祛热药剂。项松茂常年浸淫新药合成，对行业动态颇为熟稔。他一听这名字便笑了："姚小姐莫非也投了钱下去？"姚英子连忙否认："不是不是，是我一朋友买了它的股，托我问是否可靠。"

"金融我不懂。不过这洛恩斯牌祛热药剂嘛，不过又是一个孙镜湖的糖水燕窝罢了。"

他这么一说，姚英子立刻就明白了。大约二十年前，上海有个药商叫孙镜湖，用白木耳与糖水兑出所谓"燕窝糖精"，靠铺天盖地的广告与名人吹捧，成为沪上滋补名品，喧腾一时。

"就是说，这是个骗局？"

"也不好说是骗局，这里头应该掺了不少阿司匹林粉末，喝下去也能见点效，就是价格高出阿司匹林十倍——这就和孙镜湖的糖水燕窝一样，吃不死人，但不值燕窝那个价。"

"这东西到底哪里来的？不会是打着洋人旗号的西贝货吧？"

"那倒不是，这东西确实是美国原产。美国的假药一点不比中国少，隔三岔五就有一款热卖。这个东西在一九一七年流行过一阵，后来被医师协会揭穿了骗局。我估计呀，他们在新大陆没有市场，这才漂洋过海来骗中国人。"

姚英子挂掉电话，心中更加同情宋雅，看来他们家注定是血本无归了。

今天事情实在繁杂，她累得有点脑仁疼，睡也睡不实，眼睛一直盯着屋顶的风扇转。风扇转哪转哪，每条扇叶上仿佛都贴着一件麻烦事：总医院的官司、沈会长的离职、姚家的财产、宋雅的药剂，还有那两个笨蛋的脸。兜兜转转，似乎永远也转不完。

她连自己何时睡着的都不知道。

第四章
一九二〇年七月

北方旱灾遍五省，蔓延直鲁豫陕晋。

饥民数达三千万，四五十年耳未听。

颗粒无收不得食，树皮草根争相餐。

农民无力养妻子，儿女贱卖不值钱。

奉劝男女各同胞，大发善心与宏愿。

不论金钱或衣饰，慷慨解囊勿客惜。

咿咿呀呀的歌声，在车厢里往复回荡。这是几个戴红十字袖章的年轻男女，他们并肩站在两节车厢的连接处，面向乘客，唱得声情并茂。

偶尔有人听得动容，走过去向募捐袋里扔上几枚银钱，不过大部分乘客都昏昏欲睡。这倒也不怪他们没善心，实在是车内外热气腾腾，直如蒸笼一般，稍微挪动一下都会汗流浃背。

好不容易火车"咣当"一声停住了，乘务员晃着手里的铃铛大叫："蓝村站到啦。"刚才还在募捐的红会成员收起行李，拿起大包小包纷纷下车。最后离开车厢的，正是领队的方三响和陶管家。

他们从上海先搭乘津浦路的定期火车到济南，再转胶济铁路一路向东到蓝村。其实蓝村不叫蓝村，而叫栾村。当初德国人修胶济铁路时，大概翻译口音不正，把这里的车站名写成了蓝村，就这么流传下来了。

这里位于青岛与即墨交界处，是胶州地区的交通枢纽。由于地理位置的原因，这里常年闹灾，旱、涝、风、雹、虫、冻轮番上阵，偶尔还会被海啸波及。今年轮到旱灾，羊毛沟、桃源河、墨水河几乎断流，外河大沽河也水流不畅，眼看就要成为一片焦土。

这支救援队伍下了火车之后，自有当地的红会会员接应，把他们带到车站附近的旅店里。遇到旱灾这样的灾难，其实救伤压力不大，主要是以防疫为主。所以他们倒不必急着深入附近乡村，而是先在蓝村镇把准备工作做好。

方三响这一次以领队身份前来，大小事情都须他来督促。好不容易把众人都安顿好了，他才跟陶管家走到大街上。

陶管家自从进入山东境内之后，整个人的状态发生了微妙的改变。原先他一直跟随姚英子，絮絮叨叨，可如今却不自觉地挺直了腰杆，眼神里跃动着几丝兴奋，就像鱼儿重新回到水里似的。

思乡之情，人皆有之。陶管家这么多年不曾踏上家乡土地，难免心情激动。这情绪也感染了方三响，他也无数次在梦里回到老青山，陪着父亲在密林中打猎，不知何时才有机会故地重游。

"您多少年没回来了？"他问。

"得有二十多年了吧。"陶管家感慨，"若不是小姐有心，我这把老骨头怕是没机会回来看看。"

方三响听姚英子提过，陶管家原先是山东响马，也是纵横一时的巨盗，身手了得。后来因缘际会，被姚永庚收入麾下，这才改邪归正成了管家。

"其实您不用一直陪着我，机会难得，不如回老家去看看。"

陶管家脸上的肌肉不自然地抽搐了一下，旋即笑着摇摇头："我老家在肥城，离这里还远呢。家里早没人了。咱们还是先办正事。"

蓝村镇上已有零零星星的灾民聚集，但市面上还算稳定。旱灾的特点是来势较缓，受灾农民一般要等到水源断绝、存粮吃净，才会动身逃难，因此行动模式是分拨次、分地域的，要花很长时间才能合流为大群。

两个人穿过一小片一小片的灾民集群，走到了崇祥街上。这条街的两侧都是布匹店、成衣局和裁缝铺，门口挂着一溜黑黄色幌子，幌子底下缀着红绸。

一九一四年日、德为争夺青岛大打出手，当时总医院的救伤大队设在蓝村。曹主任就是在这条街上订购了红会制服，他已经把当时的商铺名单默写出来交给方三响，方三响只消按图索骥去询问便是，简单得很。

哪知他在第一家店里就碰了一鼻子灰。那个店主一听不是来买东西，而是来翻旧账的，脸立刻就垮下来，挥着手里的木尺往外赶人；到了第二家铺子，伙计干脆说掌柜的外出采货去了，问什么时候回等等，一概都是不知道。

方三响有点起急，这时陶管家拦住他，示意少安毋躁。陶管家走过去，右手拇指和小拇指微微翘起，翻转两次，那伙计脸色一变，低声说："我去给您问问。"转身走了。过不多时，掌柜的匆匆赶过来，满脸堆笑，连声说："您老要问什么？"

陶管家问："民国三年胶州打仗，红会是不是在你们这儿订过制服？"掌柜的说："是。"陶管家又问："后来你们是不是滥用红会会员资格，把自己家的货当慈善物资发走过？"掌柜的赔笑说："早被警察训诫过了。"陶管家紧接着追问："过后几年，有没有人向你们打听过这桩事？"这次掌柜可有点卡壳，回忆了半天，摇头说真不记得了。

看掌柜的这次讲话不似作伪，两人便离开铺子。方三响问陶管家刚才那是什么手势，怎么掌柜的一看就服软了。陶管家微微有些自得，捋着胡子说这叫"两不相干"。

山东的响马平时啸聚山林，但也得靠地方上的商铺来销赃、补给或打探消息。商家左右为难，不合作会被杀全家，合作又怕被官府扣一个罪名。一来二去，他们跟山贼之间形成了一种默契：响马进城办事亮出这个手势，不必多说，商家自会配合。万一官府追究起来，也没实据证明两边有过勾结。

这个手势的大拇指和小拇指相隔最远，所以叫作"两不相干"，翻两下代表翻案，意思是无论案子怎么翻，你我皆不相干。

他们就这么一家家问下去，陶管家索性不让方三响出面，自己兴致勃勃地与商家盘道。方三响无奈地发现，陶管家大概在上海压抑太久，血里的响马冲动难得要释放一次，便由着他来。

两人花了一上午时间，把名单里的商铺都问过一遍，没有任何收获。陶管家兴头很足，又做主选了一家炉包店坐下。这炉包是高密特产，一面方一面圆，圆面煎得脆黄，方面是细面儿，里头裹的白菜猪肉。店家把煎包子的铁鏊子就摆在门口，一铲起来半条街都是香味。

他们买了几个炉包，边吃边商量下一步怎么办。方三响下午还得去忙防疫的正事，陶管家说："你去忙你的，我到当地派出所查一下，也许在警察的旧档案里能找到点线索。"

方三响这才感受到姚英子的体贴。有陶管家在这里帮忙办事，确实便当太多，不用特别吩咐，人家能把所有事都想到前头。于是他放心地回到旅店，召集所有队员，开始商讨旱灾防疫事宜。

旱灾防疫，其实关键就是一个字：水。要保证受灾民众喝到清洁的水，才能有效抑制疫病流行。但旱情本来就是因为缺水而起的，所以这事是个悖论。按照旱灾防疫的章程，救援队需要做附近水井情况的调查统计，然后募集明矾与柴火，提供净化过的热水。还要雇佣挑夫、火工……总之要做的琐碎事情很多。

本来这些事应该由官方出面组织。但在这片区域，官府的作用，与成衣铺门口挂的旗幌差别不大。蓝村毗邻青岛租界，原先是德国人管，现在是日本人管，所以地方官都秉承多一事不如少一事的原则，袖手旁观。红会只能孤军奋战。

这个会一直到傍晚才算结束，方三响刚宣布散会，却发现陶管家还没回来。他正在纳闷，忽然看到旅店小伙计惊慌地跑过来，说："跟你来的那个老头在派出所里出事了！"

邢翠香拄着拐杖，正一瘸一拐地走到福祥牙刷厂门口。

这是一间只有两百多平方米的小厂房，厂门内侧有一条 S 形的弯栏杆通道。此时女工们刚刚放工，需要在通道这里排好队，被监工搜过身，才能离开工厂。

一个胖胖的女人手里捏着根扁头短棍，在女工身上粗暴地拍来拍去，搜得十分仔细。一个后排的女工走上前，哀求道："求求你先搜我好不啦，家里还有孩子要去喂奶。"胖监工眼皮一翻，看她胸前洇湿了两点，皮笑肉不笑地说道："这里人人都要提前走，我还怎么做工作？退回去！不然扣你工钱。"一听要扣钱，女工抹着眼泪，绝望地向后退去。

邢翠香隔着栏杆看到这一幕，大声道："哎呀呀，老板，你们厂地板上的小白花可真好看。"

胖监工一听，下意识地往下看去，却看到水泥汀的地板上有点点的白色奶渍，格外醒目。原来现在是夏天，女工们穿的是宽松不贴身的薄袍。刚才那女工站在队伍里太久，奶水往外涌出，顺着薄袍流淌到地上。

胖监工脸色一沉，只得把那女工先叫过来搜过一圈，狠狠赶了出来。女工捂着胸口羞惭地走出来。邢翠香笑道："奶水这么足，干吗不去做奶妈，做牛做羊，总好过在这里做猪做狗。"女工顾不得答话，轻轻鞠了一躬，然后匆匆离开。

邢翠香在门口一直等到所有女工都离开，这才凑过去。胖监工拎着钥匙正要锁门，她隔着栏杆问道："老板，你们还招工不？"

"就你？"胖监工打量一番她的腿脚和拐杖，嗤笑一声。

"我听说牙刷厂里无非是缭线和修毛什么的，只要坐着就可以干，腿脚不利落也没关系嘛。"邢翠香满脸讨好地取出一个竹篮，递进去，篮子里装着十来根青津津的崇明芦粟。

这是上海人的消夏佳品，经井水拔过以后，吃起来凉丝丝、甜津津。胖监工接过礼物，态度好一些，道："现如今女工到处都有，没人会找个残废的。实话告诉你吧，哪里都一个规矩，残的不要，老的不要，病的不要。哦，对了，参加过罢工的不要。"

从去年开始，上海为了响应五四运动，也搞了几次罢工和学潮，要求保护劳工权益，惹得许多小工厂主噤若寒蝉，唯恐自己家工人也被影响。

邢翠香眼珠一转："可我听说，你们这里有个姓沈的女工，腿脚也不灵便哪。"胖监工愣了一下："你说沈贤淑？她已经辞工了呀？"邢翠香道："实不相瞒，就是她介绍我来的，说可以补她的缺。"胖监工道："她的腿可不是在厂子里弄坏的，是被一个庸医弄坏的，听说还打着官司呢。"

"我看报纸上说了，那庸医还说，她是梅毒性关节炎。哎呀呀，真是搞不好。"

一提这个话题，胖监工立刻就兴奋了，问沈贤淑这梅毒怎么得来的，是她老公出去嫖，还是她从前做过皮肉生意。邢翠香嘻嘻笑起来："也说不定是在你们厂里染上的。"

胖监工脸色不悦："我们厂里都是女工，作风正派，哪里来的那种脏东西！"邢翠香道："她总不能是跟外人乱搞吧？"胖监工仿佛受了什么提醒，眼睛猝然放光："哎，你别说，她之前在工厂时，还真有个男人来探望过，只来过一次，感觉他们的关系可不一般。"

邢翠香"哇"了一声："真的吗？我可不信。"胖监工仿佛受了侮辱，愤愤道："我亲眼见到的，怎么会假？一个男的那天下午来到工厂，指名要见沈贤淑，自称是她家亲戚。可沈贤淑出来见他的时候，一点也不像之前认识。可惜两人聊的什么，我倒没听见。"

"那男的长什么样子？"

胖监工只能宽泛地描述几句，总之是一个其貌不扬，没任何显著特征的人。邢翠香又问别的特征，胖监工回想了半天，总算想到一个——她是在牙刷厂工作，对于别人的牙齿向来多一分留意——那个人的嘴里镶着两颗金牙，而且是在上方两侧的犬齿位置，没有箍圈。

邢翠香心中暗喜，心想总算不虚此行。

自从那天林天晴企图去打探情报，被沈贤淑夫妇赶出来之后，邢翠香便上了心。她知道沈家两公婆起了疑心，不宜再接近，便想到了福祥牙刷厂。她的理由很简单，朱贵云做的是自家产业，那个神秘人可以直接登门拜访；而沈贤淑要去厂子上班，神秘人去找她，很大概率会被厂子里的人看到。她果然从胖监工这里抠出了一点线索。

不怕线头细，就怕没线头。邢翠香又跟胖监工胡乱攀谈了几句，借故离开牙刷厂，叫了辆黄包车直奔吕班路的蒲柏坊。在蒲柏坊的中段，有一栋二层临街小楼，门口挂着招牌，上写"严氏牙科诊所"六个字。

诊所已经挂出了停诊牌。邢翠香隔着窗户，看到严之榭一个人坐在办公室内，正喜滋滋地对付着一只油澄澄的南京板鸭。鸭子刚出炉不久，香气四溢，严之榭两片嘴唇"吧唧吧唧"吃得油光锃亮，几乎亮过他脑袋上抹的头油。

那年孙希拒绝了那门亲事后，严之榭趁机上前捡漏，一番苦心追求，居然成功娶到了文小姐。紧接着严之榭果断从总医院辞职，在老丈人的资助下开办了私人牙科诊所，算是完成了人生一大理想。比起当年的小胖子，如今他越发圆润，脸和肚子吹气一样地鼓起来。

邢翠香敲了敲窗，严之榭赶紧擦干净手把门打开。邢翠香咧开嘴巴，双手各指一颗雪白的犬牙道："严叔叔，你能不能帮我打听一下，谁镶过这样的牙？不带箍的。"

严之榭一怔，沉思片刻："牙边不见箍，这得用牙床深埋法才行，这技术三年前才有成功案例，还得有专门的设备，反正我是做不来的——你问这个干吗？"

邢翠香把那两场官司的事一说，严之榭听完吃惊不小，原来这不只关系到方、孙二人的行医执照，还扯到了沈敦和。

他脸色变得凝重："你是说，这两桩官司背后，可能是搞倒沈会董的人？"邢翠香道："不知道。但方叔叔已经去了山东，孙叔叔在盯着内务部，我在替大小姐查，这个金牙，就是个关键线索。"

严之榭拿起一块酒精棉，迅速洗去手上的油腻，眼神看向窗外："我当初闹着要辞职，院里颇多误会。骂我忘恩负义者有之，笑我见钱眼开者有之。唯有沈会董说，只要还做医生，在哪里不是为病人谋福祉，连失约费都没让我出。我如今每周必有半天在总医院坐诊，就是要回报沈会董的恩情——这桩事，我是一定要帮忙的。"

他用油纸把板鸭包起来，抓起礼帽扣在头上，跟着邢翠香一起出了门。

上海牙医圈子很小，掌握牙床深埋技术的诊所凤毛麟角。只要那人是在上海镶的牙，那肯定跑不出那几位医生之手。严之榭是牙医公会会员，对这些人都很熟稔。他带着邢翠香在法租界和公共租界连跑了四五家诊所，最后终于在一家德国诊所找到了目标。

这家诊所在一年前接过一个病人，两侧犬齿需要镶牙，用的正是牙床深埋法。

因为很少有人镶两侧犬齿，所以医生印象颇为深刻。严之榭要到了这个病人的档案，发现是一个私家包探，名字叫欧阳一航，家住五马路。

邢翠香记下地址，拔腿要走。严之榭却把她叫住："这个欧阳一航我有点印象，他和租界里的洋人圈子交往甚密，专门替他们跑腿的，你千万小心。"邢翠香颇为吃惊："哎呀呀，难道要搞倒沈会董的，竟是洋人不成？"严之榭道："我不知道，但我建议你若想继续挖，找一个私家包探比较稳妥，你一个小姑娘去太危险了。"

邢翠香道："那找谁好呢？"严之榭微微一笑："我倒是认识一位，说起来，那人跟老方还颇有些渊源。"

方三响可不知道自己的名字刚刚被提起，他心急火燎地冲进蓝村的派出所，却被两个长警拦住。

蓝村这个地方太小，即墨警察局只在这里设了一个分驻所——今年改成了日本式的叫法，叫作蓝村派出所。那两个长警一听他是为陶管家来的，脸色变得十分古怪，连忙把方三响带进办公室。所长一脸苦笑，向他道出原委。

下午时分，陶管家来到蓝村派出所打听消息。可巧一个叫安考生的牧师，也来派出所办事。德国人占领青岛小二十年，整个胶东地区遍布信义宗的教堂。这位安考生就是本地教堂的牧师，本是为一桩盗窃案而来。他与陶管家一错眼，突然大惊，拽住陶管家衣袖，尖叫说快把这个杀人犯抓起来。

陶管家一脸莫名其妙，说："我刚从上海抵达不到一天，怎么就成杀人犯了？"他向警察亮出证件，警察也觉得荒唐，正要劝解，不料安考生牧师却说出一番陈年旧事来。

二十一年之前，也就是前清光绪二十五年（一八九九年）。当时安考生还是个小教士，跟随一位老牧师在肥城一带传教，还在湖屯镇立起一座教堂。其时整个山东境内义和团蜂起，四处攻击教堂和教民，所以安考生和老牧师尽量深居简出。

当年的大年夜，教堂突然遭到了一伙拳民的围攻。他们举起火把，挥舞着砍刀与长矛冲入教堂，洗劫了所有值钱的东西，还残酷地杀死了试图阻拦的老牧师。安考生藏在圣柜下面，侥幸生还。借着火光，他牢牢记住了其中一个人的狰狞面孔。

次日天亮后，拳民们离开。安考生本来要去报官，但等待他的，却是信义宗青岛分会的一封警告电报。电报上说："大清朝廷刚刚颁下诏书支持义和团，山东境内的教职人员与教民将面临极大的危险。"安考生别无他法，只好仓皇逃回青岛。一直到《辛丑条约》签订之后，他才在德国军队的保护下，重新开始在山东传教。

在接下来的二十多年里，安考生兢兢业业传教牧民，但那一夜可怖的一幕却牢牢铸在了心中。今天下午，他突然惊骇地发现，昔日那噩梦再度出现在自己面前。那个人的面孔虽已苍老，但眉眼间的狠戾却与当年毫无二致。

方三响听完所长的介绍，一时震惊到无语。他没想到陶管家在做响马之前，还参加过义和团。不过转念一想，横扫山东的大响马们，可不就是被打散的义和团拳民吗？

"只凭那个牧师一句话，怎么能定真伪？"方三响试图辩解。所长无奈道："真的假的，可不是我能定的。涉及洋人的案子，尤其是教案，得交给青岛会审公廨去裁定。"

"蓝村不是中国领土吗？又不是租界，为什么要找会审公廨？"方三响有些愤怒。

所长知道他是红会带队医师，所以耐着性子做了解释。租界虽然只在青岛一地，但胶济铁路附近十五公里内，都算德国的势力范围，涉洋案子须由青岛会审公廨来审。

"可这件案子已经是二十多年前的事了，发生在前朝，还有效吗？"

所长双手一摊："教案没有追溯时限，只要人家提出来了，甭管过去多久都得追查。"方三响愣了愣："那得判多少年？"

"只怕是顶格死刑。"

一听这话，方三响心脏骤然抽搐，忍不住紧抓所长的胳膊："这……这……"所长苦笑着压低声音："方医生，你别为难我啦。别看现在青岛换了日本人管，德国人还是比咱们老百姓金贵。"

言下之意，这会审公廨审理，一定是偏向安考生牧师的。方三响捏紧拳头，花了好大力气才抑住了冲动。他暂退一步，申请先去探监，所长自然无有不准。

陶管家在监牢里倒是淡定得很，一见方三响来，便轻轻叹道："小姐让我来帮你，我倒自个儿先进来了，实在是惭愧，惭愧。"

"陶管家放心，我会想办法把你捞出来。"

"不要管我了，再有几天就开庭了，你还有正事要做。"

"怎么能不管！"方三响大声道，"英子派你来帮我，若出了什么事，我回去怎么跟她交代？"

陶管家缓缓抬起头，看向气窗跃动的灰尘："龙华寺的师傅们总说，既造业因，便得业果，该来的迟早会来。小姐当初让我回山东，我就有一种预感：叶落终要归根。没想到居然应在这件事上。这就是命，谁也怪不得。"

他语气轻松，方三响却听得心头一沉。难道说……安考生牧师的指控竟是真的？

陶管家看穿他的心理，微微一笑："这有什么不好承认的？当年在肥城湖屯镇的那一宗教案，就是我做的。"他顿了顿，语气变得苍凉："几十年了，我躲累了，也藏够了，这次就当是一个了断吧。"

然后陶管家便不肯说话了，一副听天由命的样子。

无可奈何的方三响离开蓝村派出所，先去电报局给姚英子拍了一封急电，然后径直前往位于蓝村西郊的尖顶教堂——陶管家已经承认了那一桩案子，如果不做任何抗辩，必然是个死刑结局。而今，只有说服安考生牧师撤回指控，才能救下陶管家的性命。

这座教堂只有一个造型朴素的尖顶，不似天主堂那么富丽堂皇。安考生牧师正在主持晚祈，方三响安静地坐在后排椅子上，待仪式结束，才走上前自称是红会领队医生，前来蓝村为旱灾防疫做调查。

牧师态度很热情，说自己也是红会会员。方三响颇为吃惊，他之前查阅过当地会员名录，并没有安考生这个名字。安考生笑着解释说，青岛易手之后，德国教会备受日本人排挤，索性把教产和人员统一移交给美国信义宗。而美国信义宗与美国红会关系匪浅，这些牧师便同时具备了会籍，平时也会参与当地救灾。

方三响与魏伯诗德一直保持通信，对教士熟稔得很，几句话聊下来，迅速取得了安考生的信任。

方三响说希望调查一下教堂的水井，安考生牧师便陪他绕到教堂后头。那里有一口深水井，井口没有辘轳，装着一台汉斯牌抽水机。牧师一启动开关，抽水机便嘟嘟地抽上来整整一桶清澈的甜水。

安考生牧师得意地说，因为这口甜水井，十里八乡的乡人都会时常过来，听半天布道就能换两桶水回去。方三响掏出工具，现场简单地做了一下化验，水质确实不错。只可惜胶州其他地方不具备打深井的能力，也没有抽水机与电力配合，否则完全可以熬过这场旱灾。

方三响做完水井登记之后，决定还是直截了当。他明言陶管家也是这次红会救援队的成员，希望安考生牧师能撤诉。老牧师闻言面色一变，气得手腕都在颤抖："你这是在要求我包庇一个杀人犯？"

方三响无可辩解，只得硬着头皮说："不是包庇，而是宽恕。这些年来，他一直在为红会的事情奔走，未尝不是在赎罪。天主是慈悲的，难道不该给他一个机会吗？我不要求判处无罪，但希望至少不要判死刑。"

安考生牧师突然打断他道："你是哪里人？今年贵庚？"方三响怔了怔，回答说："虚岁二十九，生在关东。"安考生牧师摇摇头道："闹义和团的时候，你还是个小孩子，恐怕不知道那些恶魔有多么残暴与愚昧。他们到处杀教民、拆教堂、拔电报杆、扒铁路，砸毁一切与外国有关的东西。所到之处，多少我的同僚殉教而死，这是轻飘飘一句赎罪就能揭过的吗？"

安考生牧师久居中国，中文十分流畅，这一段话讲下来，连他自己都瑟瑟发抖，仿佛还残留在那场梦魇里。

方三响对那场引发了庚子国变的混乱也略有耳闻，同学间时常聊起，都觉得那些暴民行事不可理喻。他只得说道："您说的这些，都是义和拳的集体行为。你知道，一个人在疯狂的群体中，很难保持理智。"

"但他杀死了我的老师，这是确凿无疑的事。"安考生淡蓝色的眼眸盯着他，"如果魏伯诗德先生当时在山东，也会被拳民杀死，换作是你，你会原谅凶手吗？杀人偿命，这不是你们中国人最爱说的话吗？"

这一句反问，让方三响一下子噎住了。安考生愤愤地指责道：

"你们中国红会之前乱授会籍、滥用特权不说，现在居然连杀人凶手都可以成为会员，获得庇护。我有理由怀疑，你们的管理仍未有任何改善！"

方三响早年从魏伯诗德那里学到不少《圣经》小故事，果断换了一个角度来说服：

"我记得《马太福音》里彼得问耶稣，如果他的弟兄得罪了他，他该宽恕他的弟兄几次？七次可以吗？耶稣回答说，不是七次，而是七十个七次。你们饶恕人的过犯，你们的天父也必饶恕你们的过犯——难道这不是神讲给我们的道理吗？"

"是的，你讲得没错。但前提是，彼得的弟兄要七次回转说'我懊悔了'，才有了饶恕。如果一个凶手连罪过都不认，又谈得上什么谅解？"

方三响闻言眼睛一亮："是的，他已经承认了自己的罪过。"安考生牧师本来一肚子怒火喷发，却骤然被这句话拦住了："什么？"方三响赶紧追道："我在派出所的监牢里见过他了，他对自己二十多年前杀害牧师的行为供认不讳——这是不是值得宽恕了呢？"

安考生牧师没料到，自己的话会被对方拿来将军。他沉默良久："过几天会审公廨就会派人来教堂这里审讯，倘若他公开承认自己的罪过，留在我这里虔心忏悔，我可以考虑向法官求情，免去他的死刑。"

方三响知道安考生牧师的小心思。一个杀人犯在教堂内蒙受感召，悔悟皈信，这对于传教是极好的示范。不过这是唯一能救下陶管家的办法，他也只好点头应允，匆匆离去。

他从教堂离开之后，又连夜返回派出所，对陶管家讲出了安考生的条件，急切道："我知道您心中委屈，不过眼下先逃过明天的死刑再说。后头的事，我和英子、孙希再设法周旋。"

陶管家盯着他，脸上浮现出慈祥的笑容："我知道了，明日受审，我自会把所有的事都坦白说出，不藏着掖着。"方三响这才如释重负，只要他不硬顶，以后总有办法救出去。

"您手里……就这一条人命吧？"方三响忽然谨慎地问道。陶管家在山东的经历实在复杂，做过拳民，当过响马，万一再跳出一桩案子，处理起来可更棘手了。

陶管家听他这一问，不由得哈哈大笑："十七年前，有人问过我同样的问题。"

"嗯？"

陶管家伸出两个指头，方三响会意，从派出所那边讨来一支香烟，给他隔着栅栏点上。陶管家吞吐了几口，开始了他的讲述：

"我本名叫陶有威，拜在邢台的景廷宾门下学梅花拳。义和拳闹起来的时候，我跟一伙子师兄弟一直在直隶、山东游荡，京城也去过。庚子国变之后，朝廷开始剿杀拳民，还让地方摊派庚子赔款。我师父气不过，扯竿子起义，聚了十几万人。可惜呀，拳脚再好，也不及火枪犀利。袁世凯的北洋军打过来，还有一群洋兵洋将助阵，打得我们大败亏输，师父也被凌迟处死。

"我们几个师兄弟逃回山东之后，无处容身，索性落草做了响马。这人一做了贼呀，是非之心就淡了，开始还自称是梁山好汉，要替天行道，慢慢地，什么坏事都做得不含糊了。我多少还记得师父的教诲，学梅花拳是为了锄强扶弱，不得滥杀无辜。我那几位师兄弟……嗐，不提也罢。

"有一次，有一个叫姚永庚的烟草商人路过临沂附近，我们把他给绑到山里了。师兄弟商量说这是上海来的，留不得，索性敲一笔银子然后撕票。我在给他送饭时，无意中看到他身上带着一根胎毛笔，上面写着'英子'二字。我一问，原来这是用他女儿的胎毛做的，还是亡妻亲手做成。我也是有过女儿的人，不知为什么，动了恻隐之心，说：'你若有遗言或遗物，我可以帮你送去。'姚永庚便托我把笔送到临沂的商号。

"我想送一根胎毛笔，应该没什么打紧。没承想，姚永庚在那根毛笔上，拿石头偷偷划出电报码。我们做响马的，哪里晓得这些道道儿。结果信一到临沂商铺，官府立刻派出大兵围剿，噼里啪啦把我们一锅端了。我们几个师兄弟一个一个上了铡刀，轮到我的时候，姚永庚忽然问了我这个问题：'你手里有别的人命吗？'我说没有。他便向官府求情，把我保了下来，带回上海。到了上海，他牵出一个小姑娘，说：'陶有威，你因为我女儿救了我一命，我也因为她救了你一命，你们二人该是有缘。'从此我便一直陪着小姐……"

陶管家讲完，从衣服里掏出那一管胎毛笔，递给方三响："老爷说，这管笔救过他的命，是个有福缘的物件，可以逢凶化吉。可小姐不愿意带，我只好替她带上，随时跟紧。你看，淮北那次我没跟去，她一个人遇到多大麻烦；辛亥在武昌我跟着，她就有惊无险。灵验得很！"

"那您拿给我干吗？"

"这东西不能带上公堂，受不得威严肃杀之气，你先帮我保管着。"陶管家把笔放到他手掌里，忽然又幽幽地叹了一声，"老爷说，等小姐出嫁了，这胎毛笔就放到夫家保管。也不知何时能交出去……"

方三响知道他对这件事最有怨念，收了笔不敢多留，宽慰了几句便离开了。回到旅店之后，他又忙着把今天的调研结果总结出来，一忙就是半宿，忙完以后反而睡不着了。他拿起那管胎毛笔，在一盏油灯下看。

那几根胎毛泛黄稀疏，其实是没法用来书写的，只是个纪念。竹笔杆上除了姚永庚刻上的电报码之外，还有"英子"二字，刻得铁划银钩，大概是请了位书法大师题写。

想着英子原来黄毛丫头的模样，方三响不由得面带微笑，不知不觉脑袋耷拉下去……他突然觉得不对劲，猛一睁眼，发现那胎毛笔竟被油灯点燃了。这一下方三响惊得浑身冰凉，赶紧挪开拍打，笔杆"啪嗒"一声，连同旁边的红十字袖标一起掉在地上。

方三响情急之下，拿起茶杯泼过去，火倒是熄了，可惜胎毛须子已所剩无几。

方三响懊恼无极，狠狠地打了自己一耳光，这才俯身下去，把那根秃笔和烧焦一角的红会袖标一并捡起来。不知是不是那一记耳光让意识变得敏锐，一句话莫名浮现在脑海里。

"你们中国红会之前乱授会籍、滥用特权不说，现在居然连杀人凶手都可以成为会员，获得庇护。我有理由怀疑，你们的管理仍未有任何改善！"

这是今天安考生牧师痛斥红会的话，这时回想起来，方三响却觉出一丝古怪味道。

安考生牧师似乎也知道红会在蓝村的那次制服争议，既然在商铺那边打听不出东西，说不定，能从他那里拿到一些消息！

不过今天实在太晚了，过几天青岛会审公廨的人就到。方三响决定等庭审之后，再去找安考生牧师打听。他心疼地把胎毛笔仔细搁进袋子，怀着不知如何跟英子和陶管家交代的歉疚沉沉睡去……

邢翠香拿起一个酡红色领结，把它认真地贴在对面一人的咽喉处，退后一步，又整理了一下。

在她对面，是一个面色沧桑的老洋人，大鼻子因酗酒太多挺出一团糟红，唯有一对牛眼依旧犀利。他身上的西装不太合身，粗壮的小臂几乎要撑爆袖子，显得颇为滑稽。

"好了，可以了！太紧了我都没法呼吸！"老洋人低声吼道。

"史蒂文森先生，今天你要去的是美国领事馆的招待酒宴，可不是什么赌场。"邢翠香笑嘻嘻道，用力一拽领口，让他几乎闭过气去。

这位史蒂文森，正是当年公共租界巡捕房的那位干探。辛亥之后，他到处嚷嚷说自己早预见了陈其美的暴动，却因为巡捕房高层阻挠而未能采取行动。巡捕房很快找了个理由，把史蒂文森直接开除了。

史蒂文森不想回苏格兰，就留在上海滩做了一个私家包探。他的身手博得了些许声望，但很快又在一次次酗酒中消磨一空。

对于跟踪欧阳一航的人选，严之榭第一时间便想到了史蒂文森。他比洋人懂中国，又比中国人多一张洋面孔，两头都吃得开。

史蒂文森得知自己的雇主居然是姚英子时，牛眼中浮现出几许恨意。"如果我当年没被他们拖后腿的话，你家小姐和张竹君早进监狱了！我也不会混到现在这样。"邢翠香道："好汉不提当年勇，这次你要好好做。"说完晃了晃手里的小荷包，里面当啷当啷响，应该有不下二十块袁大头。

史蒂文森听到银钱响动，瞪大了眼睛，知道这至少能解决两个月的酒瘾。邢翠香道："对了，尽量不要喝酒。这身西装是孙叔叔的，弄脏了他又要唠叨了。"

史蒂文森冷哼一声，故意用双手拽了一下紧绷的衣襟，阔步走去黄浦路13号的漆黑大门。

这里是美国领事馆的驻地，今天恰好有一个招待酒会，欧阳一航也在受邀之列。邢翠香通过上海总商会的渠道，弄到一张邀请函，把史蒂文森也送了进去。他的任务很简单，监控任何接触欧阳一航的人。

她之前把欧阳一航的照片拿给朱贵云看，确认就是他来挑动打官司的。所以那两桩医疗纠纷，可以肯定是欧阳一航在背后搞的鬼。但欧阳一航只是个掮客，他背后是谁，就得继续深挖了。

眼见史蒂文森进去，邢翠香便在路对面找了家熬糖铺子坐下，一边闻着麦芽糖的甜香，一边等着对方出来。几个小时过去，史蒂文森没出来，反而是姚英子先匆匆赶到。她神色慌乱，甩着一张电报纸。

邢翠香急忙接过电报去看，大吃一惊。这是方三响昨天发来的急电，说陶管家身陷囹圄，即日开庭。姚英子又是懊恼又是心急："我也是脑子坏掉了，陶伯伯在山东原先做响马的呀，怎么好让他回去？"邢翠香对此也一筹莫展，只能宽慰道："二十几年前的事了，谁能想到会碰到熟人呢！这会判多少年？"

"这种杀人案子搞不好要判死刑的……"姚英子脸色苍白，整个人方寸已乱。

最近这一桩接一桩事发生，搞得她实在心力交瘁。尤其是陶管家突遭意外，让姚英子真是方寸大乱。此时方三响远在山东，孙希跟着冯煦追查官面文书，又都不在身边，连个商量的人都没有。

就在这时，邢翠香突然按住姚英子，把她扯到熬糖的大锅旁边。只见对面领事馆里，欧阳一航推门出来，一个人不急不忙地朝回走去。看他的神态，应该没有觉察被跟踪。

紧接着，史蒂文森也打着酒嗝走出来，西装领口染着一片黏糊糊的酒渍。他醉醺醺地走到马路对面，邢翠香顾不上骂他，连声追问查出什么没有。史蒂文森拿出一张写在菜单背面的潦草清单，上面的笔迹几乎认不出来。

"他一共跟十五个人讲过话，这些人的名字和头衔我都打听出来了。"

史蒂文森倒真是尽职，这份名单上写得颇为详细。可问题是，这十五个人成分很杂，中外皆有，实在没法锁定人选。

"你有听到他们说什么吗？"邢翠香问。

"小姑娘！那可是一场外交招待酒会！他们聊任何话题都会压低声音。光是记下这些名字，就已经给我带来了不小的麻烦。你可要按说好的价格给我。"史蒂文森嚷嚷道。

邢翠香咬着嘴唇。好不容易推进到这一步了，如果一个一个排查，说不定会查出结果，但距离开庭日期没几天了，他们可没这个余裕去查。

一定有什么办法……邢翠香努力地琢磨起来。她一定得想出来才行。因为蹲在锅旁边的大小姐明显魂不守舍，只能依靠她了。

"哎呀呀，方叔叔，你真是个笨蛋，连陶管家都看不好。"她心里埋怨。

七月四日，在蓝村镇公所内，密密麻麻聚集了上百号人，除了一个来自青岛会审公廨的日本法官、蓝村镇镇长、陶管家和安考生牧师之外，其他全是赶来看热闹的镇民，甚至还有几个闻讯赶来的记者。

方三响起来得稍微迟了些，审判已经持续了好一阵，安考生牧师的指控刚刚结束。陶管家气定神闲地站在原地，面无表情。日本法官拿起木槌，讲了一通日语，翻译道："针对原告指控，被告可有任何要辩驳的？"

"没有，是我杀的没错。"陶管家挺直了腰杆，坦然回答。

席间一片倒吸凉气，这可是要判死刑的大罪，他却面不改色，果然是悍匪。

方三响却松了一口气。只要他认罪就好。接下来只要诚心悔悟，安考生牧师就会替他求情，法官从轻发落，这桩案子便可以有惊无险地过关。不料这时陶管家却上前一步，振声道："敢问诸位大人，可否听我说完缘由？"

法官"嗯"了一声，示意他讲。

"我叫陶有威，本是肥城湖屯荣庄人，家中父母早亡，只有一妻一女，薄田五亩，艰辛度日。湖屯镇的洋教士杜威想要在荣庄盖教堂，欲强夺我家田地。被我严词拒绝后，他就唆使教民诬告我是大刀会成员，让当地官府把我抓了起来。"

日本法官对这一节恩怨不甚了了，问了翻译才知道。原来在光绪二十三年，山东巨野县大刀会的成员袭击了当地教堂，杀死两名德国天主教神甫，称为巨野教案。此后官府在整个山东境内取缔大刀会，四处搜捕其成员。

"等我好不容易洗清了冤屈，回到家里，却发现家里的田地已被挖开地基，我重病的老婆无人照料，死在床上，而我女儿就活活饿死在她身旁……"说到这里，陶管家微微弯下腰去，深吸了一口气，试图去压住哽咽，围观的民众也都发出小小的叹息。

"我孤身一人，斗不过官，也斗不过洋人，只好北上邢台，拜了景廷宾师父学梅花拳。两年以后，邢台发生教案，朱红灯搞起义和团，我毫不犹豫就加入了。当年便带着师兄弟们回到肥城，闯进那间教堂。可惜杜威那时已调走了，我愤怒之余，便把他的继任者一刀砍死，算是为我妻女报仇。他们不是诬蔑我是大刀会的吗？那我就做个真正的大刀会人给他们看看！"

"这不是你可以滥杀无辜的理由！"安考生牧师尖声喊道。

陶管家瞪向他："这也不是你们滥杀无辜的理由！"

安考生牧师登时哑口无言。巨野教案之后，德皇借口保护教士，出兵占领了青岛，残杀中国军民无数，此是青岛租界之始。若陶管家迁怒是错，那德皇借机生事又如何？

　　"紧接着，我便跟定了义和团，转战山东、直隶一带，见到过阎书勤，跟过倪赞清，还去过京城。我见到的团民，心里都有一笔苦账，几乎人人都被教士欺凌过。那些奉教之人，动辄侵占铺面田地，动辄以兵船洋枪要挟，当地官府畏洋如虎，领事们和会审公廨向来又偏袒不讲道理，横竖是死，为什么不死得爽气些？快意些？"

　　这时镇长咳了几声："这样的言论，未免骇人听闻。我可是听说你们当年到处袭击商铺民宅，破坏铁路电报，残杀无辜，连小孩子都不放过，未免太过偏激。"

　　陶管家神色略显黯然："义和团的德行，我比在座诸公谁都明白。大多是些未经教化的乡民，一被挑拨便没了脑子，胡作非为，还有些奸人别有用心，无非是借机发泄。池子大了，水怎么可能不浑？"他说到这里，忽然话锋一转，声调拔高：

　　"可我在京城，也亲见过八国联军的所谓文明之师，他们烧杀抢掠，比义和团所为何止残酷几倍？城破之后，我逃去裱褙胡同，亲眼所见他们把几百个掳掠来的女子赶进胡同里，两头堵住，接下来几日，联军士兵随时可以进来，肆意侮辱奸宿，哭声连天，却没人能管，每天都要运出十几具不甘受辱而自尽的尸身——义和团是暴民、愚民不假，可这些'文明之师'呢？"

　　安考生站在陶管家对面，面上阴晴不定。翻译叽里咕噜地在给日本法官翻译，法官也是神色古怪。他们一个是德国人，一个是日本人，两国都是当年联军的成员，这时候未免有些尴尬。

　　镇长端起盖碗遮住面孔，一直不肯放下。只有方三响站在人群里，拳头捏紧了又松开，肩膀在微微颤动。

　　"我运气好，侥幸从京城逃出来，回到邢台投奔师父。不料官府与当地传教士合谋，逼着当地人额外摊派银子，好赔偿给洋人。最可恨的是，洋人要摊派银子，官老爷居然还偷偷翻了个倍，也要居中牟利。眼看百姓活不下去，景师父被迫率众起义，可惜到底还是被镇压下去，我便落草做了响马。"

　　镇长咳了一声，缓缓放下盖碗："唉，你扯得太远了。今日只是审杀人案。纵有万般理由，杀害无辜也是不对的嘛。"

　　"我没说这是对的！"陶管家突然发出一声怒吼，吓得镇长手一颤，盖碗登时碎在地上。

　　"我知道外面是怎么骂我们的，愚昧残暴，不辨是非，迷信愚顽，盲目排外。说得没错，可你们要我们怎么办？国难当头，朝廷大官们庸碌无为，地方官府变着法地捞银子，乡贤官绅们鱼肉乡里。你们这些读书人平日里自诩为国士，占尽好处和名声，可等洋人都欺负到了门口，你们全无担当不说，到头来还怪我们这些手无寸铁的百姓愚昧？是，我们愚昧，可我们除了靠着一股愚昧的血气，又能指望谁来保护我们？"

镇长被这一连串的质问吓得面如死灰，竟把身子像尺蠖一样蜷曲起来，格外滑稽。

陶管家双目发赤，对着安考生牧师道："几十年了，我躲在上海不敢踏足山东一步，不敢去回想当年，连家人忌日也不敢回来，看到报纸上说义和团如何，也只能腹诽几句。我逃了太久了，如今拜你所赐，我不想躲了，也不想藏了，今天就要把这件事情、这个冤屈说个分明——我陶有威今天认这个事，但不认这个罪！宁可被枪毙，我也无罪可忏！"

他的怒吼，震得镇公所的房梁嗡嗡作响。从会审公廨法官以下，所有人都被这位老拳民震慑到讲不出话来。

方三响内心百感交集。他知道陶管家这么一喊，固然是堂堂正正、直抒胸臆，可安考生牧师也断无求情之理，法庭必然会判处死刑。那可怎么办？他脑海里霎时浮现出一个大胆的想法：实在不行，只能去劫法场了⋯⋯

法官看场面太混乱，板着面孔敲敲桌子，咳了一声："既然人犯坦承了罪行，那么本庭⋯⋯"

"不用你们洋人判我的罪！"陶管家大吼一声，震得全场寂静。他大踏步走到审判案前，双拳握紧，气势惊人，吓得法官和镇长身子往后仰去，旁边法警们纷纷掏出枪来，对准老人。镇长哆嗦着喊道："你⋯⋯你不要乱来⋯⋯"

陶管家缓缓收回拳头，收回站姿，环顾全场之后，双眼抬向天花板。一个哀痛至极的声音，在公所上空响起：

"媳妇儿啊，小妮儿啊。我错了，我不该逃，现在我来找你们了！"

陶管家猛然抬起右臂，拳作鹤嘴，朝着自己右边太阳穴狠狠凿了过去。梅花拳最重手劲，这一下倾力砸去，鹤嘴正中穴心，整个人登时瘫倒在地。

这一下惊变，其他人还没反应，方三响已惊得魂飞魄散，急忙抢出人群，试图去扶住他。可陶管家双目紧闭，已是不省人事。

方三响不通武学，但熟知人体解剖。太阳穴位于颅顶骨、颧骨、蝶骨及颞骨四大板块的交汇处，骨板极薄，只有一两毫米厚。在这个区域的深处，血管分布丰富，一旦发生骨折，极容易刺破动脉，造成颅内大出血。

陶管家心存死志，发劲极重，恐怕骨板已被他一击凿裂。眼下这状况，是典型

106

的颅内出血。

可他知道病理，不代表能救回来。这种紧急情况，只有峨利生教授或孙希现场开颅，还得配有足够专业的设备，才有几分抢救回来的希望。而方三响能做的，只能是把陶管家放平，声嘶力竭地喊旁人取来井水。

井水清凉，敷在头部，可以在一定程度上收缩血管，减少出血量。

可惜镇公所此时已乱成一团，谁也没料到这老拳民慷慨陈词了一通，居然不甘受辱，自凿太阳穴自尽。日本法官和镇长在一脸紧张地交头接耳，外面的民众则大呼小叫，喧闹不已。就连派出所的几名长警，也不知所措地握紧了枪，却不知该防什么。只有那几个记者一脸兴奋地端起相机，咔嚓咔嚓地拍着。

混乱之中，唯有僵在原地的安考生牧师听到了方三响的呼叫。他灰败着一张面孔，指示一位信徒赶紧去教堂后头的水井取水。

教堂距离镇公所很近，信徒疾步跑去，不一时气喘吁吁地拎回半桶井水。安考生牧师从自己肩上取下搭条，浸透井水，刚刚走过去，却见方三响缓缓站起身来，宣告陶管家已死亡。

安考生牧师如遭雷击，正要在胸口画个十字，方三响却厉声道："他生前深恨你等，死后也不必你来祈福！"

"我……我只是……希望有一场公平的审判。"安考生牧师结结巴巴地辩解。方三响俯身用双手抱起陶管家的尸身，冷冷地道："只要你们还在这片土地上享有特权，就不可能有真正公平的审判。"

安考生动了动嘴唇，终究没再出声，也没画十字，默默地后退了一步。

日本法官很快和镇长达成一致，正式宣布，鉴于被告堂前自戕，案件审理到此为止。记者们想要扑上去采访，可方三响却根本不予理睬，径直抱着陶管家趔趄地离开公所。几个长警感受到了杀气，只敢在后头跟着。

他回到派出所的停尸房，把陶管家在台子上放置好，颓然坐在旁边，双手抱住头，内心充满自责。昨天晚上陶管家送出胎毛笔的时候，他怎么就没意识到对方死志已存？那分明就是托孤哇……这回去要怎么跟英子交代？

不知过了多久，方三响听到一阵脚步声过来，抬头一看，是安考生牧师。方三响抬起布满血丝的双眼，沉沉吼道："你还来做什么？"

"我来做忏悔。"

"我不是说了吗？陶管家不需要！"

"是我要做忏悔。"安考生牧师道，"你说得对，我应该早早宽恕了陶先生，这样就不会有今天那一幕了。是我的傲慢和矜持，让二十几年前的悲剧延续到了今日。"

方三响默然不语，但没再出言赶他走。安考生走到陶管家跟前，端详死者依旧紧绷的仪容，轻轻叹道：

"来中国传教这些年，我自认洁身自好，从不仗势欺人，以诚待人，做一个好教士，才赢得当地百姓的信任。但正如你所说，这只是个错觉罢了……我不仗势，势就在我背后。官府敬我，是因为惧怕我背后的德国；百姓敬我，是因为会审公廨偏袒西人，他们不敢兴讼。甚至我自己，为什么决心要做一个好教士？不正是因为见了太多坏教士的肆意妄为吗——在一间倾斜的大屋子里，很难把水端平。在这种环境里，谈论公正确实是件滑稽的事。"

这一席话讲出来，方三响稍稍有些动容。安考生又道：

"这位陶先生，我会派人把他运去肥城安葬，跟那边的教堂沟通好，把他葬在自己的田地原址，和妻女在一起。我现在宽恕他杀害我老师的罪过，希望他也能宽恕我的无心。我相信这一切皆是出自天主慈悲的安排。"

方三响原本打算扶柩回上海，但安考生这个提议似乎更符合死者心意。他思忖再三，决定先答应下来，再去拍电报询问姚英子。

"陶先生还有什么在山东的遗愿？我可以设法帮他完成。"

"遗愿哪……"方三响深吸了一口气，没来由地想起经年未见的魏伯诗德，他一直在各地传教，两人只靠通信联络。当年在老青山下，方三响向他提出的疑问，依旧没有答案。

"我少年时生长的村子，是在日俄交战时毁的。我曾经问过魏伯诗德先生，为什么，为什么明明是我们的土地，却是不相干的人在争抢？为什么遭受苦难的，却是我们？去年我在胶州救兵灾，又是日、德在争夺青岛。从义和团兴起到如今二十多年了，什么都没改变。若说遗愿，我想陶管家应该也想知道这个问题的答案。"

安考生牧师微微颔首："在很久之前的欧洲，普通人若要忏悔罪行，不能直接与上帝沟通，需要借着神父告解才能求得赦免，然后有人问了，为什么一定要通过神父呢？一个人这样问，会被神父训斥，十个人这样问，会被宗教法庭审判，当千百个人问出同样的问题时，提问本身便构成了答案。现如今在信义宗里，每一个人都可以直接向上帝祈求、祷告或忏悔，无须中保——你的问题，我不知道答案，但我想如果足够多的人产生了这个疑问，答案自然会浮现出来。"

方三响点点头。他突然想起一件悬而未决的事。

"去年那场日德之战，你似乎注意过红会的种种不端行为？"

安考生牧师道："不错，你们红会滥发会证，被商家拿去私贩自家货物，这是极不妥当的。"

"然后呢？你是否向别人提起过？"

"当然，我收到过调查信件。"

方三响猛然抬起头："调查信件？不是你主动举报的，而是收到了调查信件？"

"是的。是从上海寄来的一封调查信件，内容是询问我在当地是否有滥用中国红会权限之情况。我如实回报。"

"这封信是谁发给你的？内务部吗？"

安考生牧师摇头："当然不是，寄信人是美国红十字会，负责人叫作 Tina Loens。我们胶州信义宗的牧师都拥有美国红会的会籍，有义务回应这封信。"

方三响突然站起身来，招呼也没打就跑了出去，留下安考生牧师一脸茫然。

他的目标，是蓝村电报局。方三响不明白，为什么远在大洋彼岸的美国红会要发函调查中国红会，也不知道那个名字代表什么。但他知道，这应该就是他们在胶州要找到的答案，必须立刻通知上海……

孙希捏紧车把，足下蹬得如风车一般，以极快的速度穿过整个南市，沿途至少造成了五起轻微的碰撞事故。但他不管不顾，飞快地骑到十六铺码头，车头一拐，进入保育讲习所的院子。他顾不得锁车子，手里攥着一张电报纸飞快地跑向经理室。

方三响那一封电报，是通过红会救灾专线发来的，今天一早便送到了总医院，时间已是七月四日。孙希拿到电报之后，脸色大变，一点不敢耽搁，亲自送到讲习所来。

经理室内，姚英子和邢翠香恰好都在。孙希一进门，先是犹豫了一下，又遮遮掩掩地开口道："英子，老方那边传来一个消息，你可别太激动啊……"

邢翠香本来习惯性地要刺上一句，却发现孙希眉眼在抖，立刻乖巧地闭上了嘴。待得姚英子接过电报一读，整个人如被雷磔，一时竟直挺挺地向后倒去。

她的反应，吓得邢翠香顾不得痛哭，赶紧和孙希一起将她扶上床。又是嗅盐，又是灌白兰地，两人折腾了半天，姚英子才醒转过来，不由得哇的一声大哭起来。陶管家一直贴身照顾她，两人相处时间比她与姚永庚还多，情同父女，此时猝闻噩耗，哪里接受得了？

孙希把姚英子搂在怀里，手足无措地安慰着。邢翠香擦擦眼泪，重新拿起电报，读到方三响附后的重要讯息：美国红十字会、Tina Loens。

她拿出史蒂文森记录的名单，很快找到了相同的名字。欧阳一航在美领馆的招待酒会上，与一个叫 Tina Loens 的女子交谈了约莫十分钟。这位 Tina Loens 的身份，正是美国红十字会驻华代表处的副处长。

邢翠香又翻开了工部局出版的一九一九年版《公共租界慈善组织年鉴》，在里面也找到了这个女人，但这里写的是一个中文名字，叫作罗天雫。

孙希喃喃念了几遍："罗天雫，天雫罗，不正是 Tina Loens 吗？"

这个惊人发现，让姚英子暂时停止了哭泣。某种意义上，这是陶管家拿性命换来的线索，不能浪费。

现在可以确认的事实是：去年这位罗天雫通过各地教会渠道，向全国发出调查信函，征求中国红会的不当事迹。她将这些调查信函汇集成册，发给北京内务部，这才诱发了接下来的一系列调查，以及沈敦和、曹主任的离职。

而今年这两桩医疗诉讼案，也是她指使欧阳一航在幕后操控。

但他们三个百思不得其解的是，她为什么，或者说，她所代表的美国红十字会是为了什么？这两个组织隔着一个太平洋，八竿子都打不着哇。

"唉，真是触霉头，触霉头……"

办公室的门忽然被推开，曹主任一脸晦气地站在门口，嘴里不停絮叨。旁边是林天晴，她的怀里还抱着曹主任的小儿子。

孙希奇道："天晴，你怎么把曹主任拽来了？"

林天晴说，她之前以美国红会的名义去接近沈贤淑，却被识破骂走，一直百思不得其解，不知哪里露了破绽。前天她去给保赤局做义工，给儿童种痘，忽然灵光一现——为什么种痘可以防止天花？因为人体已经接触过牛痘病毒，对天花产生免疫力了。同样的道理，沈贤淑识破自己，最大的可能，当然就是她之前曾经接触过美国红会。

林天晴想通了这一点后，第一时间想到曹主任。他常年办理院务，美国红会的事问他最好。她去了曹主任家里，曹主任刚开始还不太情愿，不料他儿子极喜欢林天晴，一抱着就不撒手。他纵然万般不情愿，到底还是被林天晴强拉过来。

曹主任听完他们的推测，一对小眼瞪得溜圆，深深咳了一声："这可是件丢人的事，我同你们讲清爽，你们可不要学脱底棺材，把我说出去啊。"

这件事，还须从前年说起。

那一年欧战正炽。美国驻华总领事找到沈敦和，说美国红十字会希望在上海设立一个办事处，以便募捐善款，沈敦和欣然应允，说中美红会同气连枝，理应互相支援。

不料美国红十字会一抵达上海，立刻宣布成立中国分会，大肆吸纳会员，还宣称已得沈敦和谅解云云。被摆了一道的沈敦和大为愤怒，立刻提出抗议：按照章程，一国只能有一家红会，美国红会此举属于逾越职分，有损中国主权。

沈敦和的影响力实在太大，他一反对，美国红会在上海几乎无法立足，不得不出面澄清，说这一切只是翻译误会。所谓"American Red Cross in China"，不该译成"美国红会中国分会"，而是"美国红会驻中国办事处"。

最终，在沈敦和的强硬要求下，这个机构定名为"美国红会筹备救护材料处"，彻底变成一个临时办事机构，而且职权仅限于筹备医疗物资。

"这么说，我办的这个美国红会会员证，竟是非法的？"林天晴瞪大了眼睛。

曹主任看了她一眼："这就是个大兴货^①，美国人当你是寿头^②呢。"他顿了顿，抚膝叹道："从那以后，中美两国红会的关系就特别差，尤其是美国人对沈会董怨念颇深。据说美国红会驻华代表在某次宴会上抱怨过，说在中美合作的问题上，沈敦和做得最多的是阻挠、破坏，而不是给予帮助和寻求合作——唉，真是触霉头。"

邢翠香忍不住冷哼一声："这些人真是好笑。自己捞过界，还埋怨别人不配合，哪有这种道理？"旁边孙希突然一拍脑袋："哎呀！"

众人齐齐看向他，他忙道："之前冯大人不是说，帮我去陆军部弄一批文书的抄件嘛。我早上看到邮局留的条子，应该已经寄到我家里了。如果美国红会果然参与其中，那么在政府文牍中肯定能找到蛛丝马迹。"

"那你赶紧去拿！"翠香催促。

孙希说："我立刻回去拿一下！"跑出屋子要去骑车子。姚英子压着嗓子起身，说："我来开车，更快些。"邢翠香担心她情绪不稳，容易出事。姚英子却摆了摆手，坚持要走。

于是两人匆匆上了姚英子的车，朝着福开森路风驰电掣地赶去。这是一辆法国产的德底昂宝通，车厢呈筒状，只有两个座位，但动力十足，曾经跑过北京到巴黎的长途越野。

孙希坐在副驾驶的位置，担心地看着姚英子摆弄方向盘："英子，英子，你真的行吗？不要勉强啊。"

"我需要做一些事情，来转移自己的注意力。"姚英子这样说着，泪水却抑制不

---

① 大兴货：冒牌货，劣质品，假东西。

② 寿头：沪语，指不谙世事、容易上当受骗的傻瓜或冤大头。

住地从脸颊滑落。孙希也是摇头叹息："唉，陶管家怎么会突然自……老方电报里说得不清不楚。"

"其实他一去山东，我就有预感了。"姚英子道，"从小他给我讲过很多山东的事，我央求他带我去看看，他却只是微笑，也从来没回去过……这次是我不好，求他去照顾下蒲公英。他最宠我，就答应了。我却忘了，明明上海到山东那么近，这么多年他不肯回去，一定是有原因的，我怎么这么笨！"

孙希心疼地掏出一方手帕："英子，你还是哭出来吧，发泄出来心里会舒服点。"姚英子却腾出一只手，用手背擦干泪水："不能再哭了，会耽误更多事情。他老人家最见不得我哭的。"

她把注意力重新集中在路面情况上，车子风驰电掣，不一会儿便抵达福开森路。孙希很快拿回一个厚厚的邮包，直接在车上拆开了一条条看。

就在汽车快要开回讲习所时，孙希忽然"哎呀"一声，从文牍里择出一角抄件来。

"兹有美国外交部向顾维钧公使探询中国红十字会情形，本部以不详内容，遂照红十字会办事细则第五条办法，由内务部派司员到沪检查，以重中美邦交。"

孙希当众读完这份文书，所有人眼神都一阵明悟。以方三响找出的那个名字为核心，一块块拼图，逐渐拼接到了一起。几乎所有的谜团都解开了。

很显然，美国红十字会因为入华设分会未果，对沈敦和怀恨在心，便指使罗天零暗中搜集所有中国红会的黑材料，好以此逼迫沈敦和下野。

"美国人固然可恨，但咱们陆军部和内务部就这么答应调查了？"林天晴扛着曹主任家的小儿子，忍不住发出疑问。

孙希拍了拍那封文书："你们要注意，是美国外交部向驻美公使发出探询，说明这次调查，已经不是两国红会的事——你看看这词：以重中美邦交。还不说明问题吗？这是把沈会董给卖啦。"

这美国红会委实有些霸道，只因为沈敦和拒绝了他们入华的要求，竟然通过外交途径要求查他的底。在场众人都心知肚明，本国政府向来外交无力，畏洋如虎，自晚清迄今并没有什么改变。

去年巴黎和会，中国明明是战胜国，却被威尔逊总统拿来做绥靖筹码，出让青岛给日本，以致引爆五四运动。偌大一个青岛都能丢掉，多舍弃一个慈善机构的负责人，以安抚友邦之心，也算不得什么离奇的事。

怪不得田伏侯明明报告说账目并无问题，上面却不依不饶，一定要查出点什么。

原来这是个硬性的政治任务，要做给美国人看，所以就算是鸡蛋里也要挑出骨头来。曹主任捂住胸口连声哀叹："原来如此，那我可是屈死了，真是无妄之灾。"

姚英子也颓然坐回沙发上："我反复问过沈伯伯，可每次他都避而不谈。原来他早就心知肚明，胳膊拧不过大腿……"

意识到这一点后，大家都生出一种无力之感。若是小人作祟，诬陷忠良，还有平反昭雪的一天，可这已上升到两国邦交的层面，那就不是几个小医生能翻盘的了。

"可还是不对呀！"邢翠香突然跳起来，"如果说美国红会的目的是扳倒沈会董，他们去年就得偿所愿了呀。那个罗天零，为什么到了今年还要紧盯着总医院的医生，搞出这两桩医疗官司？"

孙希也罢，方三响也罢，在政治家眼里都是无足轻重的小人物。罗天零这么有针对性地打击，难道美国红会还有别的用意不成？

这个谜团，比之前的疑惑还难以索解。林天晴皱眉道："不如直接去问问这个罗天零。"孙希摇头道："这位 Loens 女士有美国红会的官方身份。且不说你能不能见到，就算见到了，你也要挟不到她呀。"

说者无心，听者有意。姚英子突然道："孙希，你刚才说什么？"

"我说我们根本要挟不到她呀。"

"前面一句。"

"Loens 女士有美国红会……怎么了？"

"Loens，你发一次音。"

孙希莫名其妙地又发了一次。姚英子抬起头来，犹存泪痕的双目射出锐利的光："我大概知道，她为什么这么做了。"

罗天零女士从一辆黄包车上下来，优雅地从坤包里取出几个铜圆，交给车夫，然后款款走到路旁边的咖啡厅里。这个咖啡厅在三马路和教堂街的交叉口，视野很好，可以望见对面一处嘈杂的工地。

那里有一栋巨大的三层长楼，四面延伸出去，外墙全用花岗石筑成，极为显眼——这是新工部局大楼，从民国三年就开始建，中间因为欧战一度停工，如今重新复工，预计要两年后才能彻底完工。但这座新大楼周围的铺面与楼房，却早早被各家洋行、银行、交易所和代理商占据，为的是日后能抢得先机。

她点了一杯咖啡，听着留声机里的巴洛克音乐，安静地等待约见对象的到来。

罗天雯女士不知道的是，她的约见对象刚到门口便被一个酒糟鼻子的英国人拦住，蛮横地拽去旁边的巷子里，接受巡捕房的"质询"。

而一男一女两个华人，趁机走过来，毫不客气地坐到了她面前的沙发上。

"罗天雯女士，你好。"孙希优雅地打了个招呼，刻意使用了纯正的伦敦口音。罗天雯认出了他和旁边那个叫姚英子的女孩，脸色微微一变。

"你们是谁？有什么事？"罗天雯用中文问道。她的中文很好，几乎听不出口音。同时她抓紧了坤包，里面放着一支小巧的女士手枪，这是在这座冒险者乐园生存的必要工具。

"您不必这么生分，从去年开始您就一直在关注我们了，不是吗？"孙希的语气不急不缓。

罗天雯先是微微恍然，旋即露出一丝微笑："没想到，你们居然能反查到我这里，钦佩，钦佩。"

"有志者，事竟成。"孙希谦逊地回答。

"你们应该知道，我只是如实做出调查，并转交贵国政府。如何处断，是由贵国官员来判断的。"

"恐怕你做的事情，并不止这些吧？"姚英子直截了当地开了口。罗天雯一脸茫然，似乎不明白她在说什么。

"孙希，她的洋文名字叫什么来着？"

"Tina Loens。"

"Loens 这个姓氏，不是很常见哪。"姚英子眯起眼睛，像一只正欲扑击猎物的猫，"洛恩斯牌祛热药剂，好像也是这么拼写？"

她清楚地看到，罗天雯女士那张全无瑕疵的精致面孔上，骤然凸起几道皱纹，厚厚的脂粉为之龟裂。

孙希不失时机道："上海证券物品交易所七月一日已经正式开业。你今天约见的，应该是其中的一位掮客吧？看来洛恩斯家族那一大船祛热药剂，总算是有着落了，可喜可贺。"

"我不明白你的意思。"

"不要狡辩了。洛恩斯药剂这个牌子，在工部局的注册人是 Jacqueline Fitzgerald。我查过了，这位注册人的夫家姓 Fitzgerald，但娘家正是姓 Loens——Jacqueline Loens 和 Tina Loens，你们两个可是亲生的姐妹呀。"

孙希亮出一张从杂志上裁下来的照片，照片上两个身着旗袍的西洋女子站在外白渡桥头，顾盼生辉。注释说这是一九一四年，美国名媛来华探访，姐妹花惊艳黄浦江云云。

罗天霁沉下脸来，双手抱胸："我没看出这违反了哪一条法律。"孙希微微一笑，又拿出一张报纸的小样，轻轻搁在桌面上："这是几家沪上报纸七月五日，也就是明天的排版清样。你们的祛热药剂广告，早就预订好版面了。"

"我姐姐的公司要卖货，自然要打广告。"

孙希清了清嗓子，狡黠一笑："既然您还不肯承认，那我还是从头说起吧。有什么不对的地方，欢迎随时纠正——你和你的姐姐一家，搞到了一批美国在一九一七年就已禁止售卖的祛热药剂，注册了一个叫洛恩斯的牌子，不远万里运来中国，打算骗中国人的钱。不过这卖药的利润，尚不足以满足你们的贪欲，所以你们决定把这件事搞大一点。"

他见罗天霁纹丝不动，继续道："你们知道，上海证券物品交易所即将开业，于是便偷偷把这批还没到货的药剂放到交易市场上，打着预购的旗号吸纳了一大批投机资金。只要交易所一开市，你们便可赚出寻常卖药收入的几倍。可就在这时，噩耗传来，那条船居然在太平洋沉了。"

孙希的右手摆出一条船的样子，指头摆动几下，朝下方沉去。姚英子捅了他一下，让他正经点。孙希赶紧说道：

"消息传来，你们的压力变得空前之大。这个时候，你替你姐姐想到了一条妙计……那就是重新把热度炒起来，再趁高位时赶紧解套走人。于是你姐姐去安抚那些散户的情绪，告诉他们船沉的消息是假的，只是耽误几天。而你呢，恰好之前调查过红会，轻车熟路地雇佣了欧阳一航，去挑拨朱贵云、沈贤淑两个人兴讼，授意他们一口咬定定拉密洞和沙利比林出了问题。这两种药都是镇热止痛的药物，一旦我们的官司输了，势必会造成坊间热议。你们早早预订好了广告，在官司判决的同一天发布，便可以在市场上造出一个应景的热门话题。"

孙希得意扬扬地念起底稿来："美国天才药剂师研发旷世神药，祛热祛痛，药到病除，绝无任何副作用，举世咸称神迹，美国红会认证……啧啧，你还真是会公器私用，拉美国红会来背书。这广告一发，这洛恩斯祛热剂还不在沪上大热一番？而之前被你们骗了的那些人，为了挽回损失，也只能硬着头皮拉来下家，帮你们一起造势，重新炒高。你们便可以再收割一轮资金，然后卷款走人——至于洛恩斯药剂能不能运抵沪地，后续多少人家破人亡，便与你们无关了。

"都说美国人是天生的商人，今日一见，实至名归呀！硬是用整整一条沉船的假药，赚了个盆满钵满。Rake in tons of money！"

孙希眉飞色舞地说完，看向罗天雯，对方面上如罩冰霜，身体僵在原地，一动不动。孙希道："别瞪着我看哪，这可不是我分析出来的，得归功于农跃鳞农大记者。他盯上你们这个捞金手段很久了，证据搜集得可全了，著作权得归他。"

姚英子冷笑着侧过脸去，对身后一人道："你也该觉悟了吧？"

宋雅从旁边柱子后转出来，浑身剧烈抖动，表情近乎崩溃。姚英子上前搂住她的肩："不要再执迷不悟了，赶快和你男人离婚，我的讲习所给你和孩子留了位置。"宋雅跟没听见似的，目不转睛地盯着罗天雯，仿佛要把自己的希望从她身上拔出来。

罗天雯颤抖着抬起胳膊，从怀里掏出一支女士细烟，放到嘴里。孙希殷勤上前，帮她划了根火。罗天雯狠狠吸掉半支，方才有力气开口道：

"你们想怎样？"

姚英子蛾眉倒竖："我们想怎样？我倒要问问，你打算怎样！先害完了沈伯伯，又来害总医院，害完了总医院，又来害上海老百姓！你们美国红会到底跟我们有多大仇哇？"

罗天雯苦笑道："洛恩斯祛热剂的事，是我自作主张，与美国红会无关。"姚英子立刻捕捉到了重点："所以你是在暗示，沈伯伯辞职，与美国红会有关喽？"罗天雯此时被拿住了要害，不得不老老实实回答：

"对于中国红会的调查，是美国红会的驻华代表萨格先生提议的。他开办分会失败之后，回到华盛顿，提交一份报告指出：中国红十字会已变成其领导人沈敦和谋取私利的机构，完全背离了红十字会的精神和目的，应该组织一个有能力的调查团，寻找足够的证据来证明完全解散现在中国红十字会的可行性。"

她背诵了一段报告原文，可见并非信口胡编。三个人简直听呆了，美国红会居然霸道到了这等地步，甚至还计划解散中国红会。

"在萨格先生的策划下，我从各地传教士的渠道搜集了二十份调查报告，寻找中国红会的种种弊端。当然，我与沈敦和先生并无私怨，完全是出自上司的授意。"

"简直无耻！"姚英子简直要气炸了，"你们怎么可以如此蛮不讲理！用这么下作的手段陷害沈伯伯这么好的人。"

罗天雯突然露出一个微妙的、略带讽刺意味的笑容："姚小姐，我必须强调一句。那些调查报告里面，并没有能够摧毁他的证据——从这个角度来说，沈先生实在是一个值得钦佩的人，如果要用同样严格的标准来审核萨格先生，恐怕他已经要在监狱里度过余生了。"

"你们最后还是把他搞下了台！"

罗天雳缓缓吐出一口烟："事实上，沈先生的离职，我们也非常意外。"

"说什么风凉话！要不是你们恃强凌弱，找外交部来压人，沈伯伯怎么会……"姚英子说到这里，突然意识到了什么。

"美国红会没有那么大的能耐。萨格先生正因为对调查报告信心不足，才会转给中国政府。"罗天雳把烟头捻在桌子上，深深望了对面一眼，"若你们的政府不希望沈敦和下台，那么我们也无能为力。"

孙希和姚英子同时呼吸一滞，他们同时捕捉到了罗天雳的暗示，但这暗示竟是如此沉重，以至于一种荒诞的无力感在两人内心弥漫。

次日上午。

"方医生诊断允当，处置合乎医理药典，并无乖谬之处。至于周氏之亡，实天不予寿，非人力所能强挽。原告既主动撤诉，此案予以驳回。诉讼费由原告承担，各取甘结。民国九年七月五日，判。"

推事朗声念完判词，木槌"砰"地落在桌案之上。

庭下的姚英子、孙希与林天晴、邢翠香大大地松了一口气。在五分钟之前，推事刚刚驳回了沈贤淑诉孙希的案子，至此两桩案子都顺利过关。牛惠霖坐在顾问席上，面无表情地冲他们轻轻颔首，孙希慌忙鞠躬回礼。

若非有这位医师出言提示，势必是另一种结局。

几个人从法庭走出来，外面阳光明媚，顿觉肩膀轻松了不少。孙希惋惜道："真可惜老方还在山东救灾，不能亲自到庭看着那个原告的脸，好好出出气。"

"他可不像你那么孩子气。"林天晴笑了笑，忽又好奇，"哎，对了，后来你们把罗天雳怎么样了？"

姚英子道："没怎么样，我们又不是警察，只是向法官禀明了这两桩官司背后的故事。洛恩斯祛热剂的事，农先生今天会发出一篇特稿，详解缘由。至于罗天雳如何收场，就不是我们要关心的了。"

她依旧郁郁寡欢，左边胳膊上缠起一块黑纱。姚英子说陶管家无儿无女，也没别的亲人，她坚持要以女儿身份为老人家戴孝。

"这么说，沈会董可以官复原职了？"

孙希扶了扶眼镜框，不无遗憾地摇头："我跟冯大人聊过，他跟我说了一个官场的道理。"

"什么道理？"

"沈会董从一九〇四年筹办红会，至今十六年，积势之深无人能比。你看无论历任正印会长在哪里，只要他在上海，重心便在上海，无可移替。政府想要红会做事，不可能绕过他——你若是政府领袖，你会容忍这么一个听调不听宣的人存在吗？"

姚英子和林天晴面面相觑，怎么会有这种无耻逻辑？

"你们想想，这次咱们怎么能在短短数日里有这样的调查成果？还不是沈会董的面子大？无论是政府文员还是大报记者，无论是别院医生还是普通商人，一提起是他的事，都踊跃支持，全力配合，无一例外。这样的人望，政府怎么会不怕？"

孙希看看那两个惊讶的姑娘："你们觉得不可思议，但官场逻辑就是如此。所以沈会董离职这事，根本不在于他做错了什么，而在于他的存在。只要他还在位，政府里就总有人看不惯。"

冯煦当初正是被朝廷派来跟沈敦和夺权，他对局势看得自然最为透彻。政府铁了心要扳倒沈敦和，就算没有美国红会的调查报告，也会有别的什么由头。冯煦说，沈敦和也是看透了这一点，为了顾全大局，索性主动退让。

林天晴大为激动："沈会董只是一心想做慈善哪，又不是想夺权，这又挡了谁的路？这么多年，他救了多少人，评一句万家生佛不算过分。前清尚且能重用，怎么政府连这样的人都不能容呢？"

"嘿嘿，别说容忍了，现在连政府是哪个主事都不知道喽。"孙希讥讽道。就在这几日，直系曹锟、吴佩孚与皖系段祺瑞在京城附近开始交战，谁来掌控中央，还是未知数。

姚英子道："跟咱们同届的，现在还留在总医院的，还有几个人？"孙希默数了一下："还真是没几个了，要么独立出去做诊所，要么改行。只有最笨的人才会留下来，做这种吃力不讨好的事。"

"而这样的事，沈伯伯一口气做了十五年。"姚英子微微抬起头，望向天空。

"在这个时代做慈善的，都是一群无可救药的笨蛋。而沈会董，恐怕是其中最笨的那个。"孙希把镜框扶了扶，借以掩饰感慨。

姚英子道："也罢，沈伯伯辛苦了这么久，是该好好休息一下了。上次我们见他，脸色都差成什么样子了。哎，对了，我要去西藏路时疫医院一趟，跟他老人家通报一下官司的结果，省得他担心。"

孙希和林天晴都要赶回医院去上班，于是他们便和姚英子告别，分别走开。她略微整理了一下心情，和邢翠香一起驱车前往大世界对面的那座时疫医院。

这座医院恰好在今日开业，可惜她们扑了一个空。医院的人说，沈会董上午来参加完典礼后，忽然感觉身体不太舒服，在柯师太福医生的陪同下，返回寓所休息了。

于是姚英子又开到了位于白克路的退思里寓所。刚停好车，她却猛然发现，柯师太福医生倚靠在退思里寓所的大门门口，嘴里叼着一根没点燃的雪茄。

柯师太福医生一向以优雅乐天著称，即使在最艰苦的辛亥救伤，都是一副乐呵呵的样子。可此时姚英子下车走近一看，心脏不由得狂跳起来。天哪，这还是柯师太福吗？他的眼角在抖动，两扇鼻翼也在抖动，就连嘴角也在微微颤动，以致嘴里的那根雪茄像一根风中的枯枝，无助地摇摆着。

一个人只有在极度悲伤的情况下，才会呈现出这样的表情。而在他身后的寓所里，隐约有许多人的哭声传了出来。

姚英子的心脏登时狂跳不止。她三步并作两步冲到柯师太福面前，连声问怎么了。柯师太福看向她，一瞬间如同衰老了十岁："老沈他刚刚突发心疾，我没能抢救回来，眼睁睁看着他……走了。"

周围的世界，一下子褪去了颜色。

七月二十五日，是日大雨。

著名记者农跃鳞在新闻中写道："中国红十字会前任副会长、议长沈敦和先生出殡，享年六十有四。沪上政界、商界、实业界、慈善界、军界、医界数千人随棺送行，西人与沈氏有交谊者，亦冒雨送殡。白马素车，仪从甚壮。无分华界租界，诸医院一齐降半旗，受沈氏恩泽者，俱跪于长路两侧，焚香披麻，上海全城为之缟素。"

在浩浩荡荡的送葬队伍之中，来自红会总医院的队伍高举着一根素白旗幡。白幡上密密麻麻，写着一九〇四年发布的《东三省红十字普济善会启事》，亦是沈敦和于红十字任内留下的第一段文字：

"慨念时艰，伤心同类。危急存亡，在于眉睫，我不之援，而谁援耶？"

第五章
一九二三年九月（一）

难波大助痛苦地咬住嘴唇，用双手紧紧攀住竹梯的两侧。他仰起脖子，头顶的梯子一直延伸到天花板的漆黑深处，仿佛没有尽头。

若换作平时，他爬完这段路只要十几秒。可现在右膝盖只要稍微一动，就钻心地疼。这是在两周之前受的伤，拖到现在还没得到治疗。

但难波大助并没有抱怨什么，比起许多人来说，他已算是非常幸运了。

两周之前，也就是公历一九二三年的九月一日，整个日本关东地区遭遇了一次极为惨烈的大地震。大地开裂、海啸咆哮，一瞬间便对东京造成了毁灭性的打击。更可怕的是，地震发生在中午，很多家庭主妇正在用炭火做饭，翻倒的炉子导致了数百处火灾，大火沿着密集的木制房屋一路蔓延，整个城区都陷入火海。无数东京居民不是在地震中被砸死，就是被随后而至的大火吞噬。

这间朝日新闻社的通讯站位于赤羽桥附近的丘坡之上，是一座三层欧式小楼，得益于先进的水泥钢筋结构，在地震中幸存了下来。难波大助花去平时三倍的时间，才爬到了天台上，东京的灾后之景映入眼帘。

那个风华绝代的丰腴美人，如今却化为一具焦黑的尸骸蜷趴在地上。到处是灰黑色的断垣残壁，几乎没有一间完整的房屋，无论是有着赤炼瓦屋顶的东京站，还是雄伟的丸之内大楼，都变得东倒西歪。至于浅草那一尊人人仰慕的十二层高塔凌云阁，被损毁了足足一半，凄惶如绝望者伸向天空的断指。

难波大助虽说不是东京人，看到这一幕也忍不住有些黯然。他喘息片刻，想起自己的职责，便从怀里掏出一张皱巴巴的草纸和一张照片。

草纸上用钢笔潦草地写道："今日中国红十字会救援队已抵东京港，总医院院长牛惠霖亲自带队，一行二十六人，携善款两万元，药品器具九十箱，即于麻布区高树町开设临时病院。西历一九二三年、大正十二年九月十四日，朝日新闻，东京。"

草纸后面还附了一张照片，上面是二十多名身穿咔叽短服、臂缠袖标的中国人正鱼贯从一条大船上走下来的画面，为首的是一个身材高大的汉子，手持一面醒目的红十字旗。

"原来中国人也向我国派遣了救援队呀……"

难波大助微微有些诧异。他的诧异，来自两处不解。一处是：就在几个月前，日本拒绝归还租约到期的大连、旅顺两地，导致中国掀起了强烈的反日运动。他们为什么会跑来救援？另一处不解是：那个贫弱混乱的国家，居然也有医生可以来支援日本？

他一边想着，一边仔细地把草纸和照片分别卷成一束纸卷，塞进两个小木筒里。

天台上有两排鸽子笼，笼子前依次写着东海道线、东北线、上越线等字样。大概是地震余波未了，笼子里的灰鸽子们都显得有些焦躁，不停地咕咕叫着。难波大助打开其中一个写着"大阪本部"的笼子，把木筒绑在两只鸽子的腿上，然后放飞出去。

看到鸽子在废墟上空盘旋几圈后，逐渐飞离，难波大助才算彻底放心。

这是朝日新闻社自明治时期便有的传统。他们豢养了一批军用飞鸽，可以向各地传递最新的新闻照片，这是电报和电话都无法比拟的优势。尤其在大地震之后，通信线路完全断绝，唯有这项古老的手段，能保证大阪本部获得最真实的消息。难波大助，正是坚守在东京的信鸽管理人之一。

他重新爬下竹梯，膝盖疼得更厉害了。眼下东京一片混乱，私立诊所还有公立病院都关闭了，连个游医都找不见。他开始担心，万一留下后遗症可就麻烦了。

难波大助捶了捶腿，忽然想到刚才那则新闻稿，心中不由得一动。不知道那些中国人医术如何，既然可以派到日本来，应该不会太差劲吧？他决定过去碰碰运气。

赤羽桥和高树町同属于麻布区，距离不算太远。难波大助一瘸一拐地走在路上，街道两侧的废墟里弥漫着焦煳味和腐臭味，后者大概是来自坍塌房屋底下的居民。已经两周了，还没人顾得上来为他们收尸，难波大助掩住口鼻，不由得加快了脚步。

很快他便看到前方在一座小学的体育馆外，门口挂起了醒目的"红十字临时病院"的竖幅。一些穿着和照片里一样的人，正进进出出地忙碌着。其中最醒目的，是一个身材高壮的汉子。他身穿黄色咔叽装，留着一字胡，手拿着一张东京地图，跟一个翻译交谈着。

这是难波大助第一次接触中国人，他认出对方正是照片里的举旗者。那高壮汉子转头瞥了他一眼，难波大助竟平白涌起一阵恐惧，那眼神锐利而凶狠，仿佛看到什么仇人一般。

所幸翻译及时凑过来解围。这是个文质彬彬的年轻男子，身穿日式学生装，头顶露出一层青森森的头皮，一看就还是个在校学生。

翻译自称是留日中华劳动同胞共济会的干事，叫王兆澄，安徽天长县人，在东京帝国大学读农科，现在负责为中国红会救援队充当翻译。难波不认识他，但听过这个组织。新闻里报道过，好像是一个专门保护在日华工权益的机构。

难波大助说出自己的腿伤，王兆澄转译给那个高壮汉子。那汉子从腰间抽出一条浅蓝色的布巾，给他系在胳膊上，然后让开一条路，冰冷的眼神却始终没变。翻译解释说，这是用来标识不同情况的病人，便于及时诊治。难波大助巴不得早点从那汉子的眼光下逃离，赶紧走进体育馆内。

馆内宽敞的场地，已被划分成诊疗区、准备区、休养区等七八个区块，中间用白帘子隔开，充斥着一股石炭酸和酒精的味道。其中休养区的地面，是用各处搜集来的颜色不一的榻榻米拼成的。每隔半米，就摆着一床棉质白被褥和一套打点滴用的支架。

这个临时病院今天刚刚开设，已经容留了附近街区送来的几十个病人，效率高得惊人。这些病人大多是骨损伤、软组织挫裂和伤口感染患者，没有什么重伤员。难波大助再一琢磨，随即释然。距离地震已过去了两周，那些重伤者要么已得到救治，要么已挨不住死掉了。

他走到诊疗区，接待他的是一个戴着金丝眼镜的帅气男医生。男医生正在同时为两位伤员处理伤势，手法纯熟，难波大助尽管不懂医术，也知道他的手段实在不凡。

男医生处理完那两个人，然后转过身来。他迅速检查了一下难波大助的右腿膝盖，通过旁边的翻译说："难波先生的伤情是半月板发生了严重破裂，受伤后又进行了很剧烈的活动。很遗憾，这是没办法自我痊愈的。"

"为什么？"难波大助惊讶地喊道，"骨头难道不是打了夹板，就可以自己长好的吗？"

"就一般情况而言是这样的，但半月板的位置没有血液供应。好在不会危及生命，只是要尽量避免干重活。先去做一个加压的包扎吧，我再开几片止痛药给你。"

男医生给他写了一份处方，让他去后面的包扎区处理。难波大助沮丧地起身，穿过迷宫一样的白帘，却忽然怔住了。他错走到了女性专用区，看到一个女医生正在抢救一个躺在榻榻米上的孕妇。

那孕妇大概是临产发生了血崩，身下的垫子已被血弄污了一大片。女医生一边镇定地向护士发出各种中文指示，一边俯下身子去抢救，全然不顾身上沾满血渍。看到这一幕的难波大助厌恶地皱皱眉头，产妇的血可是最污秽的东西，他想要转身尽快离开。

可就在这时，他注意到，那个孕妇身下垫着的是一件屠夫用的皮衣，黑黢黢的，泛起积年油光，应该是孕妇自己带来的。

"秽多？"难波大助吃惊。

"秽多"是江户时代的贱民，社会地位极为低下。虽然明治之后，这一贱籍称呼改称为"被差别部落民"，但社会上对于这一类国民仍是极度鄙夷。他们找不到好工作，就只能从事屠宰、皮革、殡葬、收捡垃圾等行业。

像这种部落民孕妇，在东京几乎不可能有医生会接待，只能在家里自生自灭。难波大助没想到，这个中国女医生居然会做到这地步。

他呆在原地，怔怔望去，直到一声婴儿的啼哭响彻体育馆上空，他才回过神来。极污秽的生产之血，极低贱的秽多之身，却迸发出有如礼赞生命的第一声啼哭。这一幕极具矛盾性、冲击力的景象，让年仅二十四岁的难波大助陷入呆滞。

女医生把孩子交给旁边的护士，走开几步，一把扯下沾满汗水的消毒帽，恰好与难波大助四目相对。在那一瞬间，难波的胸口如同被电车狠狠撞击了一下。她，她好漂亮啊！即使是和柳原白莲、九条武子这样的大正美人相比，也丝毫不逊色。而且比起日本传统美人的柳眼细眉，那一对杏眼更显得英气十足，生动极了。

女医生此时也发现了难波大助的存在，伸手朝旁边一指，示意他尽快离开这里。难波大助口干舌燥地走出去，整个人完全处于恍惚状态。他甚至不记得接下来护士是怎么给他包扎好膝盖，又是怎么开的药，心中的震撼无以复加。

那一幕奇妙的生产景象，与女医生的容貌，在他脑海中神奇地混杂在一起，形成了一种难以言喻的感动。

难波大助在体育馆内休息了一阵，刻意去打探了一下，得知这支中国救援队是从上海出发的。门口那个眼神凶恶的汉子叫方三响，负责担架队和勤务；给自己看病的眼镜医生叫孙希，是个了不起的外科专家；而那个为部落民孕妇接生的女医生，则是叫姚英子，他们都来自红会总医院。

而这里的最高长官，就是那个有着一张鹅蛋形白净面孔的牛惠霖院长。

到了夜里，整个临时病院的气氛稍微放松了些，电气灯恢复了供电，算是一个好消息。劳累了一天的医护们三三两两聚在一起，稍事休息。

难波大助注意到，姚英子和方、孙两个人关系最好，其他两个人神态比较轻松，而那个叫方三响的却始终沉着脸，好似一个身处敌国的间谍。

他鼓起勇气走过去，恭敬地鞠了一躬，大声道："诸君今天辛苦了，我是朝日新闻社的难波大助，虽然是个没用的人，但希望可以留在这里帮忙。"

三个人都吓了一跳，显然没听懂。幸亏这时王兆澄从旁边赶过来："这里是慈善救援病院。大家都是志愿者，是没有酬劳的。即使如此，您也要来吗？"

难波大助心中一团热气膨胀开来。这些陌生的外国人可以对一个秽多如此尽心，应该是可以信赖的吧？他上前一步，慷慨道："我……我是个社会主义者，是幸德秋水和大杉荣的拥趸。我看到贵方不远千里来到日本，对病人不分贵贱同等治疗的做法，十分钦佩，希望也可以在这里实践自己的理念。"

王兆澄眉头一挑，显然被这个回答惊得不轻。他回过身去，对三位医生如实翻译了一遍。

"社会主义"这个词，他们几个并不陌生，这在中国国内也算是一个热门话题，是苏维埃俄国那边传过来的。方三响率先开口："他说的这些人，都是谁？"

王兆澄解释道："大杉荣是一个左翼社会活动家，在年轻人中很有人气。"

"那幸德秋水呢？"孙希敏锐地追问。

王兆澄压低声音用中文道："幸德秋水是个比较激进的社会主义者，主张要用直接的斗争实现革命。十三年前，日本当局指控他图谋刺杀天皇，抓起来处死了，号称'大逆事件'——难波桑如果崇拜幸德秋水的话，那可要小心考察才好。"

他解释完之后，三人都陷入犹豫。难波大助以为他们怀疑自己的诚意，急切道："我不是伪装的，我一直在四谷读预科学校，就住在鲛河桥旁边，一直都在参与劳工运动和马克思主义小组的讨论会。"

鲛河桥是东京比较著名的贫民窟之一，那里有大量简陋的细民长屋，簇拥着被差别部落民、日雇劳工和乞丐集团。三个人听到这里，不敢自专，急忙把牛惠霖院长请来。

牛惠霖刚刚做完一台手术，手里拎着一把沾满骨屑的线锯就过来了。他脸上永远是一副淡然神色，仿佛这世间没什么事能惊扰到自己。

红十字会总医院之前的历任院长，都是外聘洋人担任。沈敦和去世之后，红会内部有呼声认为中国医院该由中国人来管理。常议会千挑万选，最终选中了人望与资历都堪称沪上翘楚的牛惠霖。他本人一直坚持为法庭做义务医疗顾问，主张每一位医师都要回馈社会，接到邀请后欣然从命，遂成为红十字会总医院第一任华人院长。

这一次红会派救援队来日本，牛惠霖说地震造成的最多的伤害是各种骨折，他作为骨科专家责无旁贷，遂亲自带队上阵，带着总医院的精兵强将奔赴灾区。

听完王兆澄的汇报，牛惠霖沉吟片刻道："你们要知道，这不只是中国红会，也是中国第一次向海外派出救援队，国际观瞻十分重要。尤其目下中日两国关系十分微妙，我们应当严守中立，以避免所有纷争为上。"

"您的意思是，不要难波先生加入喽？"王兆澄确认道。

"所有的政治派系，我们都不要接触。我们来日本只是为了救人。"

他讲这个话，是有原因的。红会这一次派队来救援日本，在国内不无争议。在地震之前，反日运动闹得如火如荼，有人质疑救援敌国有无必要。牛惠霖坚持认为，人道主义与政治应该分开，何况这一次也是彰显中国医生形象的机会，这才促成是行。

所以红会救援队在日本，一定得谨言慎行，尽量不要招惹麻烦。

再一次强调了"谨言慎行"四字之后，牛惠霖别有深意地看了方三响一眼，这才拎着线锯离去。姚英子和孙希对视一眼，都明白牛院长在暗示什么。

方三响这一生中最大的心结，就是当年觉然和尚害死了自己的父亲和全村百姓，为此他孜孜以求，一直在寻找这个日本间谍的下落。只可惜中日远隔重洋，调查迟迟没有进展。

这次总医院决定赴日救援，方三响毫不犹豫地第一个报了名。他算了一下，父亲在一九〇四年去世，那年觉然和尚四十岁上下，如今是一九二三年，仇人倘若还活着，也奔着六十去了，再拖下去，方三响害怕自己没有报仇的机会。

牛惠霖对这段前史知之甚详，故而有此一提醒。方三响攥了攥拳头，终究没吭声，只是肩膀在微微抖动。

姚英子感受到了这个频率，胸口微微有些刺痛。三年前陶管家去世，她感受到了失去至亲的痛苦，直到那时她才明白，方三响这十几年背负着多么沉重的心结。这一次难得来到日本，无论如何，她都希望他完成这个心愿。

那边厢王兆澄已经把院长的决定委婉地转告了难波大助。后者十分失望，耷拉着脑袋，一瘸一拐地朝病院门口走去。

就在这时，他身后传来一声女子的喊声："难波先生，请等一下。"这是一句中文，可难波鬼使神差居然听懂了，停下脚步，转过身来，发现那位女神一样耀眼的女医生，正对着自己讲话。

"你刚才说，你是在朝日新闻社任职的？"王兆澄替姚英子做翻译。

"是的，是的。"难波大助有些激动。

"如果我们想找一个人，拜托你会很为难吗？"

难波大助怔了一下，旋即大声道："我会尽力的！"朝日新闻社的档案以齐全而著称，甚至比地方户籍所还丰富。虽然眼下兵荒马乱，但怎么能拒绝女神的请求？

姚英子得意地拽了方三响一下，向他表功。牛院长要求医生们谨守岗位，可没说不许他们雇人去查。这个人既然是新闻社的，消息必然比别人灵通。

方三响眼神闪动，从怀里掏出个破旧的荷包，从里面拿出十日元。王兆澄小声提醒道："这个酬劳有些多了，可以买四十斤白米了。"

一向小气的方三响，这一次却一点不心疼，依旧递过去，钱里还夹着半张照片。

林天晴的哥哥林天白曾在日本留学，寄回过一张合影。合影里，位于林天白正上方的正是觉然和尚，只可惜照片被剪过，只残留着下颌部分。接下来的十多年里，林天晴和方三响一直尽力联系日本，可惜线索太过模糊，始终未有进展。

当然，这一层恩怨，不必对难波大助详说。方三响指着照片上缀有一大一小两颗黑痣的嘴唇说："我希望找到这个人，年纪在六十到七十之间，曾经在陆军士官学校上过学，参加过日俄战争。"

难波大助没想到，对方手里的线索居然只有半张脸。但自己海口已经夸下，也只好硬着头皮接过照片。他临走前看了眼女神，一看到姚英子满怀期待的双眸，陡然又充满了力量。

目送难波大助的身影消失在夜幕里，方三响忽然开口问："日本的社会主义者，都是些什么主张？"王兆澄道："这个很复杂，每个人的政治理念都不一样。不过大体来说，他们主张废除君主制、贵族院和秘密警察，实行十八岁以上全民普遍选举，八小时工作制，农村平均土地，而且反对干涉外国，林林总总很多。"

"这些主张听上去都不错呀。"方三响面露赞同。

王兆澄苦笑道："正因为如此，所以才被当局所不容。比如他崇拜的那位大杉荣，就主张工人不要沉迷于政治空谈，要果断采取自主行动——这在政府耳朵里，形同暴动了。"

"所以可以信任他吗？"方三响问。

"怎么说呢？日本人的性格有点一根筋。无论是哪一种学说，支持者都普遍表现得很狂热，哪怕付出性命也不奇怪。如果他发现你是同志的话，做出那样的举动也不奇怪。"

"那么你呢？你对社会主义者怎么看？"

王兆澄摸了摸鼻子，坦然道："大杉荣的《劳动运动》、河上肇的《贫乏物语》，还有幸德秋水的《社会主义精髓》，我都看过了。说起来，这些书，还是共济会的会长王希天借给我的，他还抄录了一首诗给我，我想那诗，可以回答你的问题。"

王兆澄大声朗诵起来："人间的万象真理，愈求愈模糊；模糊中偶然见着一点光明，真愈觉娇妍。"

这诗浅白易懂，不似旧体诗那么晦涩，即使是方三响亦能体会到其中含义。这种苦苦追求答案的心境，很让他觉得有共鸣。

"这诗是王会长在东亚高等预备学校的一位好朋友写的，他也是个留日的中国学生。有一次他去京都岚山旅游，有感而发，写了这首诗。王会长很喜欢，抄录了好多张字条，见到人就会送。"

王兆澄有意停顿了一会儿，才继续道："王会长是个大好人，他这几年一直在从事劳工救济。他经常说，要爱同胞，爱世人，才能追寻到内心的真理。我就是受他的感召，加入了共济会，正为旅日劳工解决困难——这次你们能来，我真的很高兴。"

方三响从王兆澄身上感受到了和萧钟英一样的气息。那是一种澎湃的、纯净的气息，和国内政坛那些蝇营狗苟的味道截然不同。他忍不住问道："那位王希天会长如今在哪里？"王兆澄忽然神色一黯，正要说什么，恰好护士喊他，便先赶过去了。

王兆澄离开之后，方三响陷入了一阵沉思。他在国内也接触过不少关于社会主义、共产主义的读物，甚至还定期从曹主任那里免费拿《新青年》。这些论述比起当年的《猛回头》《革命军》更有条理，似乎更能解答自己当年在老青山下发出的疑问。

别说自己了，就连孙先生都认同这些理念，要不然今年他怎么会邀请共产党员以个人身份加入国民党呢？方三响对于政治的这些事，比姚英子和孙希都热心，只是不大当着他们两个的面提起。

他正发着呆，后背猛然被人推了一下，回头一看，原来是孙希和姚英子拎着食盒走过来，叫他来吃晚饭。

食盒是当地赤十字社送来的，里面只有几碗白米饭，上头盖满了福神酱菜和伍斯特酱汁。这是几年前从大阪流行开来的"酱烧饭",便宜简单。

他们拿起筷子吃了几口,发现味道还真不错,酸辣的伍斯特酱配上香甜的米饭,很是解乏。孙希一边吃一边抱怨道:"唉,难得来一次东京,却赶上了这样的景象。本来我还想去银座逛一逛呢。"姚英子用筷子敲了敲盒边:"如果不是发生这样的灾难,你根本就不会来好伐?不要讲这样的话,会被人误会。"

"我和老方其实无所谓,你又何必跑过来吃这个苦?"孙希说。这几年来,姚英子除了专注于保育讲习所的事务,又和张竹君建起一个济良所,专为收留遭遗弃的妓女而用,按说是没时间跑到日本来的。

"我家里那些亲戚,真是越来越烦,我来日本还清净些。"姚英子不耐烦地哼了一声。

她今年三十二岁,尚未婚配。在宁波当地人的口中,她从一个人人称羡的大小姐变成了一个不孝的怪胎。加上这几年来,姚家其他房的人已多次要求过继,连族内大会都开了几次。姚永庚本人倒是疼爱女儿,可也不免念叨几句。

孙希道:"实在不成,我跟你去登个记,堵住你家里亲戚的嘴,再抱养个孤儿过来。你该做什么做什么。"姚英子白了他一眼:"婚姻大事哪能这么儿戏?我无所谓,可是要把你给耽误了。"

孙希哈哈一笑:"我无牵无挂,还能耽误啥?再说,你还有别的人选吗?总不至于选老方吧?"

两人一齐看向方三响。他之前发过誓,父仇未报绝不结婚。这次到了日本,万一真找出真凶,回国后怎么办?林天晴好好一姑娘,可是等了他这么多年。方三响面孔一板:"你们聊你们的,别扯上我。"说完继续低头扒饭。

接下来的两天里,救援队十分忙碌。周围居民得知有临时病院后,陆陆续续都围拢过来,其他收容点也转运来一些轻重伤员,牛惠霖还要分出一支队伍,前往横滨拯救留日学生,每个人都忙得分身乏术。

到了第三天一早,难波大助再次出现在病院门口。他十分兴奋地找到王兆澄,要向几位医生展示自己的成果。

两天就查出眉目来了?方三响和王兆澄都吃惊不小,再一听难波的讲解,更是佩服。

当初方三响和林天晴的调查方向,是寻找林天白在陆军士官学校的同学。这个方向并没有错,但一来中、日学生是分开授课,彼此并不熟悉,二来这些人毕业后分散于天南海北,想要找到他们,难度极大。

而难波大助独辟蹊径，没去找人，乃是从照片上的背景柔道馆入手。

其实照片里的柔道馆背景被林天白遮住了大半，并没有太多线索。但难波大助知道，柔道是嘉纳治五郎在明治时期融汇百家柔术而成的一项运动，开始是在海军兵学校、陆军宪兵学校、陆军士官学校、警察学校等地推广，一直到一九一一年之后才被允许进入普通学校和社会。

林天白是一九一〇年入学，所以他所在的柔道馆，几乎可以确定是陆军士官学校的自设馆。而且自设馆并没有专职的师范代，都是请退役的学长过来教习。

难波注意到，照片上，林天白系着一条赭色腰带，而觉然和尚系的是黑色腰带。这是嘉纳创制的段位标志，从低到高划分为五到一级，然后是初段到十段。赭色腰带，说明林天白位于三级到一级之间；而黑腰带则是初段以上的高手才有资格系的。

可见觉然和尚必然是陆军士官学校的早期毕业生，一九一〇年已是退役状态，所以会来自设馆与学弟切磋。

在地震发生前不久，朝日新闻社为了报道陆军大将山梨半造的大裁军计划，恰好搜集了一大批军官的履历。难波大助只要推算一下觉然和尚参与日俄战争的年龄，再与历届毕业名录对照，便很容易锁定其身份。

难波大助查出来的这个人，叫作江木精夫，是陆军士官学校旧第五期毕业生。

江木精夫出生于一八六〇年，是家中的三男。江木家族非常显赫，老大江木千之是文部省高官；而老二江木衷则是赫赫有名的民法律师，而且还是个汉诗名人。

江木精夫与两位哥哥相比，要黯然得多。他从陆军士官学校毕业之后，便加入朝鲜驻屯军，后来被派去营口，以三井洋行为掩护从事间谍工作。日俄战争结束后，他选择了退役，利用精通朝鲜语与汉语的优势，成立了一家叫作江木建筑会社的企业，招募大量中国、朝鲜劳工在东京从事民居开发。

众人看向这个其貌不扬的年轻人，眼神充满钦佩。

难波大助不好意思地抓了抓头，拿出一期叫作《郊外生活》的园艺杂志。当期访谈的主角江木精夫站在满是盆栽的院子内，照片上的他已有六十三岁，一脸慈祥。事隔十九年，方三响还是立刻认出那一张深深烙在脑子里的恶魔面孔，唇边一大一小两颗黑痣，格外醒目。

"就是他！"

方三响的血压转瞬间飙升，不由得抓住难波大助的胳膊，急切道："江木现在哪里？"难波大助翻看了一下杂志内文："他住在东京市郊的南葛饰郡大岛町，有没有受地震影响就不清楚了。"

"带我过去。"方三响有些失态。

孙希赶紧抓住他的胳膊，低声道："老方，冷静一下。我不是不让你去啊，但你得先想清楚，等会儿见到这个仇人，你准备怎么办。你别忘了，自己是个医生啊。"

方三响愣住了，他这么多年来，心心念念要找到觉然和尚，却还没想过，找到以后要怎么样。他现在的身份是红会医生，一旦动手杀人，且不说医德有亏，必会在日本激起轩然大波，红会救援队都要被牵连。

方三响在心中天人交战，不知如何是好。这时姚英子也赶过来，她的态度和孙希不太一样：

"无论你做出什么决定，总归先去见上江木一面。当面告诉他，沟窝村的人没死绝，十九年来一直有人惦记着。让他知道，作恶是有报应的，你看他晚上还能不能睡着。"

孙希和方三响都没想到，姚英子居然对这件事看得如此通透。姚英子见两人眼神诧异，轻轻喟叹一声："这还要感谢陶伯伯。这几年来我一直想着他的事。我当然不希望他是那样的结局，但他临死之前能直抒胸臆，明白地讲出自己的愤怒，清楚地让对方听到，令对方害怕、后悔，也不失为一种圆满。复仇这种事，一定要堂堂正正地去做。不讲讲清爽，不让对方知道前因后果，就算真杀了对方，也没有意义——所谓明正典刑，不就是这么回事吗？"

既然姚英子都这么说了，方三响便下定了决心，先去那个大岛町看看。

姚英子赞赏地看了难波大助一眼："真是太感谢你了，两天之内就解决了他多年的疑惑，真是太感谢了。"

"这是我应该做的。"难波大助激动得肩膀发抖，一拍胸脯，"南葛饰那边我有很多同志，如果你们要去那里，我一定可以帮上忙的。"孙希眯起眼睛，感觉到这个年轻人过于热心，对姚英子道："英子，你注意点啊，这家伙可有点动机不纯。"姚英子耸耸肩："别把别人想得和你一样，他只是出于好心。"

姚英子觉得事到如今，再对难波大助隐瞒实在过意不去，便把方三响和江木精夫的恩怨和盘托出。难波大助听完之后，大为气愤："大杉荣老师曾经说过，统治阶级对于无产者的压迫，其中一种形式就是无理地对外扩张，用侵略外国来掩盖对国内的压榨。我们社会主义者是坚决反对的，也一直要求政府从朝鲜、从中国台湾、从桦太撤军。"

有女神的注视，他说得手舞足蹈，应该是没少在私下集会里演说。姚英子听得津津有味，孙希却一脸不爽地抱起手臂："胡博士说年轻人应该多研究些问题，少谈些主义。我看他的主义就挺多的——哎，老方，你什么时候去？"

方三响恨不得立刻就走，可按照红会救援队的纪律，他必须向牛惠霖院长提出正式申请。可以想象，牛院长是不可能批准这种事的。这时王兆澄忽然道："其实我有一件事，能不能拜托方医生？"

"嗯？"

王兆澄略显局促地道："我们共济会的会长王希天，其实失踪很久了，至今不见下落。他最后一次露面，应该就在大岛町附近，我想和你们一起去找一找。"

"哦？他也是在地震中失踪的吗？"

"不是，他是地震后去大岛町的。因为王会长收到一个华工的消息，说那里有可能出现袭击华人的现象，他赶去了解情况，后面就再没任何消息了……"

对方三响来说，王兆澄这个请求，恰好可以解决自己的麻烦。牛院长对救援队做过明确要求，要以救助华侨同胞、留学生为主。以搜救王希天为理由去请假，名正言顺。

方三响二话不说，立刻赶去向牛惠霖请假，很快得到了批准。可惜姚英子和孙希的申请被驳回了，他们几个是主力，全走光的话病院都没法运转了。姚英子只好拜托难波大助跟着一起去，后者拍着胸口一口答应下来。孙希酸溜溜地说了一句："哼，真是忠感动天……"

在方三响的催促之下，三个人立刻离开病院，踏上前往大岛町的路途。

大岛町位于东京市东边的南葛饰郡。这一带在江户时代还属于郊野，随着东京都市圈的扩张，原本的村子纷纷改制成町。不少达官贵人趁机在这一带购入土地，江木精夫赶上这股风潮，才把建筑会社做大。

本来他们如果乘坐东武龟户线的电车，可以很轻松地抵达。但大地震导致所有的轨道线路都停摆了。幸亏难波大助找来三辆自行车，三个人沿着崎岖不平的废墟朝南葛饰郡骑去。

这一路上的路况并不太平。方三响握住车把，一边不断避让着断木或石块，一边观察周围的疮痍景象。他在中国亲身经历了无数次的灾难，从淮北水灾到上海鼠疫，从辛亥战乱到胶州旱灾，此时看到的东京市民与中国民众并无不同，人类在灾难面前的反应都差不多。

如果说有什么不同，东京这里几乎每一个路口都有警察驻守，沿途时常能看到区公所的公务员在废墟上忙碌——这说明日本政府在震后的反应速度很快。而在中国，从前清到如今的民国政府，很少能在大灾面前履行政府的义务。红会救援队往往只能单打独斗，他们早就习惯了。

方三响虽然憎恶日本，但也不得不承认，仅就动员能力而言，两国的差距实在太大。他正埋头蹬着车子，忽然王兆澄在后面惊呼：

"小心，前方有人！"

方三响猛然回过神来，发现前面突然蹿出一个人影。他拼命捏住刹车，右脚垂到地面死死蹬住地面，这才勉强没撞到。

前面这人是个二十岁出头的青壮，头发刮得只剩青皮，身穿立领的诘襟学生服，却把领口扣子敞开，头绑一条白束带，右肩扛着一把竹刀。而在他身后，不知从哪里拥出十几个人，一半穿着诘襟服，另外一半则披着粗布和服，下身光着两条毛腿，行走间甚至可能看到兜裆布。

这些人个个手里都拿着竹枪、木刀，有一个甚至拿着一把真正的武士刀，在阳光下泛着危险的光芒。

为首的青壮恶狠狠地盯着方三响，忽然从口袋里掏出一把黄澄澄的硬币，递给方三响，说了一句日文。这个举动让方三响有点糊涂，如果是拦路抢劫，他能理解，但拦路给人钱，是怎么一回事？

那青壮见方三响无动于衷，面色变得亢奋起来——对，不是愤怒，而是亢奋，他的眼角张开，鼻孔变大，呼吸变得粗重起来，而手里的竹刀也悄然调整了位置。方三响觉得不太对劲，只好先接过去。

硬币上面写有汉字和数字，方三响不懂日文也大概能猜出来。一共有五枚一元龙洋、两枚稻米旭日五圆和一枚双凤五十钱的银币，这一把合计是十五元五十钱。

青壮又嚷了一句日文，方三响还没来得及问为什么，王兆澄在旁边已急切地用日文喊道："我们是中国人，不是朝鲜人！请你们不要误会！"

可为时已晚，那青壮已经一脸兴奋地举起竹刀，恶狠狠地朝方三响头上砸去。方三响比他高出将近两头，骤见竹刀袭来，伸手攥住刀身，振臂一挥，便把他扫倒在地。

青壮的同伴们一片哗然，有几个胆大的嗷嗷叫着冲上来，却被方三响三拳两脚，悉数打翻在地。搏击之术，说到底还是取决于体重，方三响膀大腰圆，又跟陶管家学过一点粗浅的功夫。这些身材矮小的倭人，等闲几个真不是对手。

那个拿真刀的见同伴被打得东倒西歪，不由得勃然大怒，高举着大刀猛劈下来。方三响听到风声，急忙闪避，结果胳膊上被划出一道长长的口子，登时血流如注。

那人一见血变得更加疯狂，又劈斩过来，方三响旋身避过，攥紧拳头狠狠砸在那人腰眼处。只听对方惨叫一声，"当啷"一声扔下武士刀，蜷缩在地上。

这一下子，其他举着竹枪的人都被吓得退后了几步，嘴里还骂骂咧咧。难波大助主动上前，跟他们交涉。方三响趁这个机会，从腰间的挎包里取出酒精与绷带，给自己的胳膊包扎，没想到，这些急救物资倒先给自己用上了。

王兆澄站在旁边，一脸紧张地解释。原来关东大地震发生之后，东京坊间传出许多奇怪的流言，说朝鲜劳工趁着地震大乱的时机四处杀人、抢劫、强奸，还会在水井里投毒、组织大规模暴动，甚至还有说这次地震是朝鲜人在伊豆半岛引爆炸弹引发的。这些流言引起了极大的恐慌，各地民众自发组建了自警团，歇斯底里地到处捕杀朝鲜人。

朝鲜人和日本人、中国人都是黑头发、黄皮肤，无法从外貌上进行甄选。这些自警团的成员，就用数钱的方式来鉴别。日文的"十五元五十钱"读出来有数个浊音，朝鲜人很难准确发音。他们一旦被发现，就会被活活打死。

"就凭这个？"方三响骇然，"未免太野蛮了吧？这根本就是屠杀呀。"

王兆澄也是一脸苦笑。其时在日本的朝鲜劳工特别多，地位比"秽多"还要低下，却在基建行业占据重要地位。所以日本社会但凡有什么怨气，都会引到这个群体身上。拦街检查都还是轻的，甚至他还听说有暴民冲进朝鲜劳工聚集点，把人全家不分老小统统杀掉的事。

"如此明目张胆，警察竟然不管吗？"

"大震之余，他们哪有余力管这个？官方恐怕也想借这些谣言，把老百姓的注意力转移开来。"王兆澄道，"我们华人的地位，也仅仅比朝鲜人高那么一点。这次地震之后，也有不少华人被误伤。我们共济会的王会长，就是为了保护华人劳工不受冲击，才四处奔走，去大岛町的。"

方三响用绷带缠满胳膊，心中惊诧到了极点。救援队在临时病院里接治的那些病人，个个文质彬彬，不住鞠躬道谢，满口谦辞，看上去都很客气知礼，难以想象他们在街上会疯狂到这地步。

王兆澄道："您来日本时间还太短，待长了就知道了。日本人的性格比较极端，讲起礼貌来，哪怕心里恨得要死，面上也不会有一句重口；耍起无赖来，一言不合就是杀对方全家，要么全家自杀。别说我们，就是那些政府高官，也动不动就会被反对派在街头干掉。远的不说，前两年有个首相叫原敬，就因为劝说皇太子裕仁出访国外见见世面，便被右翼分子刺杀在东京车站前。"

方三响听得瞠目结舌。陈其美就喜欢动用暗杀手段，看来也是从日本人这里一脉相承。

那边难波大助费尽唇舌，总算把自警团的人暂时劝住。这时附近的巡警也赶过来，查验了方三响和王兆澄的证件后，冷冰冰地说："现在是非常时期，请你们尽量不要乱跑。"

方三响闻言大怒。你对这些暴徒动用私刑的行径熟视无睹，反倒怪我们添麻烦？王兆澄拽了拽他的衣袖，劝他暂且隐忍。

自警团站在街道两侧，目视着这三个人重新跨上自行车，忽然齐声唱起《君之代》来，中间还夹杂着"天皇万岁"的喊声。这并不是警察要求的，完全是自发行为，方三响霎时毛骨悚然，不由得加快脚蹬。

好不容易骑离了那个区域，方三响忍不住问难波大助："你周围的人，也都是这样子吗？"难波大助迟疑片刻，回答道："大部分吧。"

"那你是怎么会成为社会主义者的？"方三响觉得很神奇。

难波仰起额头，鸡窝一样的头发朝后飘去，似乎在努力地回想。

"我原来和我父亲一样，是一个皇室中心主义者。第一次转变，应该是我在山口县上中学的时候吧。当时陆军大将田中义一要返回山口家乡，我们被老师驱赶着，顶着暴风雪在道路两旁排队迎候。那一天可真冷啊，我的一个好朋友因此得了肺炎。没想到老师非但不慰问，反而训斥他无礼，还说田中大臣是对国家有贡献的人，我朋友居然在迎接他的时候生病，简直就是亵渎。我在旁边听得气不过，直接揪住老师打了一顿，结果被退学了，转去了鸿城中学。"

"能去鸿城中学读书，你家的条件好像还不错呀。"王兆澄问。

"我家是长州藩清水氏的一支，我父亲是众议院的庚申俱乐部成员。无论是过去还是现在，都是压迫无产者的集团之一。"难波大助面无表情地说。

王兆澄倒吸一口凉气。长州藩清水氏且不说，这个庚申俱乐部是近年来在众议院结成的一个派系，没想到这个满脑子革命的小家伙，居然是议员家庭出身。

"我在鸿城中学也没待很久，对于学校内的腐朽气味无比反感，索性搬去了东京的四谷，看到了穷人的生活和很多不公正的事，但我那时只是单纯觉得气愤而已。直到我参加了社会主义联盟的一次集会，听了大杉荣先生的演说之后，才知道产生这种不公正的根源在哪里。不在于种族，不在于国策，也不在于政治家的个人品德，而在于阶级之间的根本矛盾。

"从那以后，我便豁然开朗了。我参加过友爱会的足尾铜矿山大罢工，也参加过新潟县的三升米佃农纠纷事件,还有大正七年(一九一八年)的米骚动。我清楚地看到,藩阀、地主和贵族院那些可恶的家伙是如何勾结起来,榨取无产阶级的血汗的——这非得采取果决的行动不可。"

难波大助说到激动处,猛地一拍车头,铃铛作响。方三响听他讲着,心中感慨。孜孜以求寻找答案的人,原来不止自己。

这场自行车上的即兴演说,持续到了他们抵达大岛町。

大岛町的惨状,与东京其他区域并无区别,同样被层层叠叠的瓦砾与断木所覆盖。好在这个区域位于京郊,房屋不算密集,没有燃起成片的大火,算是不幸中的万幸。

按照那本《郊外生活》的杂志所说,江木家的宅邸位于中川河畔,是一栋最新式的水泥钢筋房屋。据隔壁的邻居说,宅邸里只有江木家的眷属,他本人并不在里面。

方三响听说之后,大为失望。难得他请假出来,却扑了个空。唯一值得庆幸的是,至少江木精夫没有死于地震,要不然他可是白来了。

难波大助见在江木宅邸这里没有机会,建议说:"我们不妨去旁边的龟户町。那里有一个南葛饰劳动协会本部,人脉很广,也许能得到一些帮助。"方三响问这是个什么组织。难波大助回答说:"是社会主义者结成的一个工会联盟,领导人河合义虎还是日本共产青年同盟的委员长呢,平时我受过他很多照顾。"

方三响忍不住道:"你们日本的左翼组织未免太多了吧?这几天我都听了不下十个名头。"难波大助羞赧一笑,抓了抓头皮:"人多力量大嘛。"旁边王兆澄插嘴道:"我听说苏俄那边,都是一个政党,延伸出去很多分部在各地基层,由共产党员主持工会。你们干吗不这么搞?"

难波大助有些为难地叹息道:"没办法呀,大家总会有分歧。就拿我参加过的友爱会来说,有人主张协调主义,与资本家谈判;有人主张工团主义,要积极地采取斗争的方式。结果先分裂出去一个矿工总联合会,然后友爱会也改名叫日本劳动总同盟了……"

方三响及时阻止了难波大助的讲解,否则他的脑子里还要至少被灌入十个组织名称。

他们从大岛町骑到龟户町,只用了十几分钟,还不够难波把所有左翼组织介绍完备。当三人来到劳动协会本部的长屋前时,难波大助突然"啊"了一声,惊慌地从自行车上跳下来,差点摔倒。

这是一间江户时代的破旧长屋，没有玄关与院子，一层开门即当街。它夹在一间和果子铺和一间酱油铺之间，奇迹般地从大地震中幸存下来。但此时这间长屋的门板向内倒在地上，中间裂开，一看便是被大力踹开的，里面的榻榻米上洒满了斑斑血迹和碎纸片，煤油灯与木屑散乱不堪，一片狼藉。

难波大助惊慌地冲进屋子，里面空无一人，只看到地上扔着一块写有"南葛饰劳动协会"的牌子。方三响和王兆澄站在门口，望着难波上上下下地搜寻，心中生出一股不妙的预感。过不多时，难波满脸惶急地冲出长屋，说二楼的劳协成员名册也没有了。

"是不是临时搬家了？"王兆澄问。难波摇摇头："不可能，如果是搬走，不可能留下这样的混乱。"

凭他的犀利眼光，一眼便看出这是一次意外突袭造成的结果。而且袭击者明目张胆，撤离得极为从容。他在榻榻米之间来回扫视，忽然蹲下身子，从两叠之间的空隙里，抠出一枚铜纽扣。

纽扣上有一朵菊花——这难道是龟户警署干的？难波心中一凉。过去几年，他们社会主义者的聚会与住所经常会被警察突袭，已经是家常便饭。但在这个节骨眼上，警察还搞这个做什么？

难波又跑去两侧的店铺询问，可惜没有一家是开门的。这时他侧眼瞥到，从和果子铺旁边的侧巷里伸出一个人头，又飞快地缩回去。他迈步追过去，只看到一个人影慌张逃开。听到难波喊了一声，方三响和王兆澄也追了过去。

日本这种临街的长屋，叫作表长屋。在表长屋的后方，是一排排彼此紧密相连的隔间平房，叫作里长屋，平民们就住在这些只有几张榻榻米大小的隔间内。这一带的里长屋本来就犬牙交错，格局复杂，再加上大地震损毁了将近一半的屋子，更把街区变成了迷宫。

他们三个人在半坍塌的木屋与废墟中追逐了许久，最后还是方三响腿长体壮，一马当先，在一处水井旁绊倒了那个人，用大腿压住了其脖颈。

这人身材瘦小，一身皱皱巴巴的和服，袜子几乎要磨出脚指头来，在方三响的压制下，根本动弹不得。

"金性伍？"难波大助和王兆澄同时认出了这个人。那人抬起脖子，发现是他们俩，也停止了挣扎。方三响狐疑地松开大腿，听名字这是个朝鲜人？

原来这个叫金性伍的老头，是一个在日朝鲜人，负责为朝鲜劳工团做翻译，日、韩和中文都挺流利。南葛饰劳协主张国籍无差别论，而共济会也曾救济过朝鲜人，所以金性伍跟两边都很熟悉。

据金性伍自己说，地震之后，南葛饰郡的各町都出现了朝鲜人袭击事件，他也被几个拿镰刀的少年攻击，砍伤了手指，侥幸逃脱之后，就躲到了这一带的废弃长屋里。刚才他饿得实在受不了，打算到表长屋一带找点吃的，结果正好被撞见。

"等一下，你说这长屋被废弃了？那劳动协会呢？"难波急切地催问道。金性伍面色煞白，瘫坐在地上不住摇头："都死了，都死了。"难波双目圆瞪，几乎要吼出来："怎么死的？地震遇难吗？"

"不是，是地震以后的事了，差不多是九月三日吧。我当时本来想找河合先生寻求庇护，没想到刚赶到协会附近，就见到龟户署的警察冲进长屋，抓走了河合先生和其他十几个成员，指控他们挑唆朝鲜人发起暴动。到了第二天，我听附近的人说，警察把他们移交给军方，统统押到荒川放水路处决了。"

难波"扑通"一声跪在地上，从咽喉里发出悲鸣。他满心来找劳协求援，没想到这些同志竟然惨遭灭门。河合义虎之死，对他的冲击尤其之大。

河合是难波大助社会主义思想的启蒙老师，也是带着他去实践工人斗争的领导。骤闻噩耗，难波根本无法接受，只能用拳头一下一下砸向井边的护栏，护栏被砸折，尖刺把拳头割得鲜血淋漓，他仍浑然不觉。

王兆澄同样脸色铁青，问金性伍是否在大岛町见到过王希天。金性伍摇摇头，说现在的大岛町十分危险。这里有个劳工寮，住着两百名朝鲜工人和一百多名温州华工。地震之后，当地的自警团数次发起袭击，劳工们奋起自保，两边冲突不断——他就是怕卷入其中才逃出来的。

"那糟糕了，王会长就是去的这个劳工寮！"

王兆澄的表情登时绷不住了。王希天这几年一直为华侨与华工权益奔走，得罪了太多日本人，早成了政府眼中的麻烦分子。听金性伍这么说，他在大岛町简直凶多吉少。

王兆澄毕竟还是个年轻学生，一想到王会长凶多吉少，眼泪便哗哗地流下来。他和难波大助一个哭，一个砸井，都陷入彷徨无计之中。

方三响默默地走到井边，打上一桶井水来。地震之后，地下水浑浊不堪，他就把这一桶浑浊的井水毫不客气地泼到了他俩头上，两个小年轻同时打了一个激灵。

"你们清醒一下，敌人是哭不死的！"方三响训斥道。王兆澄擦擦眼泪，总算敛起了表情，难波大助也默默地缩回了拳头，用兜里的手绢缠了一圈伤口，但还是有血迹沁了出来。

虽然王希天的事情跟方三响无关，但他这几天听了不少关于这位劳工领袖的事迹，心存敬意，更不能袖手旁观。他蹲下身子，把金性伍扶起来："所以大岛町那边，现在到底是个什么状况？"

"不知道，我真的不知道……"金性伍拼命摇头，"我离开的时候，骑兵队已经把大岛町的劳工寮附近都封锁了，只有江木社长能进入。"

"等等！你说谁？"方三响的大手猛然把瘦小的金性伍拎了起来。

"江……木精夫社长。"金性伍战战兢兢地回答，两只脚悬离地面，不安地抖动着。这个名字一报出来，他感觉几乎要被对方眼神里蹿出来的赤焰所灼伤。

直到王兆澄过来劝方三响松松手，金性伍才得以喘出一大口气，解释前后情由。

大岛町劳工寮里住的朝鲜人和中国人，正是江木建筑旗下的劳工。如果他们被袭击，江木建筑肯定要蒙受损失。所以身为社长，江木精夫肯定要出面去劳工寮保护公司"资产"。

看来有必要去一次大岛町的劳工寮，无论是为了王希天还是江木精夫。方三响暗自下了决心。

他扫了周遭一眼，王兆澄只是一个普通留学生，这时情绪几乎崩溃；难波大助虽然是日本人，但他此刻双眼赤红，浑身散发着一股绝望的戾气。劳协的溃灭对他的精神冲击实在太大，方三响有一种直觉，只要现在给他手里塞一把刀，难波大助就敢直接去冲击警察署。

眼下这个疯狂的环境里，只有身为红十字会医生的方三响，还算是有安全保障。

方三响权衡再三，开口让他们回临时病院去。王兆澄和金性伍还没说什么，难波大助却捏着拳头吼道："我要去，我要为河合先生和劳协的同志们报仇！"

"你要找谁报仇？"方三响反问。

难波大助一下子呆住了，劳协是龟户署警察抓的，人是军队杀的，命令也许是东京都厅或军部下达的，并没有一个具体的人的意志，而是一个庞大的官僚体系的联动。他喊着要报仇，总不能推翻整个体制吧？

难波大助回答不出这个问题，可他还是倔强地拒绝离开。如果就此转身离去，在他看来是彻头彻尾的懦夫行为。王兆澄也站直了身子，表示："方医生，你不懂日文，没有翻译怎么行？何况王会长生死未卜，我岂能轻易撇开？"

方三响扫视着这两个义愤填膺的年轻人，忽觉唏嘘。往常他和姚英子、孙希一起行动，他总是最冲动的那个，如今年岁渐长，反倒要安抚更年轻的人。方三响稍微松了口，说："我们先去那附近看看情况，但不要轻举妄动。"

只有金性伍拒绝前往，他实在是骇破了胆，一猫腰，又钻回那一片破败的长屋废墟里，活像一条丧家的野犬。

三人重新返回大岛町之后，根本不用打听，只需要一路朝坡下走，很快就找到了劳工寮的位置。

大岛町的劳工寮建在整个町地的最低洼处，这是所谓"恶地"，日本人即使是农民也不愿意在这里安家。它的边界，是用疏浚横十间川的污泥堆出来的，与外面形成鲜明对比。所谓的寮，其实就是一大片高高低低的木板钉屋，里面没有干净用水，也没有公共厕所，只有一片片黑乎乎的灰泥。

讽刺的是，地震对于劳工寮的影响并不大。因为这些钉屋实在太简陋了，塌与不塌根本没什么区别。

三个人一路走过去，并没有军队或自警团的人阻拦。他们走进劳工寮门口，才发现为什么。整个寮区此刻静悄悄的，空无一人，只有污泥之中残留着无数皮靴、木屐与光足的脚印，仿佛居民在一夜之间全部匆匆撤走。

三个人面面相觑，金性伍明明说他离开时，劳工寮被军队封锁起来了，这里面到底发生了什么？难波蹲下身子，在脚印之间发现了一只被踩死的腐烂幼鼠。通过幼鼠的腐烂程度和蛆虫数量，难波判断这里的人是九月十日，也就是七天前撤离的。

这个时间，恰好与王希天进入大岛町的时间是前后脚。

恰好一个手持竹枪的少年兴冲冲地跑过河滩，难波把他叫住。这少年不过十五六岁，难波用一小块吃剩下的芋羊羹，便轻而易举取得了他的信任。

小家伙叫弥助。按照他的说法，自从地震之后，大岛町劳工寮里的朝鲜人便十分不安分，他们趁着混乱出来偷东西、抢劫贵重财物，甚至还杀了几个独居的老人和寡妇。周围的居民组成了自警团，那些朝鲜人便把劳工寮的大门封闭起来，变成一座独立城堡，拒不交出罪犯，差点演变成了一场笼城合战。最后军队及时赶到，才把他们从劳工寮里驱赶出来，带去了别的地方。

"那些肮脏的郑某，一看到军队来到，立刻就乖乖开城投降啦。实在可惜，我本来还打算像真田幸村那样，把他们全都斩杀掉！"弥助挥动竹枪，沉浸在一代名将的威风中。

所谓的"郑某"（チョン），是日本人对朝鲜人的蔑称。看到这孩子小小年纪便用得如此纯熟，方三响和王兆澄脸色都不太好。

难波又问弥助，是否知道"郑某"们去了哪里，弥助摇了摇头。他又拿出王希天的照片，弥助盯着看了半天，忽然一拍巴掌："是啦，我记得！自警团在笼城的时候，这个人高举起陛下的写真，进入寮内。我跟着我大哥正爬在附近的松树上，负责观察敌情，正好看到。"

王兆澄对方三响解释说，天皇的御影写真，对普通市民来说，是神圣不可亵渎的物品。王希天靠这个办法避开自警团的骚扰，进入寮内，倒真是绝妙。

可王希天进去之后做了什么，军队把劳工转移到了什么地方，弥助就全然不知了。难波把他放走，王兆澄怔怔地看着那棵松树，忽然"哎呀"一声，一拍脑袋："我想起来了！"

"想起什么了？"方三响问。

"我们共济会为华工争取权益，警察经常来找我们麻烦。所以王会长发明了一个传递消息的可靠办法，把文件藏在天皇御影的相框里。日本人极为尊崇天皇，没人敢拆开来检查，每次都能顺利过关。"

难波恍然："你的意思是，王会长如果和劳工一起被军队带走，他一定会设法把消息藏在御影写真的相框里，寄存在附近？"

"是的，以王会长的缜密风格，这是极有可能的。事实上，这是他唯一的选择。"

方三响耸耸肩，他实在无法理解这个心态。中国那边，可没见过谁把光绪、宣统或者袁世凯的照片当成圣物供奉，连搜都不敢搜。

不过既然王兆澄提出了这样的可能性，他们当即离开劳工寮，开始搜寻。在附近差不多数百米开外的地方，居然真的有一家写真馆，或者说，曾经有一家写真馆。

整个店铺已经在地震中彻底坍塌，照相器材也尽数损毁。不过侥幸活命的店主倒是真有韧劲，他从瓦砾中扒拉出一批御影，索性在建筑残骸前摆摊开卖。地震过后，人心惶惶，这些带有祈福性质的照片，销量反而比平常更好。

他们三人找到店主，询问最近是否有寄存的御影送过来。店主表示先前确实有人寄存了一张在这里，但他们得证明是主人才可以取走。

这个难不倒王兆澄。共济会为了避免混淆，都会在藏文件的御影上留下一个独特的记号。这个记号，其实是宋徽宗使用过的花押。它是一个字，但独特的书写风格，可以呈现出"天下一人"四个字来。很少有日本人懂这个，作为共济会的暗号再合适不过。

王兆澄先手写了"天下一人"给店主看，然后店主在那一幅御影的侧框也看到了同样的符号，两下验证无误，很痛快地交出来。

这是一幅明治天皇的西式戎装照，三人没敢在公开场合拿出来，找了一条僻静小巷钻进去，这才开始动手拆。王兆澄在撬开相框之前，看了一眼难波大助，毕竟他是日本人，怕当面做会有忌讳。没想到难波毫不客气地伸出没受伤的拳头，"哗啦"一声，捶碎了镜框，明治天皇的脸上，顿时裂成数块。

"皇室也是统治阶层用来压迫无产者的工具，我们社会主义者主张废弃君主制，砸碎写真不算什么。"他面无表情地解释着，把手掌上的玻璃碴一一拂干净。

方三响觉得，难波自从得知劳协全员被杀之后，性格似乎有了微妙的变化。他不擅掩饰，所以这变化连方三响都觉察得到。

"找到了！真的有！"

王兆澄忽然欣喜地喊道。他小心翼翼地从御影后面取出一张对折的牛皮字条。纸上的字迹非常潦草，句序也欠齐整，一看就是在匆忙中写出来的。

王希天这封信里，丝毫没有提及自己的处境，而是发出了一个可怕的警告："劳工众，或习志野转移，屠杀可能，至急。"

难波对习志野这个地方很熟悉。它位于千叶郡西北的津田沼町，原本是一片沼泽与原野，后来被拓宽成一片练兵演习场，被命名为习志野演习场。这里没有居民，只在附近驻扎着几个骑兵联队，还有一个日俄战争时期的战俘营。

"这可是几百条人命啊。民间的自警团也就算了，军方真的会这么疯狂吗？"

方三响捏着牛皮纸，喃喃自语。听到日俄战争战俘营，他蓦然想起了十九年前的一件往事。

那是在日俄战争期间，当时他还是一个在营口医院里苦苦求生的小男孩。当日军攻克旅顺要塞的消息传入医院时，一个旅顺籍的老人吓得伤口逆裂，血流不止。原来日本人早在甲午战争时就占领过旅顺，整整屠杀了四天三夜，两万多人遇难，全城一共只活下来三十六人，他是其中一个。所以老人一听日本人又一次打下了旅顺，噩梦重来，竟这么活活吓死了。

旅顺口的疯狂屠杀，本来也是毫无必要的，但日军不也这么干了吗？在陷入魔怔的日本军人眼里，这几百名劳工，恐怕不比习志野的一丛野草更贵重。

方三响放下牛皮纸，两条浓眉紧紧拢在了一处："不行，身为医生，我不能容忍这样的事发生——难波桑，习志野离这里远吗？"

难波大助立刻回答："从大岛町这里向东跨过中川和江户川，有个十二三公里的距离吧。"方三响"嗯"了一声："那就拜托你带个路，我要去那边的战俘营调查一下。"

"可您只请了一天假。"王兆澄提醒。

"人命关天，顾不得许多了。何况我一直要找的仇人，应该就在那里。"

这些劳工都是江木精夫的会社资产，如此大规模的移动，他本人一定随行。所以于公于私，方三响都必须去一趟。

方三响把那张牛皮纸递过去："兆澄，你带着这个消息，尽快返回临时病院。"

"啊？"王兆澄愣住了，不是说好了一起去吗？

"这件事太大了，不是我们能解决的。我负责去战俘营搜集第一手的证据，免得日本人不认账。你尽快通知中国驻日官员，让他们从外交途径施压。"

方三响顿了顿，又补充道："我去战俘营还能顺便找找王会长的下落，他一定也被困在那里。"

王兆澄嘴唇动了动："我是华工共济会的干事，又懂日文。于情于理，应该我去战俘营才对，该是您把信送回。"

方三响一拍他肩膀，微微一笑："别忘了，我是个传染病医生。那么多劳工聚在一块，有极大的时疫风险。我进入战俘营去防治疫情，是理所当然的事——谅他们不敢对红会成员有什么歹心！"

王兆澄承认方三响说得不错，只是那种临阵脱逃的歉疚，在心里始终挥不去。这时一直保持沉默的难波大助忽然开口："方医生，你是从中国来的医生，是打算只把中国人救走呢，还是连朝鲜人一起救？"

"当然一起救。都是一样的性命，哪有什么国籍之分？"方三响想都没想，立刻回答。难波大助眼神泛起光亮来："大杉荣先生和河合先生一直以来的主张，是劳动者权利的国籍无差别化，全世界无产者都要团结起来——我也要陪您去习志野，完成河合先生的遗志。"

他说得郑重其事，王兆澄却想起一个技术难题："你不懂中文，方医生不懂日语，我若是走了，你们两个怎么交流？"

"这件工作，就交给我来做吧。"

难波大助还没答话，一个嘶哑的声音从身后传来。他们回头一看，居然是去而复返的金性伍。面对三个人诧异的目光，这个朝鲜老头畏畏缩缩道："其实我刚才一离开就后悔了……龟户町那边的自警团越来越多，挨家挨户地搜。与其被他们揪出来像狗一样杀掉，还不如跟着你们踏实一点。"

"可我们是要去习志野的战俘营，一样很危险。"

金性伍嘴角一耷拉，语气苦涩："如今哪有安全的地方啊？你们中国人遭了难，好歹能找大使馆求助，至不济还可以偷渡回国。我们朝鲜人呢？无家可归，无国可回，出了事只有自己的同胞帮着收尸。若连同胞都没有，那可真成了'郑某'啦。"

大韩帝国一九一○年便被日本吞并，金性伍这样的在日朝鲜人除了一纸劳工帖之外，没有任何身份证明，比"被差别部落民"还要等而下之。他前几天曾目睹了一个中国留学生和一个朝鲜商人在街上被同时拦住，自警团的人羞辱了留学生，但把他放走了，而那个朝鲜商人却被拖到大街中央，浇上灯油活活烧死了，周围的人齐声鼓掌，说消毒啦消毒啦。

可见同样被歧视，有祖国和没祖国，在日本国民心目中还是有着微妙的差异。

金性伍愿意加入是最好，他通晓中、朝、日三国语言，又常年为劳工担任翻译，是最适合的人选。

王兆澄又叮嘱了几句，告别三人。他担忧王会长的安危，一分钟都不愿意耽搁，骑上车子风驰电掣地赶回红会临时病院。

说来也巧，中国驻日代办张元节恰好前来视察，在牛惠霖院长的陪同下在救护区转悠。他身旁还跟着几个人。这几个人身穿日本军装与马靴，皮带扎得严整。他们紧随张元节之后，却并不关心他的行动，反而不时四处张望，眼神犀利。这些人中只有一个人没穿军装，而是着一袭松散的棋盘格和服，仁丹胡，手持拐杖悠闲地走着。

王兆澄顾不得计较这些，他钻过人群空隙，冲到张元节的跟前，众目睽睽之下喊道："张代办，大岛町出事了！请您快去救救他们！"

周围的军人一听，纷纷把目光对准王兆澄。张元节脸色一僵，赶紧让牛惠霖继续带着他们参观，然后恶狠狠地拽住这个愣头青的胳膊，把他扯到一处帘子后头。

"你胡说什么呢！当着这么多人的面！"

王兆澄气喘吁吁地一口气说出劳工寮的事，恳请张元节尽快向日本政府抗议，派人去阻止屠杀。张元节的脸登时耷拉下来："这次赶上关东大地震，咱们正好借救援的机会缓和关系。在这个节骨眼上，你乱嚷嚷这些捕风捉影的事，可是会影响中日邦交的！"

王兆澄急道："屠杀的消息，是王希天王会长亲笔所留，绝非捕风捉影啊！"张元节眯起眼睛："你们王会长这几年天天搞事，每次惹出麻烦来，还得我们驻日使馆去擦屁股。这次他又想要什么花样？"

"没有花样，他是为了救人！"王兆澄厉声大喝。

张元节吓了一跳，赶紧让他放低嗓门，闷声训斥道："大岛町劳工寮里主要以朝鲜人为主，中国劳工没几个。朝鲜的事，是人家日本的内政！轮得着咱们管吗？"

"就算朝鲜人占大多数，可也有中国劳工啊。难道人数少，就不去救了吗？"

"日本人很较真的，我手里总得有凭据，才好跟他们交涉。"

"救援队的方医生，已经潜入战俘营去收集证据了。"

"那等他收集回来再说吧。"张元节伸直脖子向外面张望了一下，复又警告道，"你看到外头这些人没有？那都是东京宪兵司令部过来巡查安保的。明天有一位皇室成员要来咱们医院视察，我费尽心机才请来的。你可别煞风景！"

张元节威胁完，甩脱王兆澄的手，重新走出帘子，笑意盈盈地重新加入人群中。

王兆澄在原地气得浑身发抖，中日邦交，中日邦交，如果中国同胞的命都无法保全，这邦交到底还有什么意义？

忽然，王兆澄身后的帘子唰地被扯开。他急忙回头，发现原来帘子后头站着一男一女两个医生，刚才的对话，他们全程都听清楚了。

"姚医生，孙医生！"王兆澄仿佛抓到了两根救命稻草。

第六章
一九二三年九月（二）

对于方三响决定去习志野战俘营的举动，孙希和姚英子倒是毫不意外。

他向来是个行动派，辛亥革命时连军舰都敢登，更别说多年仇人近在咫尺。孙希宽慰王兆澄道："你不用太担心老方，日本人比较守规矩，不会对红会人员怎么样。"

他和姚英子这段时间在临时病院接触了很多日本人，印象颇好。绝大部分日本伤员都彬彬有礼，服从调遣，素质颇高。他们打的地铺旁边，还堆着许多附近居民送来祈福的千纸鹤，把一群小护士感动得眼泪哗哗地流。

王兆澄见他们俩不甚紧张，面色凝重："你们两位对日本人还不够了解，他们极度重视面子。这样的劳工虐杀事件，即使是下面的人擅自独走，日本政府也会第一时间设法掩盖，而一旦下手掩盖，方医生就危险了……"

两人一听，这才真正认真起来。姚英子连声问："怎么帮？"王兆澄道："我们如果要帮到方医生，一定要有人在战俘营外接应，而且要让对方明确知道，我们随时可以把事情曝光，让他们无从遮掩，这样他们才会投鼠忌器。"

说完之后，王兆澄恨恨地一捶墙面："如果张代办以官方身份去交涉，将是最好的威慑，可他实在是……指望不上。"

姚英子和孙希没有半分犹豫，决定立刻赶往习志野。正巧此时张元节的参观也暂告一段落，正陪着几位宪兵寒暄。牛惠霖不爱交际，转身回到诊疗区继续工作。

他们找到牛院长，坦白地说了所有的情况。牛惠霖面无表情地听完，开口道：

"这件事，不在红会救援队的职责之内，我们能做的就只是如实向官方反映。判断由他们来做。"

姚英子和孙希一阵泄气，这不就是明摆着拒绝了嘛。这时牛惠霖抬腕看了看手表："方三响只请了一天假，时间快到了。你们快想个办法叫他回来。"

姚英子正要争辩，却被孙希一把拉住，赔笑着道："牛院长，明白啦！"然后把她推出了诊疗区。姚英子瞪着眼睛说："你干吗？"孙希压低声音："哎呀，英子，你还没听出来吗？牛院长让咱们去把方三响找回来，不就是默许咱们去习志野吗？"

"啊？哎！"姚英子这才反应过来。她关心则乱，竟没听出其中暗示。孙希说："以牛院长的立场，怎么可能会直接答应？你得听弦外之音哪。他不是还说，要如实向官方反映？什么叫如实？不就是说，如果咱们有了过硬的证据，他会力挺到底，出面跟日本官方交涉吗？"

"真的吗？你什么时候成了牛院长肚子里的蛔虫了？"姚英子狐疑地看了他一眼。孙希嘿嘿一笑，催促说："咱们换好衣服早点出发，到习志野还挺远呢。"

孙希换了一身笔挺的藏蓝色西装，而姚英子这次来没带什么衣服，只好找赤十字社的人借了一身海老茶色的袴裙，外配振袖与一双小牛皮鞋。据说这是时下女学生流行的校服。她一穿出来，等候在外的孙希双眉一抬，一瞬间呆在了原地。

"好看吗？"姚英子有点扭捏地抬起一侧的衣袖，"总觉得有点碍手碍脚的。"

"英子，你简直就是海伦再世呀。"孙希忙不迭地拍着大腿赞美道。

姚英子白了他一眼："狗嘴里吐不出象牙。"

王兆澄走过来，见到孙希这一身装束，啧啧称赞，说："孙医生，你带着这样的派头走出去，寻常日本人见了都要鞠躬的。"孙希奇道："上海那边，惯洋派头是时尚，怎么日本也这样？"王兆澄道："日本人对西洋崇拜得很，连吃饭、穿衣都尽量模仿西洋。倘若你会讲英文或德文，就更不得了了，警察都不会太为难你。"

两人商量前往习志野的具体办法。姚英子懒得操心这些，便先离开体育馆，去外面等他们。

体育馆的门前有一片开阔操场，旁边是一小块种满了波斯菊的花圃，大概是学生们课外种的。如今正当花期，紫色与粉色的小花纷杂怒放，地震毁灭了大半个东京，却对这一小片脆弱的花田毫无办法。

不知为何，姚英子觉得这废墟一角的小苗圃比那些大园林还好看。她索性蹲下身来，近距离欣赏。正在这时，身后忽然响起一个熟悉的声音："哟，这不是姚小姐吗？"

标准的京腔，姚英子却像是被蛇咬中似的，猛然一哆嗦。她僵硬地转动脖颈，双眸里映出一张她生平最痛恨的面孔。

"那子夏！"她简直不敢相信。

对面的男子披着一件蓝黑色的棋盘格和服，唇下仁丹胡，头上压着一顶皱巴巴的扁帽，和日本人并无二致。但那可恶而令人生厌的五官，还有残缺的一边耳朵，却一下子把姚英子扯回到汉口那段噩梦中去。

那子夏似乎毫无自觉，手持拐杖，悠然地走到她身旁，也蹲了下来："我看到中国红会来访，就在想你会不会来，没想到他乡真的能遇到故知呀。"

"谁和你是故知！"姚英子"腾"地站起身来，向旁边站开一步。

自从辛亥战事结束之后，她就再没听到过那子夏的消息，一直以为他会留在京城，没想到居然会在东京遇到。

那子夏双手按住拐杖，看向花圃里的波斯菊："当年我年少轻狂，对姚小姐多有冒犯，也实是罪有应得。这些年来我羁旅他国，漂泊海外，偶尔想起荒唐之事，仍是夜不成寐呀。"

比起十二年前张狂轻佻的性格，现在的那子夏性格似乎发生了一百八十度的转变。姚英子定睛看过去，他虽相貌未改，容颜却苍老了太多，眉眼间尽是褶皱，这些年恐怕过得比较坎坷。

那子夏看穿了她的疑惑，顾自说起自己的经历来。

那年那子夏在革命党的坟头发疯，被易乃谦的宪兵扑倒带走，很快被开革出北洋军。他返回京城以后投靠了宗社党，哪知清帝迅速逊位，宗社党树倒猢狲散。他遂东渡日本，搭上了闲院宫载仁亲王这条线，成为他的中国问题顾问。

"明天要来视察红会临时病院的大人物，正是载仁亲王，他是日本赤十字社的名誉总裁。我今天是替他来打个前站，没想到能偶遇故人，真是太高兴啦。"

"载仁亲王？和载沣、载泽什么关系？"

那子夏放声大笑："两码事，两码事。别看都带个'载'字，人家可是日本皇室成员。而且这位载仁亲王还是陆军大将，积军功上来的，是皇室在军中的核心人物，哪是咱们那些闲散宗室可比？"

姚英子心中突然一动，不由得冒出一个危险念头。

倘若能让载仁亲王这样的有力人物介入一下，军方的难题岂不是迎刃而解？唯一可虑的是，要达到这个目的，非得借助那子夏不可……

这时那子夏道："重洋之外，见到故人是缘分。姚小姐若是不计前嫌，给我个赔罪的机会？"她迟疑片刻，徐徐开口道："我回去一下，你稍等片刻。"那子夏笑道："姚小姐没有扭头就走，已是天大的面子。我随时恭候。"

姚英子跑回体育馆，正撞见孙希和王兆澄要出门。她对两人说道："你们两个先去吧，我忽然想起来，还有一件大事要处理。"孙希有些纳闷："什么事比去救老方还重要？"姚英子一推他："哎呀，让你去你就先去，我总有我的道理。"

她有意不告诉孙希那子夏的事。当初峨利生教授就是为了护坟才活活累死，孙希和那子夏是有仇的。这种事自己周旋就好，可不要把他卷进来。

孙希有些莫名其妙，可姚英子说得坚决，他没有一次能拗过她，只好和王兆澄匆匆上了路。姚英子随手拿起一条丝绸束带，把头发稍微扎起，微微镇定一下心神，重新朝那一片波斯菊田走去。

此刻远在习志野的方三响，可不知两个伙伴的异动。他把全部注意力都放在了眼前这座灰黑色的战俘营里。

这是一座明治时代的木质建筑，它由五座狭长的木造尖顶平屋组成，呈放射形分布，每一栋的入口都在中央警卫室交会。警卫室有五个观察孔，可以不用开门就看到五条走廊的动静。方三响一踏进来，就感觉到一阵森然的冷意。

方三响从来没打算潜入战俘营，他直接找到战俘营的负责人垣内八洲夫中尉，宣称自己是中国红会救援队的医生，希望能为华人劳工检查卫生状况。至于难波大助和金性伍，则是以助手和翻译身份跟随。

他知道，红会身份，是在这里唯一能保住自己的护身符——虽说不知道能保多久。

垣内八洲夫中尉有着日本人里少有的高个头，整个人像一把笔直的刺刀，两只眼睛像被缝成一条细线，让人始终难以捉摸他的情绪。垣内中尉确认了方三响的身份之后，态度很和气地解释："现在余震还很频繁，劳工寮容易发生危险，军方受到江木社长的拜托，出于好意才把他们安置在这里。阁下如果有什么要求，就去跟社长谈好啦。"

然后垣内中尉亲自带着方三响等人，来到了位于中央警卫室旁的探视室。

这是战俘营的犯人与家属会面的地方，屋子里很局促，只有一张长条木桌、两把椅子和一个小铁炉。方三响坐下之后没多久，一个唇边有一大一小两颗黑痣的老者出现在门口。

老者须发皆白，一身鼠灰色的西装，头戴圆礼帽。他进门先鞠了一躬，声音洪亮："鄙人是江木建筑会社的社长江木精夫，请多指教。"

方三响没有吭声，直勾勾地盯着眼前的故人。他感觉周围的环境变了，自己霎时回到了十九年前的那个炎热的正午。

据说记忆是五感叠加出来的，他似乎闻到了老青山的冷冽山风，听到了灰大眼的呀呀叫声，看到披着倭皮子的沟窝村乡亲们在附近晃动，就连后脑勺似乎都感到了一丝疼痛，那是被父亲方大成拍了一巴掌，紧接着，那一段刻骨铭心的对话再次上演。

"方村长，别为难孩子啦，专心赶路。"

"觉然师父，咱们到底要去哪里？"

"莫急，莫急，再走一段就到地方了。"

直到此时，方三响才发觉，自己对那一刻的记忆实在太深刻了，深刻到所有的信息——无论是声音、气味、景象，还是微妙的体感——都原封不动地留存了下来。如果他愿意停留在那一刻，他可以追究到每一处细节。

炽热的火焰，无可抑制地在方三响的眼中凝结，他整个人如灵魂出窍，动弹不得。

江木等了一阵，见对方毫无反应，觉得有些纳闷。他试探着递过一张名片去，却发现这个中国人似乎怪怪的。江木看了一眼旁边的垣内中尉，后者摇摇头，表示也不清楚怎么回事。

江木精夫根本没认出来，眼前这位红会医生就是当年沟窝村里的那个倔强男孩。对江木来说，那只是漫长的服役生涯中一件微不足道的事情，也许他早就淡忘了。

难波大助悄悄抬起腿，碰了椅背一下，方三响这才回到现实里。他知道此刻还有几百条人命等着拯救，还不是与仇人对质的时候，勉强控制好情绪，开口道："听说您会说中文？"

江木精夫立刻改换了中文，字正腔圆道："鄙人常年在中国做劳务生意，学得一点点，不算什么。"

"您都去过中国什么地方？"

"北京、奉天、济南……哈哈，那可多了去了。"

"关东您去过吗？"

江木一拍大腿，换了一口东北腔："哎呀妈呀，那我可太熟了，关东就没有我没去过的地界，半个老家——怎么，方医生也是关东人？"

方三响的右手抓紧了裤线，一股急流在胸口咆哮起来。他要用上全部意志，才能让自己不吼出"我是沟窝村人"这句话。

他的脖颈动脉绽起，憋了好久才开口道："我们说回正题吧。"

"好，好。"江木虽觉诧异，却没多想。

"我们接到华工共济会会长王希天的消息，这里聚集了大量华籍劳工。红会很担心会有时疫风险，所以派我过来帮忙。"

江木精夫狐疑地看向垣内中尉，后者点点头："中国红会确实派来了救援队，报纸上已经报道过了。"江木这才放下心来："难为方医生这么远跑来。请你放心，劳工是敝社的重要资产，我怎么会忽视卫生问题呢？只是因为这次地震影响实在太大，我只好拜托军队里的朋友，暂时把他们转移到安全的地方。"

"请问王希天先生也在这里吗？"

这次是垣内中尉开口回答："王先生确实跟着劳工们一起过来了，大概军方出动造成了误会，让他有所顾虑吧？他视察完战俘营以后，就放心地返回东京了。"

这个解释很合理，可方三响却总觉得古怪。他提出一个要求："我可以去战俘营内看看吗？"

江木精夫和垣内中尉低声商量了几句，十分爽快地答应了。垣内中尉走到中央警卫室，从墙上取下一大盘钥匙，从中间取下一枚，交给江木。

"这里有五座长屋，其中一到三号分配给了朝鲜劳工，四号则是华工安置区。"江木精夫絮叨着，用钥匙打开其中一扇沉重的包铁木门。方三响、垣内中尉、难波和金性伍紧随着鱼贯而入。

走廊内的卫兵伸手要搜身，方三响坦然亮出自己的随身挎包。这是红会统一缝制的布包，里面放着简单的急救药品、消毒液与工具。垣内中尉一摆手："这都是医疗用品，不必检查了。"

在木门后面，是一条狭长的通道，宽约三米，两侧均是一间间方形囚室。囚室面向过道的墙壁分成两部分：下方是厚实的深色木板，上面抠出一个观察孔和一个送食孔；上方的木板则刷着白漆，留出了宽阔的通气格栅。长屋的吊顶是一个向上收拢的三角构造，三角的斜边两侧都开有透光的玻璃窗。

以卫生的眼光来看，方三响承认这个设计无可挑剔。建造者充分考虑到了通风、采光和清洁，可以说是建筑典范。外侧屋脚还撒着一堆堆石灰，这都是良好的卫生措施。中国很多农村的富贵人家，都未必有这座监狱的环境健康。

但此时这里的空气中，却弥漫着一股可疑的酸臭味。方三响眉头一皱，觉得这味道似曾闻过。

两侧的囚室里都有人，他们听到有脚步声传来，都纷纷凑到通气格栅附近，窃窃私语。方三响能听出来，他们讲的是温州话，可惜却听不懂说的什么。他转头皱眉道："江木先生，这些只是临时避难的劳工，怎么能像犯人一样把他们囚禁起来？"

江木精夫解释道："这些劳工欠缺纪律性。为了防止他们乱跑造成误会，也是不得已的管制措施。现在是地震非常时期，还请多多理解。"

方三响沉着脸，随手拉开一个观察孔，向里面看去。这里囚室的面积大概是四叠半，里面居然塞了八个人，或躺或卧，精神无不萎靡，面带菜色。囚室的角落搁着一具马桶，隐隐有一股氨臭从里面传出来。

这是积聚大量尿液的特征，氨气的刺激性很强，方三响只是趴在观察孔一阵，便觉得双眼刺痛。难怪在囚室里的几个人都闭着眼睛，这样就可以减轻痛苦。

方三响有些愤怒："马桶怎么不定时倾倒？这会造成极大的卫生隐患。"江木冷笑道："方医生，我刚才说了，现在是地震时期，人手根本不够。军方愿意借出战俘营已经是天大的面子，不要再给别人添麻烦。"

难波的脚步突然停住了，忍不住轻轻咳了一声。方三响意识到，他似乎发觉了什么。可还没等仔细琢磨，忽然前方的走廊里传来一阵急切的呼喊。

呼喊是用的温州话，方三响听不明白，但声音中的急切却是无须翻译的。方三响三步并作两步，一口气跑到走廊深处的一处囚室，拉开观察孔，看到一个脸色黝黑的年轻劳工。

年轻人一见有人来了，便哇哇地向着孔外乱喊起来。方三响大声道："我是中国红会的医生，请你说慢一点。"也许是被熟悉的语调触动，年轻人情绪稍微缓和了一点，退后几步，让开视野。方三响看到一个瘦削的汉子躺在地上，似乎奄奄一息。年轻人指了一下那汉子，然后拼命叩头，喊着："救救他，救救他！"

"快打开囚室！"

方三响回头喝道。江木有些为难地回头看了眼垣内中尉，垣内中尉满不在乎地抬了抬手指，表示无异议。

这里的囚室并没有单独门锁，只在门外加装了一根可左右移动的铁闩。难波大助上前，把铁闩抬起，方三响推开囚门闯进去。

囚室里的酸臭味道极重，只见那个瘦削汉子面容枯槁，颧骨高耸，像虾米一样弓在榻榻米上，手指干瘪得如同鸡爪。在他嘴边和臀部附近的榻榻米，已经被浑浊的液体彻底洇透。酸臭味的源头正是那里。

"瘪螺痧？"

方三响大惊。这症状太明显了，喷射状呕吐和频繁腹泻，根本都不需要近身检查，毫无疑问是霍乱，在江南地区也称之为瘪螺痧。从榻榻米被污染的情况来看，这个汉子吐泻出来的已经是米泔水，情况不容乐观。

霍乱的传染性很强，囚室如此狭窄，一旦暴发，整个战俘营都要被波及。这人发病已经持续了一阵，不知为何管理方却置若罔闻。方三响顾不得质疑，回头急切地道："请你们立刻准备一些煮沸的清水，还有盐和糖。"

方三响这几年专心于时疫治理，处理过不止一次霍乱疫情。对付霍乱弧菌目前没有特效药，但只要持续补充体液，大部分人都能自愈。可惜柯师太福医生发明的那款自动输液器没带来，不然用在这个场合最为合适。

垣内中尉掏出手帕来，厌恶地掩住口鼻："我听说霍乱分成轻、重两型。轻者可以无药自愈。这囚室里有八个人，方医生，你能否确认一下情况？"

不用他提醒，方三响也会如此做。他踏进囚室，环顾四周。看到在榻榻米上散落着一堆黑乎乎的碎渣，满溢的便桶旁边摆着一个破旧的铁盆，盆里只剩一点点水质极差的饮用水。如此恶劣的环境，饮食与粪便混杂，且没有任何清洁手段，霍乱到现在还没暴发，简直是奇迹。

除了那个奄奄一息的男子之外，其他七个劳工状况也很堪忧。难波大助说那些碎渣叫干大根，其实就是腌制的萝卜干，是日本穷人在灾年才会吃的劣食。这些劳工被关在战俘营之后，恐怕只有干大根和劣质水供应，难怪如此萎靡。

方三响强压怒意，俯身去挨个给他们检查。难波大助和金性伍也过来帮忙，方三响警告他们，绝对禁止把手放入口中，因为霍乱可以通过污染食物和水来传染。

他们三个低头忙碌了一阵，忽然听到"咔嗒"一声，急忙抬头，却发现囚室的门从外面关上了。三人同时扑向门口，却发现铁闩重新插了回去，怎么推都推不动。

观察孔唰的一下被拉开，露出垣内中尉那一双眯缝眼："方医生，你慢慢诊治，不着急。"方三响怒道："你们这是干什么？非法囚禁红会人员吗？"垣内中尉慢条斯理道："《日内瓦公约》规定，红会人员只有在从事合法的救援活动时，才会享有不受侵犯的权利。"

"大量华工在这里受到虐待，我当然是合法救援！"

"发生于本国的救援活动，必须有本国红会参与或谅解才行。美国红十字会想要在中国搞办事处，都被你们顶回去了。所以，你们中国红会如果想来习志野调查，没有日本赤十字社的背书，就是非法行为。"

方三响没料到，垣内中尉居然对红会法条如此熟悉。看来他们一踏进战俘营，便被垣内中尉识破了。接下来的事情，只不过是为骗他们进囚室演的戏罢了。

观察孔唰地重新关闭。方三响趴下身子，把耳朵努力贴在门下的送食孔上。他听到江木精夫的声音响起："垣内中尉，万一再有人来查问的话……"垣内中尉道："就说他们去找王希天好了，那个讨厌鬼还是有点用处的。"

得意而充满毒素的笑声，回荡在酸臭的长屋走廊中，两个人的脚步声越来越远。

方三响听到走廊里彻底安静，这才转过身来。夕阳下的囚室光线变得十分昏暗，可他的双眼里却不见任何沮丧。他对难波和金性伍说："和计划有一点偏差，我们还是尽快开始吧。"

"当啷当啷……"

孙希骑着自行车，在路上飞奔着。车座随着起伏的地面剧烈颠簸，他不得不虚抬起屁股，身体前倾。

此时他已经穿过南葛饰郡的九丁目，刚刚跨过中川河上一座叫逆井的小桥。而王兆澄还在逆井桥另外一侧，隔着好几百米。他今天赶的路有点多，在麻布区和南葛饰郡之间跑了好几个来回，体力不济。

孙希停下车子，倒蹬半圈，等王兆澄跟上来。趁这个间歇，他掏出一根香烟叼在嘴里，刚要点火，忽然从路旁的断垣残壁中传出一声大喝。这大喝如晴天霹雳，吓得孙希手一哆嗦，火柴应声坠地。他懊恼地抓了抓头，还没顾上找出来源，就见无数人影从废墟里跳出来，手持长短武器气势汹汹地冲过来。

事先王兆澄警告过，说附近有自警团，会袭击落单的中国人。孙希一见这阵势，赶紧推着车子向后退去。不料后轮猛地撞到什么东西，整台车子连人一起摔倒在地。

他躺在地上，疼得龇牙咧嘴，一抬头才发现原来是王兆澄从后头追上来，两台车子正好撞到一块。王兆澄赶紧停车，把孙希从地上扶起来。两人眼看跑不掉了，那些袭击者却从他们身旁呐喊着跑过去，直直冲向对面。而对面街口也有同样数量的人冲出来，两拨人剧烈地冲撞在一块，一时间打得昏天黑地，呼声四起。

孙希和王兆澄面面相觑，都觉得莫名其妙。可目下整个逆井桥东侧完全变成了肉搏战场，少说也有几百人舍生忘死地互殴，他们想离开也难，只好留在原地。

孙希战战兢兢地观望了一阵，多少看出些端倪。一拨人身穿学生装、和服与仿洋装，穿着皮鞋和布鞋；另外一拨人则多着短衫与脏兮兮的围裙，头上还缠有头巾，多着木屐。而且后一拨人的人群深处，还高高竖着一面黑旗，上面缀着两个交错的血红色荆冠。

王兆澄也注意到这面旗帜了："这……这是全水呀。"

"什么全水？卖水的吗？"

王兆澄道："日本社会从前有一个极为低贱的阶层，叫作秽多，也叫非人，现在叫被差别部落民，这你知道吧？"孙希点点头，红会的临时病院没少接待这样的难民，因为其他医院拒绝接纳。

"明治以后法律上取消了这一个阶层，但社会上仍旧对他们有诸多歧视。这些被差别部落民便成立了一个组织，叫作全国水平社，简称全水，宗旨是为所有的贱民争取平等权利。"

"那他们怎么跟自警团的人打起来了？"

"贱民和普通市民平时关系就很差，如今赶上地震，积累的矛盾就全暴露了吧？"王兆澄看向战场，又感慨道，"可这么大的阵仗，我还是第一次见，简直比我们安徽农村的宗族械斗还热闹。"

孙希注意到，自警团那边以青壮少年为主，而全水这边则是男女老少齐上阵，上到白发苍苍的七十岁老头，下到拖着鼻涕的小女孩，都毫不怯阵，手里抢起一切能抢的东西。他们平时备受社会欺凌，不得不养成了抱团的武德。

自警团那边则在装备上占了优势。除了寻常的竹枪、木刀、薙刀之外，战阵之中还有一个身披赤色大铠，脸覆面罩的武士。这位大概家里曾是江户某家的藩臣出身，有一套祖传的甲胄。

这个甲胄武士手持一把开刃长刀，在人群中叱喝劈砍，白光闪闪。不知是因为那一身铠甲太过耀眼，还是手里长刀太过锋锐，一时间竟无人撄其缨。武士杀得兴起，索性高擎长刀，嗷嗷叫着孤身向前猛冲，惊得部落民们如潮水一样纷纷退开。

他们这一退不要紧，把一个反应不及的小姑娘留在了原地。这姑娘十三四岁，她手里唯一的武器是一个拴着长线的铁秤砣，这东西飞甩砸人很好用，但完全没有格挡冷兵器的能力。

"不好！"孙希下意识地站起身来。

那个武士已经杀红了眼，也不辨前方是谁，长刀朝小姑娘头顶狠狠劈去。没想到小姑娘很是凶悍，非但不避，反而甩起手里的秤砣，砸向他的面罩，武士感觉到一个不祥的影子扑面而来，下意识地要闪避，手中长刀去势微微偏了一分。

几乎是同一瞬间，武士刀直直斩进了少女的脖颈左侧，溅起一蓬血花，而铁秤砣也砸碎了面罩，两个人同时倒在地上。

战场霎时安静下来，两边的人都没料到，这场体格悬殊的对决结局竟如此惨烈，全都愣在原地。

全场只有一个身影在动。

孙希以极快的速度穿过人群，冲到两人面前，这是峨利生教授深植在他骨头里的医生本能。他俯身下去，迅速检查了一下。那个武士还好，铁秤砣的转速不够，只是砸折了鼻梁骨；而那个小姑娘的伤势，就不容乐观了。

她歪着头瘫倒在地，颀长的脖颈侧面是一处长约八厘米的刀口。那一把武士刀当真品相不凡，刀口下方的肌肉、筋膜和软骨悉数断裂，而且还有血性泡沫不断溢出——很明显，这是把气管砍开了一道口子，与外界相通漏气。

此刻女孩全身皮肤都呈现出紫绀湿冷的样态，胸口艰难地起伏，鲜血不断从伤口渗出来。孙希伸手扒开她的眼睛，眼眶已有微微的肿胀。

他心中一沉，这个状况相当不妙，必须立刻实施抢救，否则一条性命就没了。

这时部落民这边的人围拢过来，个个面色不善，不知这人要做什么。王兆澄也赶紧冲上去，用日语大声喊道："他是红会医生，请你们退开一点，不要干扰抢救！"然后王兆澄把怀里的红十字小旗拿出来拼命挥动。

部落民人群中"轰"的一声，人们脸上露出敬畏的神色。在这种场合能遇到一位真正的医生，真是太幸运了。

这时对面自警队又跳出来几个人，对孙希喝道："先给佐川大人抢救！他家可是旗本出身！"在他们看来，医生也是有钱人家，当然要先抢救正经人，一个贱民黄毛丫头的命急什么？

孙希听完翻译，冷冷道："我是中国医生，不熟悉你们日本那一套规矩。我只按医学规矩做事，先救重伤员。"王兆澄有些迟疑，小声说："要不先别强调中国？"孙希一瞪眼睛："为什么不强调？这有什么可丢人的？"

他平时脾气温和，可一进入医生的角色，便变得十分强势。王兆澄如实翻译出来，自警队的人面色登时铁青，而部落民也纷纷面露尴尬。人群里响起嘀咕："中国人哪，他们的医生真的可以吗？""要不还是把虎爷爷请来吧？""笨蛋！虎爷爷住得太远了，胡桃恐怕早死了。"

自警队把那个叫佐川的武士拖起来，一个青年从他手里取下武士刀，架在孙希的脖子上，恶狠狠地喝道："这里是日本，中国人如果不遵守规矩，干脆滚回去好了！"孙希感觉脖子凉飕飕的，可手里却一刻不停地帮这个叫胡桃的小姑娘止血。

王兆澄急红了眼，冲那些部落民喊道："你们难道就看着这姑娘死吗？"那些部落民面面相觑。那青年额头绽起青筋，见孙希抵死不从，一咬牙，武士刀就要猛劈下去。

这时孙希回过头，用沾满血污的手捏住了刀刃，缓缓站起身来。他的身材顾长，一站直足足高出对方两个头，就这么居高临下地盯着青年，说出一长串伦敦腔的英文。

那青年一听对方说起英文，有点惶惑，双手登时不敢在刀上施力了。

孙希之前听王兆澄说过，日本人对西洋崇拜得不得了，就连说西洋文的人都会被高看一眼。如今一看，果然如是。

王兆澄不失时机地翻译给自警团："我是谨奉《日内瓦公约》前来日本救援的红会医生，受到《万国公约》保护。对我的攻击，将会被视同对红会以及所有红会成员国的挑衅。"

其实自警团的人并不知道什么日内瓦，但这些话用英文讲出来，格外有气势。此消彼长，再加上部落民纷纷投来敌意的眼光，那青年只好收回长刀，和其他人一起拽着身披甲胄的"佐川大人"，灰溜溜地撤离了。

吓退了自警团，孙希转向部落民："这附近有诊所没有？"

部落民们面面相觑，他们平时得了病很少有诊所愿意接待，地震之后，这附近的病院也几乎全数倒塌了。孙希又问："那么有没有适合做手术的地方？"

他刚刚简单地为胡桃止了血，但她的伤势非常严重，必须立刻进行喉损伤的清创缝合，以及施行气管切开术，需要一个足够干净、安全的场地才可以。

一个人嚷道："这附近有一个小松川神社！应该可以去的。"

孙希不容耽搁，当即决定前往那里。于是这一群部落民也不打架了，吆喝着用一张榻榻米抬着胡桃，赶到神社。路上王兆澄偷偷问孙希："这会不会耽误咱们去习志野？"孙希回答说："人命关天，不能置之不理，老方那边应该还能多撑一阵。"

小松川神社是一座很小的神社，就在几百米外，大概是有真神庇佑，它居然在地震中安然无恙。部落民们冲进神社，带头的全水干部去跟神官交涉。神官一见这阵势也不敢阻拦，当即清出一间社务所来当手术室。

在路上孙希大概了解了一下。这个叫胡桃的小姑娘也是个部落民，孤儿，平时在南葛饰一带走街串巷卖孙太郎虫。所谓"孙太郎虫"，就是把蛇蜻蜓的幼虫从河里捞出来晒干，每五个穿一串，据说可以治小孩的疳积病。铁秤砣正是她平时卖药的器具。

怪不得她干干瘦瘦的，连头发都有点发黄。这样的孤儿，平时恐怕要吃不少苦头。孙希怜悯地看了她一眼，准备手术。

孙希随身带着简单的刀镊和一些常用麻醉药物，而部落民从事的行业多与皮革、屠宰相关，针线刀剪什么的都不缺。唯一麻烦的是，气管切开术需要用到套管，这样才能维持患者呼吸畅通。

别的好说，这个孙希实在没办法。他不敢再等下去，只好画了一张结构图，吩咐部落民去找类似的东西来。然后他拉起一道屏风，让王兆澄做助手，开始手术。

可怜王兆澄一个农学专业的学生，在毫无心理准备的情况下，要面对如此血腥的场面，吓得都快站不稳了。好在孙希经验丰富，他这几年来把外科手艺磨炼得炉火纯青，已不在峨利生教授之下，尤其是这种急救场合，一个人游刃有余，王兆澄给打打下手就好。

手术持续了两个多小时，孙希擦擦额头的汗水，能做的都已经做了，接下来就看能不能找到套管。如果没有，病人就算救回来，痛苦也加倍。

"兆澄，套管有了没？"

"有了。"

一只大手伸过来，掌心有一个小巧的医用套管，上面还系着两个黏糊糊的呼吸囊。孙希先是一喜，可见这手明显不是王兆澄的，再抬头一看，一个矮墩墩的白发老者不知何时站在了旁边，脸庞方正，沟壑纵横。

"已经消过毒了，拜托了。"老者用中文说。

孙希觉得这人眼熟，不过病情当前，他先把套管拿过去，赶紧为胡桃姑娘安插上去，又折腾了一番，直到确认她呼吸畅通无碍，才彻底放下心来。

孙希抬起手正要擦汗，老者立刻递来一块手帕。王兆澄在旁边解释说："这是虎爷爷，是专门给部落民看病的医生，不过他住得远，刚刚才赶来。那个套管，是他发动部落民在一处诊所的废墟里扒拉出来的。"

"那个呼吸囊是用鱼鳔做的，是我拜托鱼市的孙六取来的。"虎爷爷得意道。孙希擦着汗，盯着他，忽然失声道："你……你不是盐谷铁钢医生吗？"虎爷爷哈哈大笑，一拍他肩膀："我就想知道，你小子什么时候能认出我来。"孙希大喜："原来真的是你！"

当年盐谷作为日本赤十字社的医生赴援辛亥战场，与孙希算得上惺惺相惜。可惜战事结束后，盐谷受命归国，两人就中断联系了。孙希没想到会在这里遇到故人。

胡桃还没苏醒，医生不便远离。他们两个人索性站到社务所门口，看向黑暗中的鸟居轮廓。盐谷从腰间解下一个酒罐，示意孙希喝一点。孙希笑道："这么多年，不知你酒量如何？"盐谷粗着嗓子道："脾气见长，酒量也见长。"

孙希喝了一口，盐谷把酒罐拿回来，自己也喝了一口："清酒虽然口感好，可我还是喜欢中国的烧刀子，淬火一样凌厉——我去支援辛亥革命的时候，可没想到，有一天你们会反过来支援日本。"

"人道主义，是不分国别的嘛。"孙希回答。

"我还记得那会儿你的技术还有些生疏，现在一看，不得了哇，简直比当年峨利生教授还出色。"

"那不至于，不至于。"孙希连忙谦逊道，"如果说有进步，也只是在战时同步治伤这条路上，我走得比老师远了一些。"

盐谷当时也在汉口，知道峨利生教授的临终遗愿，他微微颔首："从你的手法，我能看出来。这次关东死伤如此惨重，正需要这样的技术哇……"他咕咚咕咚喝了一大口，不待孙希发问，顾自讲起自己的事情来。

原来盐谷本人也是被差别部落民出身，过继到一户普通人家以后加入军队。军队发现他的户籍有问题，他被迫退伍，这才跑去赤十字社当医生。从中国返回之后，盐谷感于自己同胞的窘境，索性在东京开了个小诊所，专为部落民提供治疗。后来有人举报，政府吊销了他的行医执照，他索性自称虎爷爷，在部落民聚集点里当个黑医。

屋里传来一声微弱的呼喊，盐谷赶紧和孙希走进去。小姑娘已经醒了过来，孙希蹲下身子，一手扶稳喉部的套管，一手去按住她的头，防止刚缝合的伤口迸裂。

谁知胡桃脾气犟，一见孙希，瞳孔一缩，如同一只被陌生人抓到的小野猫，挣扎着推开他。盐谷赶紧也蹲下，呵斥道："胡桃，不要乱动！"

胡桃一见是虎爷爷，情绪稍微平稳了点。盐谷说："你的脖子差点被刀砍断，幸亏这位孙医生帮你治好了。你从现在开始，不可以乱动，明白吗？"胡桃讲不出话来，两只眼睛骨碌碌地转动，先看看盐谷，又看看孙希。

孙希柔声道："接下来的几天，你的痰液会比较多，但千万不可以乱动。只要熬过半个月，就可以把套管拆下来啦。"他说的是中文，胡桃自然是听不懂的。但说来也怪，还没等盐谷翻译，胡桃的身体便渐渐松弛下来，似乎能感应到言语里的善意。

孙希又给她做了一次检查，直到胡桃沉沉睡去，这才走出房间。

盐谷道："胡桃这孩子很可怜。她娘是游廓的花魁，不知跟哪个男人生了她，生完就难产死了。她被老鸨虐待得受不了，从游廓逃了出来，可又没有户籍，就跟着部落民混。"

"她就是个从小没人疼的小姑娘，除了我，没什么人关心她。今天如果不是你，恐怕她已经变成路边的一具尸体了，连个收尸的都未必有。她做梦都想不到，会有一位顶尖医生为她救治。"

说完盐谷深深鞠了一躬。孙希赶紧回礼，然后笑道："这姑娘是挺凶的，那么大的铁秤砣，真敢抡圆了直接砸别人鼻子呀。那位佐川大人死是死不了，但破相是一定的。"

盐谷叹道："那个佐川我知道，家里是做律师的，还不知道后头胡桃怎么办呢。实在不行，我就只能让她离开东京避避风头。"孙希奇道："你们全水怎么会跟自警团的人打起来？"

盐谷指了指远处的鸟居："这个地方原本是小松川村，村里住的全是被差别部落民，在中川饲养鸡鸭供应江户。明治以后，东京市区向东扩展，延伸到小松川一带，大部分地皮都被建筑商买去建了新式住宅，卖给市民。部落民这边固然愤恨家园被拆，新住民也觉得这些贱民住在附近，会影响生活品质，两边一直摩擦得很厉害。"

盐谷习惯性地拿起酒罐，发现早空了，脑袋和罐子一起晃了晃，继续道："这一次大地震，小松川这里损失也极为惨重。不说部落民的木长屋，就是那些新住民的水泥住宅，也全塌了。昨天有人在废墟里发现了很多断裂的竹竿，全是深埋在水泥里的。自警团的人认为这是部落民偷埋下去的诅咒，才会引来灾难，结果两边又爆发了械斗。"

孙希一脸无奈，这也太愚昧了吧？盐谷也很无奈："都是这场大地震闹的。人类的惶恐与惊惧，非得找个理由发泄出来不可。中国人和朝鲜人，不也成了这种愚行的牺牲者吗？"

孙希道："盐谷先生还对中日携手怀有幻想吗？"盐谷摇摇头，无言以对。

这时王兆澄凑过来，问了个古怪的问题："盐谷先生，这一片新住宅，是谁建造的？"盐谷回答："哦，中川两岸的房屋开发，都是江木建筑负责的。"

孙希听到这名字，似乎想到了什么。王兆澄一把抓住他的手，呼吸急促："我大概猜到，江木想要干什么……"

新奥尔良散拍乐的悠扬旋律，在这间略显昏暗的西式酒馆里反复回荡着。东京的电力供应还未完全恢复，店家只在吧台点亮了一盏电灯，其他地方只能用油灯补足光源，明暗之间，反而更显情调。

姚英子局促地坐在沙发椅上，面前摆着一杯浅黄色的酒水，旁边还竖着一个三叉银烛台。对面那子夏一手搭着椅背，一手捏着酒杯，神态比她要放松多了。摘掉礼帽之后，他缺了一边的耳朵格外明显，看上去颇有些滑稽。

"这家 Cafe Lion 在东京很有名，我经常会来小酌一下。"那子夏啜了一口酒，朝吧台看去，"其实他家最有名的，是在和服外面加一圈围裙的女服务生，日本人最喜欢搞这种和洋混杂的玩意儿，可惜地震之后百废待兴，今天是看不到啦。"

姚英子安静地听着那子夏炫耀，心里却烦乱得很。她不喜欢喝酒，也不喜欢来这种暧昧的地方。但为了达到目的，也只好耐着性子听。

那子夏大概真的挺高兴，格外健谈："辛亥之后，我痛定思痛，发现这大清国呀，真的该完蛋。自古以来，想要江山坐得长久，从来都是虚名给足，军权抓牢。那些亲贵倒好，来个本末倒置，弄出个皇族内阁，在虚头上斤斤计较，最要紧的军队却拱手让人。那时候我也年轻，真是生了不少闲气，后来想明白了，去他妈的，关我屁事。"

姚英子听着他高谈阔论，只是淡淡评论了一句："不纠结就好。"

那子夏颔首："对，不纠结了，有什么好纠结的？你看我果断东渡日本，抛下往日恩怨，现在过得多开心。日本还是好哇，若是留在国内，还不定怎么闹心呢。民国政府从建成起一直乱到现在，比有皇上那几年也高明不到哪儿去——姚小姐，你这些年过得怎么样？"

姚英子简略讲了讲自己的事，那子夏连声嗟叹："你这样蕙心兰质的女子，居然决心不婚配呀。佩服，佩服。我当初就觉得，你与那些庸脂俗粉不一样。来，值得干一杯！"

姚英子勉为其难地举起杯子，轻轻碰了一下，忽然觉得荒诞。除了孙、方二人，第三个理解她选择的男子，居然是个敌人。她决心把这个暧昧的话题转移开："说起来，你是怎么认识载仁亲王的？"

这一下搔到了那子夏的痒处，他整个人一下来了兴致："我不是说过，辛亥之后就东渡日本了嘛。那是因为宗社党在东京重建，我去了也有个根脚。当时肃忠亲王——就是去年去世的善耆，这是宣统爷给的谥号——介绍，让我认识了一个叫川岛浪速的日本人。"

姚英子皱皱眉头，微微觉得有些不对劲。

那子夏浑然未觉："川岛纠集了一批日本浪人，想要刺杀张作霖。动手的日子，选在了一九一六年的五月二十七日。那天恰好载仁亲王从俄国出访回来，路过奉天，张作霖肯定要接站。刺杀的地点，就选在张返回将军署的半路上。"

他轻轻放下酒杯，摇动铃铛，侍者过来给重新倒满杯子，那子夏才继续道："我当时就判断，川岛这事儿成不了。奉天城是张作霖的老巢，就这么仨瓜俩枣儿去撞大运，风险太高。我直接跑到车站，把这事儿汇报给载仁亲王了。

"亲王当时很恼火呀。哦，我刚见完张作霖，你们就把他弄死了，外头会怎么说？功劳是你们的，屎盆子扣我这儿？后来刺杀失败，亲王把川岛叫过去痛骂了一顿，让他滚回国。而我也顺理成章，留在了亲王身边，备位咨询。"

姚英子虽说对政治不感兴趣，可也多少了解宗社党的恶名。关外那些错综复杂的关系她不了解，但那子夏配合日本人去刺杀一个中国人，这无论如何听着都不对劲。

她心中暗暗生出警惕，刻意岔开道："其实……嗯，我是有一事相求。"

"那是自然，否则你怎么会和一个仇人喝酒呢？"

那子夏促狭地笑了笑，身体后靠，等着她开口。姚英子对他这个姿态感到很不舒服，好像请君入瓮似的。她斟酌再三道："有这么一桩事。大岛町有一百多名华工，地震之后被军方以首都戒严令为由，强制迁去了习志野的战俘营。能否请载仁亲王递一句话，把他们放出来？"

"应该只是临时转移吧？干吗这么紧张？"

"具体情况我不知道，但现在外头的局势太过混乱，仇杀外国人的事情太多。就怕底下的军人自作主张。"

那子夏晃着酒杯，沉思了好一阵："这事儿说大不大，说小不小。不过我得先弄清楚一点——我有什么好处？"

姚英子暗地里松了一口气，当生意来谈是最好："你要多少钱？"谁知那子夏笑道："钱财乃身外之物。我如今茕茕孑立，无须养家，又没有抽大烟的恶嗜，每月赚的薪水足够花了。"

"那你想要什么？"

那子夏双手交叠在下巴处，眼神微醺："姚小姐，你不必掩饰。你我虽说是故人，其实有怨无情。今日你若不是有求于我，也断然不会出来陪我喝酒，对不对？"

姚英子霎时浑身紧绷，手里捏紧了酒杯。那子夏刚才刻意强调自己茕茕孑立，难道……不料那子夏哈哈大笑，宽慰似的挥动手掌："怕什么？我最荒唐的时候，也没对姚小姐用强不是？新桥的游女，陪一夜也就三日元，我何至于这么麻烦？"

他凑近烛台，脸颊被酒意涨得发红，双眸越发闪亮："你求的事情，不是为你自己；我要的好处，其实也不是为我一人。"

"嗯？"姚英子颇为意外。

"只要你在这份文书上签个字，也就行了。"那子夏从怀里取出一张厚软纸，摊平在桌子上。

姚英子开始以为是借据或契约，可就着烛光一看，却只是一份认捐倡议书。

趁着她阅读的当儿，那子夏道："别看皇上现在还住在紫禁城，就民国政府这个乱劲儿，他老人家也是朝不保夕。我们这些臣子看在眼里，着实心疼，于是就有了一个想法。东北乃大清龙兴之地，如果皇上重归故土，颐养天年，相信谁也挑不出理儿。所以我们搞了一个归銮基金会，希望能在民间运作一下，促成天子移驾。"

姚英子把倡议书看完，正文跟那子夏说得差不多，只是最后一段多了一句"臣愿报效大洋两万元，捐输基金，以为天子归銮用度"。

两万大洋，对普通人家来说是天文数字，对姚英子来说，却不是难事。只是这事总有些古怪，姚英子提起笔来，有些犹疑。那子夏解释道："哦，这只是个虚幌罢了，姚小姐兑现不兑现，并不十分重要。我们看重的，是报效人的名望。令尊是沪上有名的商业巨子，有你们父女联署，声势也足。"

姚英子听明白了。那子夏是想借姚永庚的名气来给基金会背书，去招募更多资金。这个手法在上海滩很流行，别的不说，袁世凯还担任过红十字会的名誉会长呢。

她并不关心前清那个小皇帝回不回东北，只是稍微有些担心，万一那子夏打着姚家旗号去诈骗……那子夏看出她的迟疑，又笑道："你瞧，郑海藏、罗雪堂、熙格民、郭宗熙这些人，也都在上头签字了，就连日本驻华公使芳泽谦吉也是报效人呢。我胆子再大，也不敢一次得罪这许多人。"

姚英子对这些名字不熟悉，只知道罗雪堂就是大学问家罗振玉，与他同列的大概也都是社会名流。姚永庚再厉害，也不及这几位声望高。

她再三确认，这份倡议书并没有任何法律约束，便提起笔来，忽然又抬起头来确认："只要我替我父亲签了这个，你就肯给载仁亲王递话？"

那子夏不动声色："说实在的，你爹的一个代签名，还不值得让载仁亲王出手干预。我只能保证，他老人家明天来视察病院时，你能借到他的势。"说完他把头凑过去，似乎要嘱咐什么。

姚英子一脸厌恶地稍稍朝那边靠去，那子夏的口气吹过来，让她的皮肤浮起一层鸡皮疙瘩。但她没有让开，而是认真地听着。这是关系到蒲公英报仇的关键，她必须忍耐。

那子夏交代完之后，姚英子再不犹豫，提笔把倡议书签了。那子夏收起文书，拿起酒杯："来，为我们的异域重逢干一杯。"姚英子沾了沾嘴唇，起身就要离开。昏黄的灯光下，那子夏的语气有些疲惫："姚小姐，临走之前，容我再送一句忠告吧。"

"什么？"她站在门口，以便随时可以离开。

"我知道你们救援队是为中日亲善而来，不过注定是徒劳无功。"

"我们是为了拯救人命，不是每一件事都要做政治上的算计。"

"政治关乎一切。你看不清政治，无论做什么，都会被时代淘汰。"那子夏道，"我告诉你，十年之内，中日之间可能会发生战争。良禽择木而栖，你可要早做打算哪。"

"十年？"这个数字在姚英子听来，没有什么真实感，"日本人已经有计划了吗？"

"没有，但迟早会有。国与国之间的关系，只取决于力量的对比，强者天生要吞掉弱者。所以只要看透力量的流动，就能看透大势所趋。中日国力差距越来越大，所以未来必有一战，你们在民间再如何亲善，也改变不了这个大势。"

那子夏见她仍有些不懂，意兴阑珊地挥了挥手，把自己的身子沉入沙发里，直到看不清面孔。

"咱们尽快开始吧。"

在黑暗的囚室之内，方三响对难波大助和金性伍吩咐道。他打开挎包，拿出几样东西。两人没多言语，分头忙活起来。

囚室里的劳工对于这三个古怪的不速之客，面面相觑，可他们体力太弱了，实在没精神去好奇。反正都是困在牢房里，又能折腾出什么花样来？

方三响重新回到那个病人面前，从挎包里取出一小瓶清水，给他灌入口中。这是用盐调过的饮料，可以有效补充电解质，本来是医生救援时补充体力用的。眼下环境受限，这是他唯一能做的事。

那个最早呼救的小伙子，带着哭腔问："我舅舅还有没有救？"方三响道："接下来你们要完全听我的指示，你舅舅就还有生还的可能。"小伙子忙不迭地点点头。

小伙子是温州人，叫陈顺，今年才十八岁，跟着舅舅到日本做劳工。据陈顺说，大地震发生之后，大岛町的劳工寮也发生了不少伤亡，众人都惶恐不安。紧接着，自警团又跑来骚扰，幸亏劳工们多是青壮男子，手里又不缺土木工具，没让自警团占到便宜。没想到这起纷争惊动了军队，在军警的威逼和江木的劝说下，他们被一股脑运到了习志野战俘营。

战俘营里的待遇极差，饮食粗劣且极度缺乏，劳工们进了囚室也不被允许出去，完全和罪犯一个待遇。陈顺的舅舅是他们的工头，向看守房提出至少提供足够的清水，结果被垣内中尉大骂说"你们中国人只会添麻烦"，然后用木刀劈伤了他的肩膀。

"我一进走廊，就发觉这儿有问题。"难波大助在一旁忽然插嘴，"提供清水也罢，倾倒马桶也罢，这些事完全可以让劳工自行完成，毕竟他们不是囚犯。但江木先生刚才却刻意强调人手不够，不要给别人添麻烦。"

"是的，我听到你轻咳了一下。"

"听他的意思，宁可让疫病流行，也不能让这些劳工自主活动。这可太奇怪了，这些劳工都是江木建筑会社的员工。按说让他们保持健康，才是最符合江木先生利益的做法。但他刚才的表现，不符合逻辑，除非……"

"除非江木认为，这些劳工的存在，对现在的他来说，会损害自己更大的利益。"方三响接口道。

"没错。他们禁止劳工外出，又对劳工的健康状况漠然。这一切征兆，完全不像是要长期关押，更像是……"

"屠杀前的静置。"方三响吐出这几个字，整个囚室里的温度骤然降了好几摄氏度。大规模屠杀之前要把囚犯饿几日，这样可以有效降低反抗力度，方便动手，这是一个无比残酷的常识。

"所以必然存在一个理由，让江木必须放弃这几百人。"难波大助说。

方三响转向陈顺："说起来，王希天也和你们关在一起吗？"

陈顺只在劳工寮里见过王希天一次，而且没与他交谈过。这时陈顺的舅舅躺在地上，用极虚弱的声音说出浑浊的方言。陈顺趴着听了半天，抬头道："我舅舅说，王会长是在出发途中，被军人单独押走的……"

"押去了哪里？"

陈顺的舅舅闭上眼睛，没再言语。这时方三响耳畔听到"咔吧"一声，然后是金性伍的欢声："成了！"先是"当啷"一声，似乎有沉重的东西掉在走廊里，然后囚室的沉重木门，居然被徐徐推开。

原来他们三人在抵达习志野战俘营之前，做了几种预案。其中最坏的一种是，他们被军方扣押，这意味着对方杀心已起——那么唯一能保住劳工们性命的办法，就是越狱。

当时在北海道的网走，有一位日本全国知名的越狱高手，名叫西川寅吉。他曾经先后五次从监狱脱逃，屡抓屡逃，至今仍在服刑。报纸把这个人当作传奇大肆报道，把越狱细节都描写得很详细。金性伍出于兴趣，仔细研究过西川寅吉的案例，没想到还有用得上的一天。

方三响的急救挎包里，除了医疗用品之外，还暗藏了一把锉刀与小锯。金性伍则从废墟里刨出几根铁丝，藏在袖子里。战俘营毕竟不是正规监狱，他们也不是真正的罪犯，搜身没那么严格，就这么顺利地带进来了。

难波大助把金性伍扛起来，够到通气格栅的高度。金性伍先用小锯把栅条锯断，然后整个人努力往外钻。他瘦小干枯，可以钻出去半个身子。然后他在黑暗中拿出铁丝，弯成一个钩子形状去套铁闩。

方三响怀疑，金性伍在日本做劳工之前，恐怕也做过什么特种职业，他的手法颇为纯熟。只是几分钟时间，铁丝便套中了铁闩，轻轻一拽，铁闩应声落地。

此时已经入夜很深，战俘营里没开灯，而守卫远在中央警卫室里，这个声音没引起任何动静。三个人鱼贯从囚室里摸出来，没着急去开其他囚室的门，而是来到走廊的尽头。

走廊尽头是一具卧式锅炉，这是冬天用来给囚室取暖的，锅炉在墙壁外侧，与内侧用铁皮管道相连。西川寅吉其中一次越狱，就是利用放风的机会偷偷拧松了管道螺丝，然后从管道口爬了出去。金性伍效仿西川寅吉，如法炮制，很快如一条泥鳅一般灵巧地钻了出去。

"他之前真的只是一个劳工？没当过盗贼？"难波大助低声嘟囔了一句。

金性伍钻出长屋之后，先是蹲在墙角堇摸了一阵。这里屋脚撒着石灰，他收拢了好几把，送回到长屋里，然后才绕了一圈回到中央警卫室。

这里只有两名士兵在值守，他一看到军装便有些发怵，可事已至此，已没有退路，便鼓起勇气偷偷过去，找到一扇微微打开的窗子，小心地守在那儿。

与此同时，难波大助在走廊里故意弄出一点动静。一名士兵听见，连忙打开了通向四号长屋的观察孔，他刚把眼睛凑上去，便突觉一阵白烟扑过来，双眼霎时被眯住。紧接着，又是一股腥膻的液体浇过来。

石灰遇水，便会发热。那士兵顿觉双眼剧痛，惨呼着蹲下身子。另外一名士兵慌忙去扶，而金性伍趁机冲进屋子，用一条浸满了乙醚的毛巾捂住了对方的口鼻。

乙醚是方三响随身携带的麻醉药物，虽然很难在几秒内便致人昏迷，但金性伍在捂住对方的同时，用日语喝了一句："这是剧毒，不想死就老实点！"那士兵先觉得刺鼻无比，又听到是剧毒，吓得魂飞魄散，就这么被金性伍弄翻过去。

搞定了警卫之后，金性伍从外侧打开四号长屋的门，然后取出钥匙去开另外三座长屋的门，那里还关着两百个朝鲜劳工。

方三响和难波大助见外面门开了，这才把其他囚室的铁闩一个个抬起来。每抬开一个，方三响都探头进去，大喊一句："快出来，快出来！"

那些温州劳工开始一脸迷惑，几乎没人敢动，可渐渐地，他们看到其他囚室的门都打开了，陆陆续续有劳工走出来，还用家乡话互相询问，或者呼唤亲戚，于是也犹豫地站出来。一会儿工夫，除了十几个霍乱闹得厉害、瘫在地上动弹不得的病号，将近一百号人从充满恶臭的囚室站到走廊上，黑暗里闹哄哄的一片。

"大家听我说。"方三响站在高处喊道，"我是华工共济会的人，是王会长派我来的。"

王希天的名字，在劳工中颇有威望。一听是他派来的，嘈杂的人群登时安静下来。陈顺等人也帮忙维持秩序，让大家少安毋躁，都聚到自己的工头身边。方三响又道："日本人把大家弄到战俘营来，是要阴谋杀光我们。现在大家要统一听我指挥，才能尽快离开这座战俘营，才能活命。"

劳工们这几日备受虐待，心里都惶惑不安，如今听方三响一说，顿时炸了锅。黑暗中不断有人提出疑问。

"我们就这么逃走了，会不会被军队抓回来？"

方三响回答："记住，你们不是罪犯，没有任何法庭定过你们的罪名。你们只是来避难的劳工。在法律上享有完全的行动自由，军队无权阻止你们离开。"

"我们逃走以后去哪里？"另一个声音叫道。

"麻布区高树町的中国红会临时病院，在那里你们可以得到庇护。"

"江木先生在哪里？我们这么做会不会违反合同？要扣工钱的。"第三个声音怯怯地问。

"他和那个垣内根本就是一伙的！你还指望他帮你？"第四个声音讥讽道。

面对劳工们的七嘴八舌，方三响有些头大。他挥动手臂，再次抬出王希天来："王会长临行前给了我一个逃走用的锦囊。"

这名字似乎有魔法，劳工们再次安静下来，等着听锦囊里有什么妙计。

其实这妙计并不出奇。战俘营的外围是一圈高约三米的围墙，地震时震出一个宽约十米的缺口，军方只是扯了几根铁丝网拦住，这是方三响在入营前就观察好的。劳工们可以穿过这个缺口，离开战俘营。

这个行动，需要高度的纪律性。好在这些劳工全都是温州籍的，彼此之间都是亲戚、同乡，方三响让陈顺把十几位工头召集过来，简单讲解了一下逃跑计划，然后让他们把那些罹患霍乱的同伴都背上，一个也不能扔下。

金性伍那边很快也把朝鲜劳工们放了出来，说明情况之后，与方三响这边会合。在黑暗之中，这三百多名赢弱、疲惫的劳工在生存欲望的驱使下，汇成一股人流，静悄悄地朝着围墙缺口处涌去。

难波大助已经瘸着一条腿提前跑出来，用手术用的小钳子掐断了几截铁丝，扯出一条通道来。只要他们一抵达缺口，几百人深入习志野的广袤原野，军方便无法阻止了。

队伍走到一半，方三响突然听到人群里传来一阵骚动。月光之下，只见一个人影脱离大队，朝着反方向的卫兵宿舍跑去。他这一举动，非同小可，那里可是六中队的驻屯地，如果惊动了守军大部队，这些人都要完蛋。

虽然夜里没有灯光，但那家伙也不至于跑晕了头吧？方三响正要冲过去把他拽回来，就听那人扯着嗓子喊："江木先生，他们要逃走！他们要逃走！"

方三响气得差点晕过去，他听出来了，这就是刚才质疑说会被江木扣工钱的那个声音。他也罹患了轻型霍乱，身子比较虚。

很显然，这人觉得自己一定逃不掉，索性大家都别逃掉。他甚至考虑到日本人那边只有江木懂中文，所以特意喊出他的名字。方三响从来没见过如此卑劣而又耍小聪明的家伙。

可这家伙的破坏力却十分惊人。对面军营的窗户纷纷亮起灯来，可以看到人影纷乱。

以日本军队的反应速度，恐怕这三百多人还没到缺口，垣内中尉的部队就会冲出来形成包围。面对这突如其来的绝境，难波大助、金性伍和陈顺都慌了，他们看向方三响。却见这位医生垂头沉思了几秒钟，把手里的医师帽狠狠甩在地上，脸上浮现出前所未见的狠戾。

"事到如今，索性干他娘的！"

其他三个人都愣住了。方三响一拽陈顺和金性伍："快，通知所有人，我们返回战俘营！把所有门都关起来，据险而守！"

"啊？"

"啊什么！"方三响喝道，"我们已经逃不掉了，这么多汉子，难道要束手就擒吗?! 快！"陈、金二人不敢争辩，各自去通知同胞。难波大助也要过来，却被方三响朝外面猛推了一把："你快走！你一个人应该能穿过铁丝网。"

"我不走，这是懦夫的行为！"难波抗议道。

"你必须走！你所崇拜的大杉荣不是说，工人要果断采取自主行动吗？现在就是时候了！你把消息传出去，我们在战俘营这里据守才有希望！"方三响不由分说，把他推出缺口，然后掉头跑回队伍里。

这三百多人一脸懵懂地掉了个头，迅速又撤回了战俘营内。方三响沉着脸，接连发布指令："陈顺，你带五个人，去把所有家具挪过来，挡住大门入口；金性伍，你打开所有长屋，把囚室的铁闩都拆下来！"

五座长屋，至少有一百二十间囚室，铁闩都是上好的铸铁棍，瞬间就武装了将近一半的人。金性伍惴惴不安地问方三响："这样能打过日本人吗？人家可是有枪的。"方三响冷笑道："难道老老实实回到囚室蹲下，他们就会放过我们吗？"

"万一惹得日本人生气，可没法谈了……"陈顺怯怯地道。

"谈判是谈出来的吗？横的怕拧的，拧的怕不要命的。一味委曲求全，只会让别人觉得你好欺负。只有奋起反抗，让他们感觉到你是个威胁，他们才会愿意坐下来跟你谈！"

方三响说完，拎起一根铁闩走到警卫室的窗户前，眉头突然一挑。只见远处江木精夫连条纹睡衣都没顾上换掉，带着几个保镖气势汹汹地跑过来。

垣内中尉为了控制劳工，让江木精夫就住在附近。眼下突然出现了暴动倾向，他自然有责任赶来平息。看江木的神色，似乎还没意识到这次逃跑的规模有多大，没等大部队集合就先心急火燎地跑过来了。

方三响示意其他人先退开，自己藏在门后。等到江木他们冲进警卫室，他毫不客气地挥动铁闩，咣咣几下敲晕保镖，然后飞起一脚，把江木刚刚拔出来的手枪踢飞在地。

江木是柔道黑带，反应速度本来不差。奈何拳怕少壮，方三响与他相比年龄、体重都有优势，几下扭打，便将他按在身下。

直到这时，江木才意识到自己误判了。所有劳工居然都恢复了自由，整个战俘营完全被这些胆大妄为的家伙占领。

"你们疯了吗？"江木精夫怒喝道，"军队接到的是首都戒严令，你们这么做，垣内中尉有权开枪镇压。所有人都得死！"

"不，只要有你在，他不会的。"方三响捡起手枪，对准他的太阳穴。江木精夫眼皮抖了抖，登时沉默下来。

江木社长被抓的消息，瞬间便传遍了战俘营。所有的劳工无论中、朝，得知这个消息之后都是喜忧参半。喜的是，江木这家伙对劳工敲骨吸髓，如今沦落至此，实在是大快人心；忧的是，这样一来，再无转圜余地，不知外面的军队会怎么报复——他们骨子里对日本人始终有一种天然的畏惧。

方三响敏锐地觉察到了这种微妙气氛，他知道这时必须逼一逼，才能把他们的血性释放出来。他抓起江木的肩膀，一把推到警卫室的窗户前，手枪保持在老头的太阳穴上。

此时战俘营外，六中队的大批士兵已集结完毕，把四周围了个水泄不通。探照灯也纷纷开启，有四五挺机枪虎视眈眈地盯着这几座长屋。

垣内中尉走到阵前，一张马脸拉得奇长。

这座战俘营的星式布局很适合管理囚犯，但一旦被人占据当作要塞，进攻起来便很棘手了。几座延伸出去的长屋，彼此遮掩，很难找到一个可以制压全场的射界。而厚实的墙壁与狭小的窗户，也成为突击的致命障碍。

"啊！"

一声惨呼从垣内中尉面前传来，一个穿着劳工服的人栽倒在地，右肩被斜切出一个巨大的豁口。他双眼绝望地瞪圆，在地上抽搐了几下，眼看活不了了。垣内中尉缓缓收回长刀，用手帕爱惜地擦去刃上的血迹。这一记干净利落的袈裟斩，稍微舒缓了一下他心中的恼怒。

这是适才跑来告密的那个劳工，垣内中尉认为他是个诱饵，是诱骗江木进入中央警卫室的可耻骗子。

把长刀收回鞘中，垣内八洲夫朝战俘营望去。隔着玻璃，他看到那个红会医生挟持着江木，望着自己。两人四目相对，都从对方眼神里看出无奈、愤怒以及决心。

"阁下，战壕迫击炮已经就位，随时可以实施炮击。"旁边的士官跑过来报告。

垣内八洲夫缓缓地磨着臼齿，发出咯吱咯吱的瘆人声音。江木精夫那个蠢材自投罗网，给自己造成了多大的麻烦。可是，江木家的两位兄长分别是高级官僚和精英律师，他又是自己在陆军士官学校的学长，一旦处置不当，垣内在军中的评价会降低。

"把炮弹先退出来。没我的命令，不许发射！"垣内恶狠狠地吼道。

方三响确认垣内看到江木之后，便后退几步，拽着他回到探视室。他们昨天才刚刚在这里见过，十二个小时不到，立场颠倒过来。

江木精夫双手背过去捆在椅子上，两条白眉毛愤怒地拱起来："你知道你在做什么吗？这是对日本政府严重的挑衅！"方三响淡淡道："我只是想救人罢了。"

"战俘营的条件确实是差了点，但这也是为他们好。你们真的误会了。"江木精夫絮絮叨叨地试图解释，见方三响无动于衷，只好换了个口吻："方医生，你是东北人吧？咱俩算半个老乡，老乡见老乡，不能一点情面也不看顾对吧？你到底想要什么？钱，还是房子？啥都好说。"

方三响似笑非笑，拿来一把椅子反坐在对面，双臂搭在椅背上。江木精夫感觉到，这个医生的情绪似乎舒展开来，难道是有商量的余地？不由得精神一振。

此刻在探视室外，劳工们正热火朝天地拆毁各种设施，加固门窗。他们原本还有些动摇，但看到那个告密者被当场斩杀之后，终于放弃了最后一丝侥幸。但这一切纷扰，暂时都跟这间探视室无关。

方三响终于找到一个合适的机会，可以直面自己的心魔。他定了定神，开口道："觉然大师，别来无恙。"

一听这名字，江木先是一怔，旋即似乎想起了什么，眼圈向外睁大，瞳孔却陡然收缩。整个人如同秋天挂在枝头的残叶，扑簌簌地抖动起来。

"我找了你十九年，十九年，现在终于找到你了。"方三响淡淡地说道。他原本以为自己会激动到难以自持，可心情却出奇地淡定。江木精夫的记忆迅速倒转到十九年前，坐标逐渐缩小范围："你是……沟窝村的人？"

"亏您还记得。我是方大成的儿子，方三响。"

一个倔强小男孩的身影，从江木精夫的记忆深处浮现出来。怪不得两人昨天初次见面，医生的态度那么古怪。那个小家伙居然从凶险的战场上幸存下来了！居然还做了医生！居然还来到了日本搞出暴动。

当江木意识到这是一桩持续了十九年的大仇后，双肩反倒松垂下来。

"我跟你爹没有私人恩怨。我是个军人，当时受命去扰乱俄军在老青山的布局。沟窝村适逢其会罢了，那是我的工作。"

方三响盯着他嘴唇边的两颗黑痣："这改变不了任何事实。"江木精夫双眼一眯："那么你打算怎么样？杀了我给你爹报仇？"

如果要动手，这确实是一个绝佳的时刻。江木精夫已为刀俎上的鱼肉，外头垣内中尉一时半会儿冲不进来。现在他可以随意处置这个害死了全村人的凶手，用任何手段。

方三响盯着这个须发皆白的老头子，一字一句地问道："这十九年来，你可有过一刻，想起沟窝村被你害死的村民？有过哪怕一霎的歉疚和惭愧，觉得不该把那些无辜的性命卷入纷争？"

江木大笑："我为什么要惭愧？作为帝国军人，我为日本击败俄国做出了自己的贡献，无愧于军队的委托，无愧于天皇的信任。区区几个清国乡民，在我眼里不过是些炮灰罢了，能为帝国而死，算是他们的福分。"

"人命在你眼里，算什么？"

"不同的国家，人命的价码是不同的，这是我在战争中悟出的道理。所以退役之后，我便开始做劳工生意，朝鲜人根本不值钱，三十日元就能用到死；中国人稍微贵一点，也不过五六十日元，拿来填补日本劳动力的缺口正合适。"

这番轻描淡写的说辞，令方三响怒火中烧。他手里的铁闩捏紧又放松，放松又捏紧。望着仇人毫无设防的姿态，他想象着脑浆迸溅、血肉模糊的快意情景，但心中却翻腾着另外一股力量，阻止它付诸实现。

他是个医生，医生的天职是救死扶伤，而不是杀人，即使是一个十恶不赦的人。

"你要想报仇，动手便是了，但指望老夫忏悔，那是做梦。"江木乜斜着眼睛，胸膛一挺，"恰好相反。老夫若因为沟窝村而死，这叫死于王事，是无上之光荣。"

方三响抬起手里的武器，迟迟没有挥动。江木突然咧开嘴笑了："怎么了？不敢动手？也对，你杀死了我，手里便再没了任何依仗。垣内中尉纵然杀不得你，那几百个劳工也会全数给我陪葬。方三响，你为了一己私仇，甘愿让几百名劳工遇害吗？"

方三响面皮微微地抽搐了一下。江木精夫点破了他犹豫的根源。这个复仇的场合非常合适，时机却极为尴尬。倘若他不顾一切地杀死江木，那么劳工们必然遭受灭顶之灾；可如果就此放过江木，以后恐怕再无任何机会报仇。

作为儿子，杀父之仇必须报；可作为医生，又岂能舍弃这几百条性命？

有恃无恐的江木见方三响被反将了一军，嚣张起来："你们这些中国人哪，都一样迂腐、虚伪。你也是，那个王希天也是，永远搞不明白何为大义，何为必要的牺牲。你们假惺惺地坚持些愚蠢的东西，到头来还不是给自己找别扭？"

"闭嘴！"

"那你倒是快把我杀了呀。"

方三响突然狂吼一声，一拳狠狠砸在桌子上，木屑飞溅，木桌面上迸裂出一条缝来。他抓起铁闩，飞快地离开探视室，重重把门摔上。此刻的他宁可面对垣内的利刃，也不愿继续在那里多做煎熬。

江木一个人坐在椅子上，面色如常。他趁着屋里没人，悄悄把脖子伸向前方，用舌头与牙从桌面上叼起一块尖锐的木屑，然后费尽周折，送到被捆在后背的双手里面……

这一夜，便在这种微妙的对峙中度过。

其间垣内中尉组织了几次试探性的进攻，结果被那些劳工利用地利，全部击退，一名士兵还受了重伤。到了次日正午，垣内中尉的耐心几乎要被耗尽了。而对面战俘营内的劳工们也惶恐不安。监狱里断绝了饮食不说，霍乱患者还在持续增加。一时血气之勇，终究无法抵抗肉身的疲惫。

他们不停地询问方三响："救兵在哪里？到底要坚持到什么时候？"可方三响没办法给出准确的回答。劳工们的意志变得涣散，怨气与不安开始悄然弥漫开来。

这种情绪累积到下午一点，意外出现了。

负责看守江木的劳工，也出现了轻微的腹泻症状。他正打算叫人来换班，不料江木悄悄割开了手腕的绳索，突然暴起伤人，把那个倒霉劳工打翻在地。紧接着，江木砸碎了位于探视室上方的窗户，忍着被玻璃划伤的痛苦向外钻去。

当方三响觉察到不对，赶过来查看时，他只来得及看到江木跑过草地的狼狈身影。这个老头子虽然年纪不小，可矫健程度依旧惊人，几下便冲到封锁线后头。

"完了……"方三响心神大乱。没了江木做人质，他个人报仇事小，这些劳工可再没办法阻挡军队的突袭。

陈顺和金性伍也闻讯赶来，得知这个坏消息，无不是面如死灰。两人问方三响怎么办，他沉默良久，缓缓道："江木逃走，是我的责任。我现在出去挡住他们，也许对方忌惮红会身份，能缓一缓手，而你们……"

陈顺忽然抓住方三响的手："方医生，我们本来已经在囚室里等死了，可您大老远地跑过来救人，我们温州人都承这个情。您和王会长一样，为我们这些不相干的人付出太多了。王会长如今下落不明，您可不能再有什么闪失——现在您离开，日本人应该不敢动手，可不要陪着我们啦。"

"这怎么行？"

陈顺苦笑道："我跟着舅舅来日本，原指望能赚点钱。辛苦了两年，我也算看透了，人家从来没把我们当人。没灾的时候当牲口使唤，有灾的时候当牲口杀。您说得对，左右是死，这么多汉子干吗不反抗一把？"

他掏出一张纸，上头是密密麻麻的字："这是我们几个工头在温州各村的地址。

麻烦方医生您去通知家里一声，好歹做场法事，把在外头的魂召回去。"

方三响百感交集，这场景让他想起梅子山下的萧钟英，正要拒绝，陈顺笑起来："您昨天说得对，横的怕拧的，拧的怕不要命的。只有奋起反抗，别人才知道我们不好欺负。就算这次我们都死完了，至少以后他们对其他劳工能稍微好一点。"

金性伍从喉咙里滚出一声"嗯"，也站到了陈顺的身旁。

方三响越过陈顺的肩头，看到温州和朝鲜劳工们默默地聚在各条走廊上，黑压压的一片，一齐望向中央警卫室。这些黝黑的汉子面带绝望和坚毅，手里攥紧一根根铁闩，出奇地安静。

在战俘营外面，垣内中尉见到江木归来，长长地松了一口气。江木面色狰狞，让他尽快发动进攻，把这些该死的家伙杀干净。垣内正要下令，却忽然眼睛一眯，看到那些面带菜色的劳工主动从战俘营里鱼贯而出。

他开始以为对方是出来投降，可很快发现，这些人都攥着简陋的武器，互相挽着胳膊，那绝对不是屈服的眼神。最可恨的是，为首的那个方医生，把自己的挎包高举在最前，缝在上面的红十字标志格外醒目。

被这样的眼神注视，垣内和江木感到很不舒服。尤其是江木，他虽嘴上说问心无愧，但一见到对方，却平白泛起一丝心虚。他对这莫名的心虚十分恼火，决心尽快消除这个根源。

"他不是官方派来的，先打死他！快！"江木低声吼道，努力掩饰着自己的不安。只有他彻底死掉，自己才能睡踏实。

垣内叫来一个特等射手，举枪对准了方三响。方三响身材高大，站的位置又十分突出，只要不是瞎子，就可以轻易击中他的胸膛。

射手把手指放在扳机上，正准备轻轻施力，耳畔忽然传来一阵引擎的轰鸣声。他微微侧头，看到一辆救护汽车凶猛地闯进来，直开到战俘营里面才狠狠地刹住车。橡胶轮子与地面摩擦发出尖厉的声音，尘土扬起，让射手一下子眯了眼。

周围的士兵惊魂未定，只见从驾驶室跳下一个身穿红十字制服的姑娘。

江木立刻猜出，这一定是中国红会官方派来帮忙的。垣内中尉冷笑一声，说："就算是红会又如何，难道还想插手军队的事吗？"一挥手，让手下去把她拦住。

可古怪的是，那姑娘径直朝这边走来，士兵们无人敢拦。直到她走近了，江木与垣内才看到，她手里举着一张照片。照片湿漉漉的，显然才洗出来没多久。

那是一张合影，其中大多数都是中国红会的医护人员。在第一排的正中间，并肩站着两个人。左边的是牛惠霖院长，右边那人身着日式戎装，留着两撇鱼须胡子，相貌威严。

"载仁亲王?"

垣内一眼认出了照片上的人,下意识地立正敬了个礼。在照片下方,还有一行日文注释:"闲院宫载仁亲王视察中国红会东京救援队临时病院。"

这正是那子夏教姚英子的计策。载仁亲王视察病院,势必有新闻记者随行,那子夏事先打过招呼,负责摄影的记者故意多拍了一张底片,拍完后立刻送去冲洗。姚英子拿到照片后,借了赤十字社的车赶往习志野。

载仁亲王是日本赤十字社名誉总裁,合影的是中国红会救援队,方三响是红会会员。这张照片本身,可以引发许多联想。如此一来,便可以在载仁亲王不知情的情况下,借到他的势。

姚英子不懂日文,便一直高举这张照片,迈开步子朝着方三响那边走去。江木面色阴沉:"这一张照片又能说明什么!垣内中尉,你还是快……"

"住口!"垣内恶狠狠地瞪了他一眼,旋即压低了声音,"谁知道红会的人对亲王殿下说了什么,我不能再继续了。"

江木大为不解:"为什么?亲王只是视察红会病院,又没有明确下达什么指示。"垣内气得一把揪住他的衣领:"不要装糊涂!你拜托我把这些劳工转移来习志野处理掉的事,本来就不是合法的,只不过借着首都戒严令的名头才能执行——而戒严令正是亲王殿下签发的。这件事闹大了,我们可经不起彻查的!"

"殿下万一是支持我们的呢?"

"万一他不支持呢?"垣内一点风险也不想冒。他被这张照片搅得心烦意乱,实在摸不准载仁殿下的态度。

江木一听,如受雷磔:"难道……难道就这么放他们走?"垣内没好气地回答:"亲王殿下在军中的地位,你又不是不知道。我一个小中尉,只能服从命令。"江木情急之下,扯过垣内的衣袖,语带威胁:"你别忘了,为了这个,你已经把王希天……"

垣内脸色微变:"你什么意思?"江木道:"你很清楚我为什么要除掉这些劳工。我们如今都是在同一条船上。"垣内咬咬牙,把手一甩,似乎下了某种决心。

那边姚英子已经冲到了方三响面前,把照片拿给他看。方三响长舒一口气,这样一来,劳工们应该安全了。但他又不免好奇:"你怎么这么厉害,能把这样的大人物拽来帮忙?"

姚英子眼神有点闪烁,含糊其辞地说了几句。所幸此时垣内与江木走了过来,打断了方三响的追问。垣内看了看方三响身后仍旧攮着铁闩的劳工们，让江木翻译道："我们把这些劳工运来战俘营，是出于好意。但是他们在安置期间不服管教，给我们造成了很大困扰。我已责令江木建筑会社，把他们立刻遣返回国，不得多做停留。"

垣内如此表态，显然是在找理由泄愤。但从好的方面想，至少他不敢动手了，这几百人算是保住了性命。

劳工们这几天担惊受怕，根本不想再在日本这个鬼地方多待片刻，能返乡是最好不过。他们如释重负，纷纷放下铁闩，发出欢呼声。

江木看向方三响，语带讥讽："方医生，恭喜你，你果然是个有职业道德的人。"方三响面无表情，就这么直勾勾地盯着他。

劳工固然得救，但他也失去了向江木复仇的机会。没想到这个仇人捡了便宜还卖乖，居然反过身来主动挑衅。姚英子担心他忍不住动手，悄悄抓住了他的手腕："蒲公英，你不要中了他的挑拨。"

"不会的，英子。我如果想杀他，早就动手了。我知道，我是个医生，我知道。"方三响轻轻重复了两遍，可姚英子听得出来，其中蕴含着极大的痛苦和不甘。十九年的大仇，就在眼前溜过，以后恐怕也不会有机会了。

这时江木冷笑道："实话跟你说，沟窝村的事，我在关东做过不知多少次，是为天皇尽忠，为帝国尽忠。倘若时光倒流，我会做一样的事，只不过这一次我会干得更彻底，不让任何一只小畜生逃脱。"

他知道这个迂腐的中国人并不能把自己怎么样，隔着铁笼去逗弄怒狼，是一件多么快意的事情呀。

"啪！"

方三响没动，反倒是姚英子伸出手去，给了江木一记响亮的耳光。江木顿时大怒，一个中国女人居然敢对自己动手，太有失颜面了，他正要抬手抽回去，不料战俘营外围突然又传来一阵骚动。

士兵们警惕地抬起步枪，看到孙希、王兆澄和难波大助朝着营地门口走来。这三个人灰头土脸，浑身沾着白灰与泥土，似乎是从哪个土窑钻出来的。而在他们身后居然还跟着浩浩荡荡的人群，大多数是短褂、缠头毛巾和木屐的搭配，都是部落民。

更古怪的是，这些部落民每个人都扛着一块灰白色的水泥块，形状不一，一看就是从坍塌的废墟里捡来的。他们在盐谷铁钢的带领下，喊着号子，一口气走到众人跟前。

方三响和姚英子本来以为孙希会先过来打招呼，可他居然先跑到江木精夫的跟前，满脸喜色："您是江木先生吧？告诉您个好消息。"

江木愕然地看着这个土人，心中却陡然生出一股不妙的预感。

难波大助走到孙希身旁，用日语更清楚地表达："我是朝日新闻的难波，现在有一桩涉及中川河畔大岛、龟户等町的建筑质量事件，希望江木社长予以澄清。"

江木眉头一皱："这里是军事重地，我没有回答你的必要。"垣内却眯起眼睛，慢条斯理道："等一下，江木先生，我在中川河边也有一处宅院呢，不妨听听看。"

江木悻悻地闭嘴。难波趁机道："阁下担任社长的江木建筑会社，在中川河畔的五个町先后建造了三十七栋新式民居。贵社对外宣传说，这些民居均采用西洋水泥钢筋技术，无比坚固，可在这一次的大地震中，它们几乎全部坍塌了。"

"浑蛋！这种级别的大地震，整个东京倒了多少栋房子！你看看浅草的凌云阁，也是同样的水泥钢筋，不也倒塌了吗？"江木大怒。

难波大助的语气依旧平稳："房屋坍塌不是阁下的责任，但房屋坍塌暴露的问题，可是给大家添了不少麻烦哪。"

他微微侧过头去，盐谷会意，喝令部落民们把手里的水泥块举起来，这时大家才看清，每一块水泥的断面上，都伸出了几根竹竿头，似乎整根都深深镶嵌在里面。每一块水泥的竹竿头上挂着小木牌，上面写着一行地址，表示这块残骸是采集自哪一栋民居。

垣内扫了一眼，便看到了自己家的那一块残骸，扁平的双眼陡然睁开，露出精光。江木有些不安道："垣内中尉，你家房子坍塌不是早知道了吗？我也答应帮你免费补建一栋。"

垣内中尉没吭声，一条青筋悄然从脖颈处突起。他的重点显然不在这里。

难波大助让部落民把垣内家的残骸拿得近一点："江木先生，地震是天灾，但天灾却暴露了人的贪婪。你们这个所谓的水泥钢筋结构，里面没有用一点钢筋，全部用竹子代替。这个偷工减料，未免有些太狠了。"

江木抗声道："荒唐！你们秽多懂个屁建筑！这可是西洋技术，得要专业人士来评估。"

部落民们一听这个侮辱性的词，立刻掀起一阵痛骂。盐谷示意他们安静，走上来道："我们部落民里，也有从事建筑业的工人。这种把钢筋偷换成竹筋的手法，叫作石之竹，会极大地降低抗拉和抗压性，房子会变得很脆弱。唯一的好处是，建筑成本可以降低很多。"

陈顺这时也站出来："我们这些劳工都可以做证。浇灌水泥的时候，会社运来的就只有竹竿。监工还要求我们不许说出去。"

江木不敢答话，只是把求助的眼神投向垣内，后者根本没理睬，死死盯着那断掉的竹竿头。

难波大助继续道："本来这种偷工减料是很难查实的。可谁想到，会有这么一场可怕的地震，震塌了中川河畔几乎所有的民居。顺便说一句，您在大岛町的别墅可是安然无恙，我相信那里面是货真价实的钢筋。"

垣内听到这句，不由得冷冷哼了一声。

"可叹那些居民不知内情，还以为石之竹是部落民下的诅咒。幸亏王君在东京帝国大学是学农学的，对竹子的物性很了解，这才洞悉你的小手段。"难波道。

王兆澄上前一步，愤愤地盯着江木。

难波继续道："大地震发生之后，石之竹的问题迟早要暴露出来。这些新式民居的购买者都是东京有头有脸的人物，你得罪不起。唯一的办法，就是把建造这些民居的中国和朝鲜劳工拖出来当替罪羊。死人是不会讲话的，正适合扛起所有的责任。虽然这些劳动力很贵重，但跟江木家的脸面相比，根本不算什么！"

江木怒喝道："你……你在血口喷人！"难波还没开口，垣内八洲夫却已发出声来，语气冰冷得像富士山头的雪："江木先生，我记得你拜托我时，说的可是这些劳工有暴动倾向，请军方设法处理——原来竟是这个原因吗？"

江木哑口无言。他看看垣内，又看看那些冰冷的水泥块，眼神里开始渗出浓郁的绝望。他试图辩解，却发现根本发不出声音。

这时难波大助补上了最后一击："江木建筑会社的这些事情，我已经用飞鸽送去了大阪的朝日新闻总部，很快全国都会知道。希望江木社长你提前想好解释。"

江木倒退了几步，把身子趋向垣内，似乎还想恳求些什么。垣内淡淡地道："江木家是名门，你的两个哥哥都是社会上有地位的人，希望江木家的荣耀可以延续下去。"

听到这话，江木眼神一凝，看到垣内腰间悬着的武士刀恰好朝向自己，顿时知道对方的暗示。

确实如垣内所言，江木家三兄弟里，两人跻身上流。他如此努力赚钱，也是为了能不输给两个哥哥。倘若江木建筑的丑闻曝光，民众因为大地震而积聚的怨气，势必会冲着江木家猛烈喷发出来。

他不怕劳工和部落民，但一旦那些买了劣质民居的贵人发现上当，整个江木家族可就彻底名誉扫地了。只有像武士一样扛起所有责任自裁，才能勉强保全江木家的名声。

江木精夫万念俱灰，更不犹豫，上前伸手抓住垣内的刀柄，一把拽出，然后盘腿坐下，倒转刀尖，二话不说就朝小腹捅去。

垣内佩刀被夺，却一动不动，只是冷冷看着这一幕。全场第一个反应过来的人，反倒是方三响。武士刀甫一入腹，他便一个箭步冲过去，按住了江木。

孙希是第二个反应过来的，也赶紧过来施救。方三响猛然抬起头，厉声道："孙希你退下！"孙希还没做出反应，便被姚英子拽到一旁："哎呀，你去捣乱做什么？"

孙希这才如梦初醒。眼下这个丑闻太大，江木精夫唯有一死才是解脱。方三响若是把他救下来，对江木来说，只怕比死还要痛苦十倍。这是最好的复仇，蒲公英肯定不希望假手他人。

那一把武士刀十分锋利，江木求死之心又很坚决，刀身捅进肚子颇深，大概率是伤到了脏器。唯一幸运，或不幸的是，江木还没来得及完成日式剖腹的十字伤，便被阻止。对于这种腹部穿透伤，方三响在战场上处理过太多次，早已轻车熟路。

江木瞪着眼睛，挣扎着想要反抗，方三响毫不客气地用乙醚捂住他的口鼻，一只手如老虎钳一样死死按住。江木精夫意识开始模糊，动作也变得缓慢，整个世界似乎逐渐拉远。周围的景象，缓缓扭曲成了当年的老青山中。

松柏苍翠，绿丘起伏。江木发现自己穿着僧袍，走在一大群村民的最前方。方大成在后头喊问："觉然师父，咱们到底要去哪里？"

"莫急，莫急，再走一段就到地方了。"江木回过头去，习惯性地回答了一句，忽然觉得似曾相识。原来这段记忆，他并没有淡忘，一直藏在意识的最深处。

可和记忆中不同的是，方大成身旁不再是一个小男孩，而是一个比方村长还壮实的黑脸男子。男子的声音带着悲伤，在他耳畔响起："我是一个医生，我会履行我的职责，保住你的性命。中国有句话，叫作明正典刑。我要明白地告诉你，你今日得到的报应，受到的惩罚，是因为十九年前欠下的血债。记住，我叫方三响，我爹叫方大成，我们来自关东沟窝村。我代表那些孤魂野鬼前来控诉。"

江木还想要开口，却觉得一股绵软的力量缠绕住舌头，缠绕住四肢，然后渗入大脑。整个人明明意识到危机将至，却完全无能为力，仿佛坠入一口漆黑的井中，即将直触井底……

方三响在伤口处埋头忙碌着，有条不紊，沉稳扎实。这是他急救生涯中最完美的一次发挥，没想到居然是献给仇人的。姚英子和孙希站在一旁，谁都不敢上前打扰。

方三响很快完成了紧急处置，江木的命切实保住了，至少可以保证活着接受审判。他喘着粗气，半蹲在旁边。大滴大滴的泪水落在江木逐渐松弛的身躯上。这是积蓄了十九年的泪水，缓缓稀释了涂满腹部的黏稠血污。

"这对老方来说，应该是最好的复仇了。"孙希轻声感慨。姚英子"嗯"了一声，眼圈红红的："他以后可以活得轻松点了。"

方三响的哭声，也感染了王兆澄。他忍不住上前一步，向垣内质问道："王希天会长到底在哪儿？你们把他带到什么地方去了？"垣内晃了晃脖颈："这我可不清楚，也许他去找其他劳工，也许是去找社会主义者。无论怎样，大概都难逃一刀。"

"什么？"王兆澄和难波大助同时警觉。

垣内嘿嘿一笑："中国和朝鲜劳工，又不是只有习志野这里的几百人。我听说各处都在追杀外籍劳工，他王希天一个人可救不过来。至于社会主义者，难道你们没听到？就连那个大杉荣，都已经被干掉啦。"

难波大助双目霎时变得赤红，向前抓住垣内的双肩："你说大杉先生怎么了？"垣内厌恶地推开他的手："昨天传来的消息，大杉荣和他的太太、侄子在东京宪兵总部附近被甘粕正彦大尉砍死啦。至于为何起了冲突，军部还在调查。"

"什么调查……这是毫无尊严的谋杀！"

难波大助咕咚一声，瘫坐在地上。南葛饰劳协覆灭，对他已经是个巨大打击，现在居然连大杉荣这个他最崇拜的偶像，也被毫无理由地杀死了？这是何等残忍无耻的行径！

"对于叛逆分子，采取直接果决的行动，不是理所当然的吗？大地震的麻烦，都是这些人造成的，如果让民众这样想，天皇陛下才会轻松些呀。"垣内回答。

积聚已久的戾气在难波大助胸中勃发。大杉荣曾说过，"统治阶级会用任何手段来压迫被统治者"，难道真被他说中了？可他很快又想起了这句话的后半段："……所以被压迫者，也只能采取任何手段来对抗。"

那些戾气霎时在胸口凝结，难波大助的神情变得坚毅，似乎做出了某个重大决定。

只有金性伍一直保持着沉默。早在垣内说破之前，他就知道了。各地对朝鲜人的攻击极为残酷，他当初就因为这个才躲起来。习志野的朝鲜劳工其实沾了中国劳工的光，才得以保全，但其他朝鲜同胞，却没这么好的运气——他们连"祖国"都没有，更别说来自祖国的红十字会了。

垣内幸灾乐祸地对三个呆若木鸡的人说："你们是幸运的，不过这种幸运，也仅限于你们罢了。好好去享受你们的人生吧。"

说完他俯身从地上捡起那把染血的军刀，用手帕擦干净刃上的污秽，插回腰间，悠然自得地走回军营中去。盐谷铁钢站在部落民众前，抿着嘴一言不发。他目送垣内消失，才走到孙希面前，沉重地握住了他的手。

"孙桑，我错了。"

"嗯？"孙希一怔。

"我原来以为，中日可以携手与白种人对抗，但我错了。我们太傲慢了，傲慢到看不见也听不到其他国家的存在。我很担心，这样癫狂下去，会让所有人都付出代价……"

孙希这次没有出言安慰，只是重重地握了一下对方的手。一贯对政治没有兴趣的他，此时也感受到了传递自未来的那沉重的压迫感。

他环顾四周，无论是忧心忡忡的姚英子、哭泣的方三响，还是王兆澄、难波大助、金性伍，每一个人，都不同程度地感受到了这压力。这压力无形无体，却无远弗届，沉重地压在每一个人的肩头。

关东大地震后一个月。

一声悠扬的汽笛声传来，一艘插着红十字会旗的轮船，缓缓在上海十六铺码头停靠。待得长板搭好，从船舱里走出几百名脸色憔悴的温州劳工。码头上迎接的人群，打出了"温州旅沪同乡会"和"上海协济日灾会"两条横幅。

带头的陈顺一见横幅，跪地放声大哭，其他劳工也一齐号啕起来。人群中的农跃鳞摊开笔记本，愤怒地在上面记录道：

"日本震难，吾国本恤怜之义，集资以济其急。而其浪人军警反加横杀，以怨报德，莫甚于斯。我华侨劳工，今日归国者不过两百余人。风闻温州、处州、青田等籍劳工，于震后被杀于街头者，不下七百之数，实属骇人听闻。更有劳工领袖王君希天，至今不知下落。吾国外交部但有良心，当速提抗议，惩办恶凶，赔偿损失，寻找失踪……"

笔落之处，墨透纸背，只因文中饱含了愤怒。农跃鳞奋笔疾书，一气呵成，这才抬起头来。

劳工们此时已全数下船，他这才见到牛惠霖院长挎着药箱，从船舱出来，走上踏板。牛院长面色如常，不见喜怒，仿佛只是一次寻常出诊。紧接着，救援队的其他男女鱼贯而下。队伍中有两男一女正在向自己招手。

农跃鳞笑了笑，低头在笔记本上又补了一句："吾国红会诸君，不辞劳瘁，夙夜奔驰，职在慈善，救灾无分畛域。其心其行，一如沈氏生前。大爱之心，可谓无疆矣！"

关东大地震发生三个月后。

一辆轿车缓缓驶过位于东京中心的虎之门。车头的菊花标志，表明车内坐的是来自皇室的尊贵人物。闻讯过来围观的群众都很清楚，坐在车子后排的是皇太子裕仁，他正要代替去参加第四十八次通常国会的首日仪式。这些行程，都是早早在报纸上刊登出来的。

今天聚集的人有点多，所以司机刻意放缓了速度。这时一个剃着光头的年轻人冲出人群，快步走近轿车。裕仁恰好转过头去，隔着车玻璃，看到这个年轻人掏出一把锯断了枪口的猎枪，黑洞洞的枪口对准自己，然后扣动了扳机。

巨大的动能让弹丸击碎了玻璃，擦着裕仁的耳朵而过。魂不附体的裕仁迅速趴伏下去，耳畔震得嗡嗡作响。这位皇太子在惊恐中只能模糊地听到司机狂踩油门的发动机轰鸣声、惊呼声、靴子踏地声和人体被狠狠压在地面的撞击声。

但所有这些混乱中，有一个声音最为响亮："革命万岁！"

等到他抵达贵族院时，满头大汗的警察总监已经把刺客的情报送来了，名字叫作难波大助。

虎之门刺杀事件震惊了整个日本，难波大助在审讯期间表示，他是因为南葛饰劳协被害的龟户事件以及大杉荣遇害的甘粕事件，才萌生了刺杀天皇的念头。次一年的十月，难波大助因为拒绝忏悔而被判处死刑。在法庭上，他如此表示："我的行为是唯一正确的，作为社会主义的先驱，我有权利为此感到自豪。"

关东大地震发生五十二年后。

一位曾在野战重炮兵第一联队六中队服役的士兵，终于公布了自己年轻时的日记。

这位叫作久保野茂次的一等兵说：在地震当年的九月十二日，王希天听说华工因为要被送去习志野而惊慌，跑来与负责押解的六中队交涉。垣内八洲夫中尉诱骗王希天说，允许他一起去习志野进行安抚，然后把他带到了逆井桥下，突然拔刀，齐肩斩杀了这位华工共济会的会长，然后又斩碎了面孔、手脚，烧光衣服，残留的钱包、钢笔与自行车全被私下瓜分了。王希天时年二十八岁。

王希天失踪的真相，至此方彻底大白于天下。

第七章
一九二八年十一月

上海特别市。

时近十一月，位于红会总医院隔壁的那一座纯庐花园内，仍是热闹非凡。在花匠的悉心呵护之下，各色花卉争奇斗艳，名品相压。它们斗气般地互相激发出阵阵香气，飘过墙头，令得总医院缭绕在一片芬芳馥郁之中。

若换作往常这时节，姚英子会站在那一尊希波克拉底雕像前，吸上好一会儿蕊香再走。可今天，她却一秒都舍不得停留，径直踏进了哈佛楼。

沿途的医生和护士不断向她点头致意，就连走廊的一些病人也纷纷起身问好。这位年近三十七岁的女医生，和二十多岁时并没太大改变。岁月只来得及给她白瓷般的面孔抹上一层温润的釉光，望之沉静安然。她今日穿着一袭倒大袖的素冷绿色连衣裙，脚蹬平底皮靴，步速极快，其神态其气质，俨然又是一个小张竹君。唯是右臂束着一条黑箍，似乎刚刚经历过一场丧事。

姚英子直上二楼，走到院长办公室门口，先深吸了一口气，才轻叩门牌。门打开了，先看到的是曹渡那张肉嘟嘟不见一丝褶皱的脸。曹主任冲她微微一笑，侧过身去："院长等你好久啦。"

坐在院长办公桌后的，是一个清癯儒雅的中年男子，白衬衫，背带裤，头发梳得一丝不苟，正支起一条胳膊读报告。

看到他的一瞬间，姚英子回到了二十四年前的车祸现场。那只轻柔托起自己脖颈的手，那一声急切而温和的呼唤，还有那一股萦绕许多年不曾散去的碘酊味道。

"颜院长。"姚英子轻声道，面颊微微发红。

颜福庆放下报告，视线先扫过那条黑箍，带着歉意道："惊闻令尊去世，原不该打扰姚医生你守孝，实在抱歉。"

姚英子道："为子女者，生前尽心即可。身后之事，不过是做给旁人看的罢了。"颜福庆点点头，又有些感叹："我和姚先生虽只有一面之缘，可姚公事迹却听过太多。他一直不遗余力支持慈善事业，如今遽然离世，着实令人惋惜。"

姚英子的双眼眨了眨："原来您还记得那时候的事情。"颜福庆大笑："怎么会不记得？那可是我去南非前一天的晚上，有幸目睹了上海滩的第一次车祸。"

"那时候我也没想到，您有一天，会来我们红会总医院做院长。"

"我也没想到。那个莽撞的小姑娘，如今居然长成了上海滩知名的产、妇双科圣手。"颜福庆伸手示意她坐下，温言道："这次叫姚医生来，是我有一桩医学上的构想，需要你的力量。"

一听到这句话，姚英子胸前起伏，双目微微有些湿润。辛亥那一年，她和颜福庆在圣约翰大学内偶遇，曾在心中发下誓言，不要那庸俗的憧憬，要以一个真正的医生身份走进他的世界。

多年之后的今天，这个誓言终于得以实现。

事实上，早在一个月前当姚英子得知颜福庆前来总医院担任院长时，便对今天的会面有预感了。

红会总医院此前一共有两任华人院长，牛惠霖医师于民国十六年（一九二七年）离任，继任者刁信德医师也已在今年离任。恰好在这一年，颜福庆出任了国立中央大学医学院的院长。

国立中央大学虽然本部在南京，但医学院却设立在医疗根基最为雄厚的上海。颜福庆新官上任，想为医学院找一个对口的实习机构，选中了红会总医院作为第一实习医院。红会觉得一事不烦二主，索性请他兼任了总院院长一职。

只可惜颜福庆身兼数职，忙碌非常，一直忙到今天才有时间叫姚英子过来。

颜福庆见姚英子怔怔地看着自己，眼中隐有莹光，还以为她还未从丧父的悲伤中恢复："姚医生若觉得不方便，再等几日也没关系。"

"没事，颜院长，我……我……"姚英子有些结巴，这个时刻她已经等待得太久，哪里肯放过？

幸亏曹主任及时出现，让气氛稍微缓和了一下。

"来，吃点冰激凌清爽一下。院里自己做的。虽然没牌子，可不比租界的差。"曹主任笑眯眯地端来两杯白雪。他此前做了几年包租公，可惜政治眼光一如既往地糟糕，几次大战都押错了宝，身家赔得底儿掉。颜福庆上任之后，把他重新叫回来管理院务。

姚英子趁机喘上一口气，这才道："我方便，方便，我们继续谈。"

看得出，颜福庆最喜欢甜食，忍不住拿起汤匙一舀，像个顽童似的抿了几口，一脸天真烂漫。姚英子见他没什么架子，自己也松弛下来。颜福庆舔舔嘴边，这才笑道：

"你记不记得，辛亥年我们在圣约翰大学偶遇。我那时候说：如今的状况，是有医生，而无卫生体系；有医术，而无公共教育；能治沉疴于将死，却不能防患于未然。"

姚英子点点头，当初聊的每一句话，她都记得。颜福庆叹了口气，双手支在桌前："辛亥年如是，如今也没什么大的改变。我审核了红会近五年来的时疫救援行动，纵横十几个省份二十多个城市，前后三十余次，当真辛苦得很。可这一次扑灭了，下次疫情还会复来，很多地方旋起旋救，旋救旋起。若不能从根本上解决，那我们永远都在疲于奔命。"

姚英子敏锐地道："不错，治标亦要治本。您不是一直提倡，要建立公共卫生体系吗？"

"可惜呀，民国以来政局变动频频，连找个做主的人都难。今年六月，国民革命军进了北京，改北京为北平，全国除了东北基本统一。我觉得时机成熟，可以开始做些事情了——你听过兰安生这个人没有？"

这名字姚英子听着耳熟，她皱眉想了一阵："是协和医学院的？"颜福庆点头："对，就是公共卫生学的教授 John B. Grant。去年我在协和医学院担任过一段时间副院长，跟他关系很好。他从一九二五年开始在北京做了一次社会实验，我认为是极有价值的。"

不待姚英子发问，颜福庆从桌上抽出一本簿子，上面写着"京师警察厅试办公共卫生事务所年度报告"十几个字。

姚英子低头翻阅起来，颜福庆解说道："民国十四年（一九二五年），兰安生说服了京师警察厅，在东城区划出了一片有十万居民的卫生示范区，试行公共卫生管理。"

"啊，这可是个大手笔！"姚英子一惊。她办了多年保育讲习所，深知此事之艰难。她每年培训几十个产婆都困难重重，别说要改变十万人的卫生观念。

"是的，很难，所以才需要和警察厅合作。兰安生教授筚路蓝缕，真是不易。"

姚英子一页一页翻过去，心中的震撼越发强烈。兰安生教授的报告里并没提及复杂深奥的医疗技术，通篇是管理规划。比如他把整个示范区分成了二十个派出所地段，每个地段都会派驻十名护士或实习生。他们要定期对管段内的居民做上门访视、建立健康档案、宣讲卫生常识、统计生命数据。

做过慈善的姚英子深知，数据统计在实际工作中有多么关键。她一直以来最头痛的，就是无法掌握上海城厢的孕产妇数量，只能凭经验去估。这个分区制度，姚英子一眼便看出其重要价值，倘若对管区内每一位居民的状况都了若指掌，做决策时便可事半功倍。

其他类似的精妙设计还有颇多，诸如三级医疗制、区域内摊贩检疫制、公共厕所专管等等，姚英子简直看得停不下来。

"哦，对了，协和医学院的所有学生们，都必须来这个示范区实习半年。"

颜福庆说得兴致勃勃，姚英子连连颔首。"如此一来，学生们既得到了锻炼，也解决了示范区人手不足的问题，真是一举两得。"

"这个示范区的成效如何？"

"到目前为止，这个示范区已运转了三年，白喉、霍乱、疟疾、麻风等疫病几乎没暴发过，区域内的居民死亡率从百分之二十二点三降到了百分之十九点三。"

三个点？那就是三千人的性命，相当于少打了一场中等规模的战争啊！姚英子翻完报告，心悦诚服，连连赞叹说不愧是协和，深得"防患于未然"之精髓。

颜福庆见她的反应，欣慰一笑："我就知道，以姚医生的眼光，必能体会其中深意。"

他起身转向墙壁，墙壁上挂着一幅巨大的上海特别市城厢地图。颜福庆抬起胳膊，指着上方吴淞方向："兰安生教授珠玉在前，我们上海医界岂可不思进取？如今由中央大学医学院牵头，集合各界力量，准备在吴淞一带也搞一个卫生示范区。"

姚英子双眸一闪，这个计划可是不小。

"这个示范区的人事已近齐备，唯有妇幼保健这一块，尚缺一位主管医师。"颜福庆道，"你知道的，妇幼是人群中最为脆弱的一个群体，他们的健康状况直接决定总体死亡率。所以这个职位，十分关键。"

姚英子心脏怦怦地剧烈跳动起来，身子不由得靠前。

"姚医生这几年的成果有目共睹，保育讲习所和济良所搞得有声有色，全沪称誉。所以我不揣冒昧，想问问你，是否有兴趣来吴淞共襄善举？"

姚英子正要开口，颜福庆却抬起手来，示意少安毋躁："我不能骗你，这并非一桩美差。吴淞地理偏僻，政府补贴不多。而我们会效仿北平的示范区，对所有孕产妇都建档随访，从备孕至新生儿护理，每一个阶段都得跟踪到，工作量不小。姚医生，你可要仔细斟酌。"

"不用想了，我去！"姚英子毫不犹豫，"我记得协和还有一位杨崇瑞女医师，一直致力于妇婴事业。她发表的论文说，新生儿和孕产妇的高死亡率，有七成是肇于错误的卫生观念与不良习惯。倘若能用公共卫生体系提升民众的认知，便可以拯救许多人。这是为女子争取生存权的大事，我责无旁贷。"

一说起这个，姚英子便滔滔不绝。颜福庆忍不住笑起来："不愧是张竹君的学生，讲起话来神态和她一模一样。"

"您见到张校长了？"

"事实上，这个职位我最初是属意她的。但她向我推荐了你，说年轻人更有冲劲。今日一谈，果不其然。"

颜福庆起身，主动从桌后伸出手来。姚英子望着他，大大方方地握住。颜医生的手，一如既往地温暖，她的鼻子里似乎又嗅到那股并不存在的碘酊味道。不过这一次，姚英子心中再无忐忑，眼神坦然而愉悦，因为这是两位真正的医生在握手。

"天晴，你知道吗？上海城厢的孕妇和婴儿的死亡案例，至少有四成是由于产后脓毒症和新生儿破伤风。这两种病只要预防得当，完全可以避免，这次在吴淞……"

"英子，英子，咱们不在讲习所，是在新新逛街呢……"

林天晴一脸无奈地挽住她的臂弯，低声提醒。这时姚英子才注意到周围顾客和售货员投来的诧异目光，吐了吐舌头笑道："都是我不好，最近满脑子都是吴淞示范区的事。"

她们两个此时正在逛南京路上的新新百货大商场。这是两年前新开的百货大楼，风头盖过了先施、永安两家老字号。大楼共有七层，国货与洋货琳琅满目，尤其难得的是，楼内还装有冷气机，传声喇叭里响着华尔兹。顾客在盛夏时可以怡然闲逛，最适意不过。

"我看你呀，是被这示范区给魇住了。吃饭也谈，坐车也谈。是不是十天以后到了预产期，我的娃出生听到的第一句话，也是示范区？"林天晴假意嗔道。姚英子伸出手，轻轻在她隆起的肚皮上一按："示范区的成立也是十天以后，可见这孩子是应运而生。你放心，我参加完庆典，就赶回来给你接生，还怕这朵小蒲公英被吹跑了不成？"

"生孩子的时辰哪有那么准？"林天晴面带羞涩，可又有遮掩不住的喜悦。

方三响五年前从日本归国之后，便与林天晴成亲。不过两人都有工作要忙，一直拖到今年才怀上孩子。姚英子毫不客气地把林天晴接管过来，饮食起居，产检调理，做了一套十分详尽的守则，美其名曰"示范孕妇"。

姚英子拽着林天晴在三楼的婴幼区逛了一圈，购货单攒了一大把。林天晴有些不安道："英子，这实在太多了，家里快搁不下了。"姚英子絮叨道："谁家养了小囡囡，那简直是要开个杂货铺的，要的东西不要太多。等生下来，你就晓得了——哎，对了，你坐月子谁来照顾？"

"怕是还得雇个保姆才行。"林天晴轻轻叹了一声。他们夫妻俩父母早殁，也没什么亲戚。两人工作特别忙，现在家里都是静安寺的老张过来打理，但老张年岁大了，做不了几年。

"就你们俩那点薪水，又要养活沟窝村那些人，又要雇保姆，怕是家里要吃紧呢。"姚英子说。

上海的医生收入其实蛮高，但红会总医院是慈善机构，薪资微薄。方三响又是负责时疫防控的主任，不比牙医或外科医生有外快。饶是如此，方三响仍定期给沟窝村幸存者汇款，林天晴也支持丈夫这么做。家里的用度，主要靠她在广慈做护士长的收入。

林天晴道："最多手和嘴再紧一紧，还是够用的。比起很多连口粥都喝不上的穷苦人，我们已经算蛮好了。"姚英子笑道："这你放心，蒲公英可会省钱了，整个总医院都知道，一枚洋钿能掰成四瓣花。若换了孙希，只怕一个月都坚持不下来。"

两人边逛边聊着，忽然远处一个女子一瘸一拐地走过来。

"哎呀呀，大小姐，你果然在这里呢！"翠香拨开人群，走到两人面前。她已经出落成一个二十多岁的大姑娘，卷发杏脸，双眼细长，颧骨高高凸出来。

"你不在讲习所，怎么来这里了？"

翠香催促道："大小姐，你快回家吧。你大伯姚燕戊、你堂哥姚鼎文，趁着老爷尸骨未寒，跑到上海争家产来啦。"

姚英子一怔，仿佛没有第一时间听懂。反倒是林天晴焦急地一推她的胳膊："快走，快走。"

与此同时，在霞飞路上的恩派亚大戏院里，一声响亮的喷嚏声骤然响起。

"阿嚏！"

黑暗中的孙希揉揉鼻子，可不知道自己刚刚被两个女人嚼了舌根。

眼前的银幕上，一群侠客互相掌心发雷，口吐飞剑，光怪陆离，煞是热闹。这一部《火烧红莲寺》是时下最热门的电影，电影院里坐满了人。

他正准备凝神继续看，一个人影匆匆从过道穿过来，在黑暗中准确地锁定了他的位置——没办法，孙希的身材太显眼了。

"有急诊，快跟我走一趟。"孙希一听是方三响的声音，不由得大奇。

哪有电影中途跑进来说有急诊的？医院明明有值班医师呀！不过孙希见方三响脸色严峻，也没多问，二话不说，起身离开电影院。

出了电影院之后，方三响叫了两辆黄包车，说去戈登路静安寺路。孙希更奇怪了，那不是老方租的公寓地址吗？难道是天晴出了什么问题？孙希先一惊，可旋即想想不对，记得英子今天约天晴去逛南京路，并不在家。

孙希满腹疑问。两人很快赶到了方三响家的公寓。一开房门，孙希看到沙发上正侧躺着一个长袍男子。

"农先生？"孙希一眼就认出他的身份。

农跃鳞气色极差，整个人弓如虾米，右手一直按在小腹上，连话也说不出。孙希疑惑地看向方三响，后者一边脱外套一边说："先救人，一会儿再跟你解释。"

"至少你得告诉我，他怎么出的事。"

"被人打的。"方三响掀开农跃鳞的袍子，只见腹部右侧有清晰的瘀青拳印，而且不止一处。应该是被什么人架住以后，狠狠地击打了很久。

孙希倒吸一口凉气，这简直是往死里打呀，谁会下这么重的手？方三响沉声道："我初步做了检查，他的右上腹一直痛，而且叩诊发现，肝部浊音界扩大了，我怀疑是肝破裂。"

孙希一边检查农跃鳞的脉搏，一边嘟囔："老方，我还是建议送医院先做个腹腔穿刺。"

方三响不耐烦地道："就是因为不能去医院，所以我才把你叫过来！"孙希很少见方三响这么着急，不再坚持，挽起双手的袖子，埋头准备手术。

方家两口子都是医院人员，家里常备着各种药品、纱布、酒精之类，孙希又习惯随身携带手术刀具。唯是缺少麻醉设备，好在方三响惯会土办法，他用美俄氏口罩加上四层细眼纱布笼在口鼻处，徐徐滴落乙醚，好不容易确认农跃鳞被麻醉了，才开始手术。

孙希手起刀落，很快便沿着右肋缘下打开一个短斜切口，暴露出腹腔。果然如方三响预料的那样，只见农跃鳞的右肝出现了一条大约三厘米的裂口，还在往外渗血。虽然渗出速度不快，但持续积累下来，积血量还是不少，其中还混有胆汁。

孙希知道，一旦让胆汁流入腹腔，就会引发腹膜炎，那时候可就麻烦了。方三响见状，毫不犹豫地扯碎了林天晴给孩子准备的小棉衣，用棉花团吸除了积血和血块。孙希找了一圈，没看到合用的阻断带，便让方三响用手指掐紧肝门，控制出血，然后进行缝合。

对拢裂口、褥式缝合、冲洗腹腔、设置引流……一系列手术程序如行云流水，全无滞涩。孙希这些年来，手术技法越发精纯。方三响每次见他手术，都忍不住要啧啧称赞。看来无论什么人，都是有优点的。

等到关闭腹腔，确认病人无碍之后，孙希这才满头大汗地一屁股坐到沙发上："老方，你现在总能说了吧？"

方三响走到窗边，谨慎地朝外看了一眼，拉起窗帘，这才回过身来："去年在上海最大的那一件事情，你是知道的吧？"孙希瞳孔一缩："你说四一二？"

去年的四月十二日，上海总工会遭到了青帮分子突袭，工人纠察队死伤惨重。次日，总工会在青云路广场搞了个十万人请愿集会，却惨遭第二十六军第二师开枪镇压，血流成河。一时间整个上海风云变幻，腥风血雨，无数人被捕被杀，足足折腾了一个多月才算消停。

当时红会总医院和上海其他各大医院，接诊了无数轻重伤员，以劳工居多。有些伤员刚刚被包扎好，便被军队蛮横地拖上车押走，孙希对此印象十分深刻。

"当时农先生在报纸上连篇累牍地抨击当局，说他们是假革命、刽子手、违背孙先生遗志的叛徒，搞得蒋中正十分恼火。只是因为农先生在租界里，暂时拿他没办法。"

"真不愧是农先生啊……"孙希大为钦佩。他们认识农跃鳞好多年，这人向来不惮对政府开炮。在四一二那种疯狂的氛围之下，他依旧敢仗义执言，着实是条好汉。

"那时候蒋中正和汪兆铭各自占了南京和武汉，忙着互相敌对，顾不上这边。后来宁汉合流，当局便腾出手来，打算秋后算账。工部局不愿为一个共产党人去得罪新的国民政府，便把农先生驱逐出租界。农先生甫一离开，即遭到了青帮袭击，幸亏他机警，勉强逃到我这里，不然现在只怕已经死了。"

"农先生竟是个共产分子吗？"

方三响没有回答，而是警惕地看了一眼门口："之所以不送他去医院，是因为我听说青帮已经发出悬赏，上海到处是他们的眼线，太危险了。"

很显然，国民政府不愿取下"新闻自由"这一层遮羞布，所以把抓人的工作交给了青帮。杜月笙、黄金荣几位青帮大佬，早在去年就成立了中华共进会，专为清党、分共、压制工纠而设，给政客们干脏活。

孙希喷喷道："我是不明白了，之前共产党和国民党好得蜜里调油，连军队都一起搞，怎么突然之间就翻脸了？这共产党是什么洪水猛兽，让他们如此忌惮？"

"难道你忘了难波大助吗？"

"哈哈，我倒忘了，咱们跟共产党也真有缘分，在日本、在中国都能碰到。"

"不是有缘分。你想啊，咱们的主要工作是救疫和救伤，都是针对穷苦百姓的。共产党主张的，可不就是号召底层无产者联合吗？想不碰到他们都难。"

"嘿……看来这国民政府的做派，和朝廷、军阀也没什么区别嘛。可惜老方你太耿直，不然去拉拉关系，说不定能保住农先生。"

方三响冷哼一声："我所熟知的国民党，从去年开始可就变样了。"

方三响和国民党的渊源颇深。他在汉阳时与同盟会的萧钟英相交莫逆，又在上海与陈其美颇有来往，甚至一度考虑加入国民党。如果他存心攀附这层关系，现在说不定已经做到卫生处长了。

"不过离政治远一点也好。这些年台上面那些人此起彼伏，换得跟大世界里的走马灯似的，谁拿得准三日好三日坏？咱们没有曹主任的眼光，老老实实治病救人就够了。"

一提曹主任，方三响难得笑起来。这几年来曹主任的政治眼光越发难以捉摸。他在江浙战争里看好卢永祥，投了一大笔积蓄，赔得底儿掉；浙奉战争又觉得直系前景堪忧，赶忙倒换房产，结果自家几间房子栽进去了；北伐战争一起，曹主任觉得和当年护法、护国战争一样，南边的军队是雷声大雨点小，买了孙传芳在上海发行的战争债券，然后……就没有然后了。一时在医界传为奇人。

"农先生总是说，你不去关心时局，时局也会来关心你。可真关心了时事吧，就很容易被卷进去，身不由己——你瞧农先生，被时局关心成了这副模样。"

"医学能救命、救灾，可救不了国呀。"方三响说到这里，语气郁闷起来，"从辛亥年咱们一直到处在救命，从武昌到山东，从上海到东京，可又怎么样呢？青岛不是在东洋人手里就是在西洋人手里；日本人瞪着眼睛屠杀华工，我们也只能看着。跟日俄战争那会儿比，现在的老百姓的处境有什么不同？到底出路在哪儿？"

"颜院长不是要在吴淞搞示范区吗？我觉得就是条挺好的出路。老百姓的身体搞不好，今天病明天死，怎么强国？"

"英子给我看了计划书，规划得确实不错。只不过人手还是太少了，示范区几万户人家，得忙到什么时候才见效？"

"没办法呀，你想上海才多少医科学校，一个医生起码得学五年，一届也就那么几十人，洒下去根本没水花，市区都照顾不过来，巧妇难为无米之炊。"

"毕业生多了有什么用？还不是留在上海市里。不要说安徽、江苏远的地方，就是上海周围诸如吴淞、真如、大场、杨思当地的农民，也享受不到他们的治疗。"

"饭要一口一口吃，这件事情，急不得。"

"我一直在总医院里讲，最好效仿英子的讲习所，也开几个速成班，教会一些人基本治疗常识，派他们去农村里。"

"喂喂，老方，你这就是草菅人命了。速成班？医术岂能速成？可是会要人命的呀。"

"这怎么是草菅人命？我做时疫防治这么久，太知道下面的情形了。老百姓最常见的毛病，其实就那十几种。只要随身带点眼药膏、蓖麻油、甘汞片、阿司匹林，还有碳酸氢钠什么的，再学点消毒与卫生常识、外科急救、种痘技巧什么的，百分之六十的常见病就能解决了。"

"那碰到大病怎么办？"

"他只要判断是大病，赶紧送去医院不就得了？"

"唉，老方，你还是老毛病。这是凑合，怎么能拿来正经用？"

"你不也一直在研究战时同步治伤吗？本质上那也是凑合。"

"不一样啊，那是在战场上的权宜之计，我日常可从来不用。医学不是群殴，不能靠数量堆上来，十个庸医也不如一个良医。"

方三响还要振作辩论，孙希却摆摆手，高挂免战牌。从两人相识开始，他们俩只要一聊这个话题，就一定会吵架。孙希俯身检查了一下农跃鳞的呼吸："他这个刀口，至少要静养十天，你家里有孕妇，实在不方便，要不要把农先生搬到我那边去？"

"不用了，现在移动他，无论医学上还是政治上都有风险。他先在我这里待一阵。等养好伤，我再想办法把他送出上海。"方三响坚定地道，"天晴我安排到别处去，她能理解的。"

"喂喂，她可是快临产了，你让她去哪儿待着？"

"实在不行，就放英子那里。"

孙希忽然发出一声感慨："唉，老方，老方，我现在好羡慕你和英子的关系呀。"

"为什么？"

"你婚也结了，孩子也要生了，心思笃定，跟英子讲起话来一点都不别扭，坦坦荡荡的。"

"难道你不是？"

孙希靠在沙发上，双手枕着头向后仰去："怎么说呢？那年在中国公学，英子把话都说透了。不过这些年，我一直有点不甘心，结果就因为这点不甘心，每次跟她讲话总得掂酌，患得患失——唉，不过现在说这些也晚了。"

方三响端来一瓶张裕红酒，分盛了两个杯子。这是柯师太福带着他喝出来的，也是他为数不多的业余爱好。孙希接过去，喝了一口，道："英子父亲刚去世，我现在再说这事，不成了觊觎姚家孤女家产的坏人吗？"

"你真是想多了，英子不会这么想的。"

"她不会，不代表别人不会。再说她宁波那边的亲戚，肯定又得趁机闹一番，还是别添麻烦了。"孙希摇摇头，把杯子里的红酒一饮而尽。

孙希并不知道，此时麻烦已经找上姚府的门来了。

姚英子坐在客厅里，双手抱在胸口，平静地注视着对面的两个人。大伯姚燕戊一身传统中式长袍，面容依稀与姚永庚有几分相似；在他身后，站着一位快五十的中年人，脸色蜡黄，一望便知有烟霞之癖，正是姚燕戊的次子姚鼎文。

翠香从里间转出来，殷勤地端上来两杯茶水。姚英子眼睛一扫颜色，就知道这是高碎劣茶，家里煮茶叶蛋才用的，翠香这个促狭鬼，肯定又在弄松①。

不过这对父子显然心思不在吃喝上，接过杯子潦草沾了一口，姚燕戊便开口道："侄女呀，我们俩这次从宁波赶过来，是担心你爹去世以后，你一个在室的大姑娘被人欺负。上海这地方，可不比宁波，人心太险恶，还得自家人帮着自家人。"

"哦，伯父打算怎么帮我？"姚英子语带讥讽。

姚燕戊把儿子往前一拽："你堂哥姚鼎文是个精明人，在宁波管着好几间生药铺子，搞得有声有色。他说堂妹是他从小看大的，出了这样的事，真是触心触肺，拼了自己店铺不理，也要先照顾好你的事。"

姚英子故作惊讶："那几间生药铺子，不是早被堂哥抵债给别人了吗？"

"喀，喀，我说的是管过，管过。"姚燕戊赶紧找补了一句，冲儿子使了个眼色。姚鼎文连忙上前赔笑脸："我知道叔父的事业跟洋人打交道多，路上还特意学了几句

---

① 弄松：吴语，捉弄。

196

洋文呢，打理起来绝没问题。"

说完他磕磕巴巴讲了几句，姚英子见他拙劣到可笑，赶紧拦下道："大伯和堂哥能来探望，我是很高兴的。最近上海正是好时节，我让翠香出一个辔头，陪你们去各处转转。"

对面两人对视一眼，姚燕戊眉头微微皱起，身子朝前凑去："侄女，我们这次来，是真心要帮你爹把生意撑起来。鼎文帮你照看生意，有我盯着鼎文，他肯定不敢偷懒。族里几个婶婶也可以过来，把姚府上上下下打点起来。内外皆有照应。你吃穿用度都照旧。"

姚英子突然觉得一阵疲惫，不想绕圈子了，直接开口道："大伯，你愿意来上海玩，我这个做侄女的无任欢迎。不过我爹的生意还有其他股东照看，我做个甩手掌柜就行了，倒不必担心什么。"

"哎呀，侄女，你可真是讲不通！"姚燕戊气得一跺脚，"这可是你爹一手一脚做起来的，怎么好让外人去管呢！那些家伙刻毒人相，迟早要把咱们姚家的东西都给吞了。最起码，最起码……姚家在里头的股份，总得有个着落吧？"

"股份在我这里呀，怎么就没着落了？"

"你这个老女人万一哪天嫁人，我的……我姚家的这么大一笔家产，可就跑到外姓人手里去了！"姚鼎文耐不住开口吼道，一涉及钱，他的五官就像毛巾一样拧起来。

姚英子面容一绷，还未开口，翠香在旁边"哎呀呀"一声，抬手碰翻了茶杯，一杯热水全洒在姚鼎文身上，把他烫得"嗷"一嗓子，原地跳起来。气得姚燕戊骂了一句："无规无矩！"拿起拐杖要去砸翠香，谁知翠香一旋身跑开了。

姚燕戊气呼呼地转过脸来，把拐杖在地上一顿："英子，鼎文的话昏头落聪①，可道理是对的。这样好了，你找个人入赘，我和鼎文替你监管家业。只要你有了孩子长大成丁，族里就把家产放还。"

"原来在大伯眼里，我的继承资格，还得靠嫁不嫁人来决定？"

"啧，英子，你讲话别钉心熬肺②。不是我们要夺这份家产，是你爹他的牌位上写着姓姚。姚姓之人，就得服膺姚氏宗族的家法，遵守姚家的规矩。你一个在室之女，忍见绝嗣之哀，这家产可不由着你一个人说的算。"

---

① 昏头落聪：方言词，指头脑不清醒。

② 钉心熬肺：方言词，指话语令人难受，刺心。

姚英子冷笑起来："大伯，你这话说得可有点荒唐了。如今法律有规定，男女都有继承权，还当我是李超吗？"

姚鼎文脸色一变，恶狠狠地追问道："李超是你的姘头？堂妹，你可不要被外头那些油嘴滑舌的男人骗了，他们可都是冲着钱来的。"

"难道你们不是吗？"

姚燕戊见这个侄女油盐不进，终于失去了耐心，面色一板："我不想拿长辈来压你，可族里已经合议了，不能看着我三弟这一支绝嗣，要从其他房补一个过来。我舍出鼎文这个儿子不要，入嗣你们这一支。他已经有两个儿子，可以保你爹一年四时都有男丁给他磕头上香——我就不信，法庭再大，还能大过'孝'字吗？"

姚英子差点被这一股自以为是的墓穴朽味熏晕了，她不动声色道："大伯久居宁波，只怕对时事关心得太少了。盛爱颐的案子，想必还不知道吧？"

两人面面相觑，不知怎么又冒出这么一个名字来。姚英子拍拍手，翠香重新回到客厅，笑嘻嘻地拿起两张剪报，塞给姚燕戊和姚鼎文。

这是今年十月的《申报》，里面报道了一桩大名鼎鼎的盛宣怀遗产案。盛宣怀去世很早，夫人庄氏也于去年离世，盛家偌大的产业交由第四子盛恩颐操持。今年六月，七小姐盛爱颐忽然一张状纸，把盛恩颐告到了上海地方法院，说四哥剥夺了她的继承权，要求从父母遗产中分割一部分出来。

在法庭上，盛恩颐辩解说，女子自古就没有遗产继承权，他作为家长以及长兄，唯一的义务是在盛爱颐出嫁时送一笔妆奁费，此乃传统，亦是规矩。盛爱颐则拿出中华民国法条，说未出嫁女子享受同等继承权。两边各执一词，争执不下。最后法庭判决盛爱颐胜诉，到底继承了盛氏遗产中的一部分。

上海舆论为此喧腾了很久，纷纷称赞文明进步。当然，也有不少人大骂戕害伦理，长此以往，国将不国。

两人看完报纸，面色如同刷了一层酱油。即使不懂法律，他们也明白，在盛爱颐案子刚判的背景之下，类似的案子再闹上法庭，胜算实在不高。

翠香托着腮帮子左看看，右看看，这两副难堪脸色怎么看也看不够。她早在盛爱颐案子开打的时候，就着意搜集了剪报，专待着这一刻。姚燕戊忽然长叹一声：

"英子，我原本念在亲情的分上，希望这件事在族内解决。既然你执意新出调样，我们也只能公事公办了。"

"哦？"姚英子忽然来了好奇心。他们还有什么招？

姚燕戊一使眼色，姚鼎文连忙从怀里掏出一个信封，里面装的竟是一份姚永庚的过继文书。

在这份文书里，姚永庚自承膝下无儿，有绝嗣之忧，因此特请族内公议，把大哥的次子姚鼎文过继承嗣云云。在文书落款下方，还有密密麻麻的见证人手印、印章，其中最醒目的便是钢笔签就的"姚永庚"三个字。

"你说是真的，就当真的啦？"翠香嗤笑。

"这是你爹早就想做的事情。他上次回宁波，跟族里谈好的。数十位缙绅在一旁见证，还有你爹的亲笔签押，岂能有假？"

姚英子盯着那份文书，抿起嘴来没吭声。姚燕戊索性不演了，露出和他儿子适才一样的狰狞面容："现在鼎文是你兄长，同样有姚家遗产的继承权。好侄女，咱们法庭上见！"

翠香还要嘲笑，却被姚英子一把拽住，声音有些异样："那确实是我爹的签名。"

林天晴双手扶在后腰，挺着肚子慢悠悠地沿着马路朝家里走去。

今天在新新百货逛到一半，英子临时被翠香叫回了家。她自己又逛了一阵，看看时间方三响应该下班了，便朝家里溜达回去。

林天晴快走到静安寺路的路头，突然从旁边巷子里蹿出一个小报童，一头撞到身上，她尖叫一声，几乎要失去平衡。幸亏身后一人架住了林天晴的肩膀，总算没有摔倒。

林天晴还没顾上道谢，那人"啪"地给了那报童一记耳光，喝骂道："小赤佬！跑昏头了！"林天晴见那报童不过七岁左右，小脸上五道指印，心中不忍，劝道："算了算了，反正没摔倒。"

小报童一声不吭，捂着脸跑开。那人忽然惊喜道："哎？方太太？"林天晴也认出他的枯瘦面孔，居然是杜阿毛。

自从刘福彪隐退之后，方三响与青帮的关系若即若离，只是看在杜阿毛的面子上，偶尔去闸北出个诊。杜阿毛倒还算殷勤，隔三岔五上门送点东西，所以林天晴对他态度还好。

"哎呀，怎么方太太你一个人出门呢？现在不比从前啦，汽车、自行车、黄包车跑得到处都是，一不留神就要撞到的呀。"

"三响上班比较忙，我一个人慢慢走，没关系的。"

"方医生也是见外。这么大的事，怎么也要安排个丫鬟伺候嘛。"

杜阿毛很是热情，坚持要把她护送回家。林天晴虽觉不好意思，但盛情难却。两人走回到公寓楼下，推门进去，正看到方三响和孙希坐在沙发上。

　　林天晴一进门就觉得气氛有些怪，她敏感地觉察到，家里发生了某种变化。

　　"孙医生也在呀，长久不见。"杜阿毛打了个招呼，对方三响讲了刚才的事。方三响吓了一跳，赶紧抱住林天晴，问有没有撞伤。林天晴摇头说没事，然后耸了耸鼻子，闻到一股血腥味，甚至还有消毒水的味道。

　　她做护士的，对这个很敏感，正要开口，却见丈夫轻轻使了个眼色。林天晴强压疑惑，说："我给你们泡点枸杞茶去，你们三个聊。"转身进了厨房。

　　杜阿毛也不客气，坐下与方三响、孙希聊了起来。他离开刘福彪以后，转抱了黄金荣的大腿，如今在三鑫公司旗下管着一部分烟土生意，颇为风光。但也因为这个，方三响一直不太待见他，与他不冷不热地保持着距离。

　　杜阿毛也知道他的脾气，只讲些最近沪上的八卦，眼珠子却不住瞟着客厅深处和楼上。聊了半个多小时，杜阿毛起身告辞，临走前对方三响道："最近青帮在到处找人，方医生可要小心些，不二不三的病人不要管了。方太太临盆在即，还是太平些好。"

　　"我只关心治病，外面的事没注意过。"方三响淡淡地道。

　　杜阿毛离开公寓之后，匆匆走到路对面。樊老三从一个烟摊旁边转出来，压低声音问："怎么样？农跃鳞在这里吗？"

　　"不知道。"杜阿毛摇摇头，"方医生今天家里有客人，我也不好强行上楼去搜。"樊老三道："农跃鳞的朋友可多了，怎么会这么巧，跑来藏到方医生家里？"

　　杜阿毛眯起眼睛，手指头敲着腮帮子。他怎么都吃不胖，脸颊永远紧贴着颧骨，敲起来声音干瘪。

　　"刚才我在他家客厅，总觉得有一股血腥味，而且不是从厨房传出来的。他和孙医生又都挽着袖子，应该是刚刚做完什么事。"杜阿毛皱眉想了一阵，对樊老三吩咐道："这是黄老大吩咐下来的事，不能掉以轻心。你安排几个人，日夜盯牢方医生家进出的情况。"

　　"啊，好。"

　　"你手下那些人，都是烂污泥。记得跟他们讲明白，只许盯牢，不许登门骚扰。"杜阿毛又叮嘱了一句，看向公寓二层的卧室窗帘。

　　此时在那一层棉布窗帘后头，一双眼睛也在盯着外头的街角。

　　"青帮看来是对我起了疑心。"

方三响把窗帘收了收，转身说道。农跃鳞脸色苍白地躺在卧室床上，意识已恢复了清醒，只是身体插着导流管。

旁边林天晴已经了解了整件事情，她没埋怨，只是有些担心。方三响宽慰妻子道："凭我的面子，杜阿毛不敢闯进来明目张胆地搜查。我们一切照常就好。"

孙希蹲在床头，帮农跃鳞小心地调整着导流管："农先生现在这个状况，五天之内绝对不能移动。杜阿毛愿意在门口蹲守，就让他蹲吧。"农跃鳞勉强抬起头，说道："比起四一二的死难同志，我已经多活了一年，不亏了。你们不如把我交出去，不要被连累。"

方三响摇摇头："你现在落到他们手里，一定会死。我身为医生，不能把病人送去绝路。你安心休养好了，等身体痊愈，我们再想办法把你送出去——你有什么打算吗？"

"还没想过，也许去香港避避风头吧，或者更远点，去南洋。"农跃鳞一阵苦笑，"前清那会儿任凭我写什么，朝廷就是拿我没办法；如今的国民政府，论起手段可比大清狠多了。"

孙希打趣道："沪上都说农先生是铁胆铁笔，这次我真看见您的胆了，触感确实挺硬，包膜厚实，上头还有一个个小颗粒——这是酒精性的肝硬化，您千万不好再酗酒了，有害健康。"

"这些招来杀身之祸的文字，都是我喝酒时写出来的。酗酒确实有害健康，诚哉斯言。"

大家饶是心事重重，听他这么一说，也忍不住乐了。

这时门外又传来敲门声，众人又一阵紧张。林天晴下楼开门一看，门口站着姚英子和邢翠香，赶紧把她们迎进来，门重新掩好。

她们俩本来是给林天晴送东西，一听说农跃鳞在这里养伤，都吓了一跳。姚英子赶紧跑去二楼探望农跃鳞，得知他没有生命危险，这才放心。她索性坐在床边，把大伯父子今天上门威胁的事也说了。

孙希听完，愤愤不平："这些家伙真是太恶心了，自己好吃懒做，却公然来抢夺侄女的家产。"翠香撇了撇嘴："孙叔叔，你说点我们不知道的。"

方三响抱臂靠在门边，皱眉道："英子，你说那份过继文书，是真的？"

"对，我对我爹的签名很熟悉。"姚英子情绪有些低落。姚永庚生前确实动过过继的心思，只是一直没下决心。如果他真的瞒着女儿签了过继文书，她恐怕比失去家产还难过。

这时农跃鳞在床上轻声道:"姚小姐,如今模仿笔迹的人不要太多,福州路上随便一个字画店的伙计,都能学个大差不差,你又如何能确定出自令尊之手呢?"

"因为我爹平时写字,是用一种叫铁胆墨水的墨水。这种墨水里面含有发酵的橡树虫瘿和铁盐,不溶于水,不易褪色,特别适合用于商业文件。"

"在伦敦的注册处,所有的出生、死亡和婚姻证明,都必须用这种墨水书写。"孙希不失时机地补了一句。

农跃鳞思忖片刻:"但这只能证明,书写的人用了同一种墨水,不代表就是你父亲写的。"姚英子解释说,铁胆墨水如果添加不同成分,可以呈现出不同的微妙色泽。很多商人只用自家独特配方的墨水签署文件,这样可以防伪。姚永庚用的,是一种叫"埃及玫瑰"的铁胆墨水配方。

"那么这种墨水,都有谁能接触到?"

"他自己总是随身携带,不过商行与家里都备有存货。"

"就是说,不排除别人拿到这种墨水的可能。"农跃鳞慢条斯理地分析道,"先抛开签字真伪不说,你还记得过继文书的落款日期吗?"

"九月二十九日。我父亲是十月三日去世的,九月底他确实在宁波。"

农跃鳞闭上眼睛,似乎在思考,又似乎在积攒体力,良久才再度开口:"这就怪了。倘若那份过继文书是姚先生亲笔所签,那个姚鼎文就该尽快赶到上海,行使嗣子的权力。那时令尊还在世,从法理上你是毫无办法抵抗的。但他们偏偏等到令尊去世一个月才赶来,先劝诱你让他们代管生意,未果之后,才抛出这份文书……"

孙希和翠香同时眼睛一亮,又同时要开口。翠香一抬下巴不肯退让,孙希只好耸耸肩,让她先说。

"这份文书,根本是老爷去世之后才伪造出来的。所以他们心虚得很,先哄骗小姐,实在哄不过,才拿出这个假东西来!"

农跃鳞颔首,有聪明人在,省了不少讲话的力气。翠香得意地看了孙希一眼,似乎争得了什么重大胜利。孙希却提醒道:"道理是这个道理,但在法庭上,你这种主张可是不会被认可的。"

翠香冷哼一声,说:"孙叔叔,你是嫉妒我抢了你的风头吧?"姚英子难得脸色一沉,她这才不服气地把嘴闭上。

"孙医生所言不错,他们这个举动固然可疑,但要说服法官还不够。只有找出这份文书上面无可辩驳的破绽,才有胜算。"农跃鳞慢条斯理道。

几个人面面相觑。姚燕戊父子肯定把文书攥得紧紧的,开庭前绝不可能拿出来。

见都见不到，怎么去找破绽？农跃鳞倒是有调查的本事，也有鉴别的眼光，可他如今的处境，根本连屋子都出不去。

农跃鳞挣扎着起身，吓得孙希赶紧过去把导流管扶好。他拿过来从不离身的笔记本，说道："这样好了。姚医生，你详细描述给我听，不要遗漏任何一个细节，包括那个埃及玫瑰的墨水配方。"

姚英子有些不好意思："您现在伤成这样，怎么好再打扰？"农跃鳞哈哈一笑："我如今躺在床上动弹不得，正好有事情可以解闷。"他停顿片刻，发出一阵惋惜："啧，女性地位，继承权，宗祧制度……唉，这是多好的新闻素材呀，倘若我还在《申报》，一定会做一篇大文章出来。"

他都这种境况了，还心心念念新闻，众人又是钦佩，又是好笑。翠香道："或者您写一篇，我去匿名投给报社。哼，那对父子又猥琐，又贪婪，真是把我家小姐气得不轻，真要让他们大大丢一回脸才行。"

姚英子摇摇头："我气的倒不是他们觊觎家产，谁不贪财呢？我气的是，他们一会儿说绝嗣，一会儿说招赘，翻来覆去就是这几句话，就好像离开婚姻这个词，他们就不知跟女人还能谈什么——讲真，如果我大伯说一句'侄女，你去吴淞示范区好辛苦，我帮你打理家业'，说不定我就真答应了。"

她气得一口气说了许多，脸色微微涨红。农跃鳞道："这也是没办法，几千年封建体制，改变起来何其不易，任重道远哪。"姚英子道："哼，幸亏我早早发下誓言，终身不婚。要不然，不管我做了多少事，到头来还是被人叫某太太、某夫人。"

方三响听到这里，不动声色地看了孙希一眼。后者脸色微微黯淡了一下，随后连声赞同起来。方三响对这种事也没什么好法子，只好把话题引开：

"对了，英子，你那边什么时候开庭？"

"如果他们明天去提告，那估计是十天之后吧，差不多是十一月十四日——唉！"

姚英子突然意识到，吴淞示范区的成立大会，是那一天；林天晴的预产期，也是那一天；甚至农跃鳞伤愈下床的最低限度，也是那一天。这些事情仿佛会互相吸引，居然纠缠到了一块。

房间里突然陷入沉默。示范区是颜福庆第一次找姚英子合作，她无论如何是要去的；而姚家的家产，也不可能任由那对父子胡来。农跃鳞一方面得设法找出过继文书的破绽，一方面还得避开青帮耳目，尽快离开上海；林天晴就更不用说了……每一桩事情都很重要，每一个人都不能放弃。这千头万绪，仿佛疯长的藤蔓一样伸展到所有人的脑海，让思绪沉滞难行。

就在这时，突然有两团小火苗同时亮起，大有一举烧光所有藤蔓的气势。

"我有个想法，可以 kill two birds with one stone（一石二鸟）。"

"哎呀呀，大小姐，其实咱们可以'一箭四雕'！"

孙希和邢翠香同时喊道，然后互相瞪视，都感觉对方是故意要抢风头。

杜阿毛再一次来到戈登路静安寺路，半边脸微微肿起，依稀可以看到一个泛红的掌印。

此刻正是天色蒙蒙亮的辰光，他走到方家寓所对面，一脸疲惫的樊老三正靠着灯杆打瞌睡。杜阿毛先是轻拍，见没反应，又重重拍了一下他的脸颊。

"啊？谁！你怎么来了？"樊老三这才惊醒过来。

杜阿毛朝地上啐了一口，咬牙切齿："十天了，那个姓农的不知哪里学的古彩戏法，各处都找不到。黄老大一包气撒到我这里，限令三日内必须有结果——那么这几日方医生有什么动静？"

樊老三抓抓青森森的头皮："我们几个兄弟日夜盯着，没什么特别的，就是……"

"就是什么？"

"姚英子和孙希两个人几乎每天都来，一待就是几个小时。"

杜阿毛"哦"了一声："你不认字，看不懂新闻纸。姚家宁波来人争夺家产，把姚家大小姐告上法庭了，这几天报纸上都在热议。他们三个感情老好，遇到事情一起商量，很正常。"

樊老三道："除此之外，跟平常就没什么两样了。"杜阿毛叹了口气，准备去另外一个盯梢点去问问。这时樊老三冲旁边的小弟骂了一句："大粪，大粪，天天就知道大粪，你怎么不自己去拉！"

杜阿毛皱皱眉头，问怎么了。樊老三把旁边一个瘦弱汉子拎过来，气呼呼道："这兔崽子不专心监视，反而盯着人家马桶，狗改不了吃屎！"

那汉子解释说，他之前是在闸北做马桶车夫的，每天清早会赶着车子到各处弄堂里厢收屎尿，再卖给城外农民。他这几天监视时，出于之前的职业习惯，对方家倒马桶的情形会多看一眼。

"他们家就两口人，马桶倒出来的量有点多，而且里面是五花屎。"汉子说。五花屎是行话，意思是马桶里混的垃圾杂物比较多，马桶车夫对这种情形深恶痛绝，所以格外敏感。

樊老三一巴掌拍到他后脑壳："腌眼子出来的玩意儿，你也看这么仔细！"杜阿毛却拦住他："什么样的五花屎？"

这时一阵如老生吊嗓子一样的喊声，从街道尽头响起："马哎……桶哟……拎出来呀——"一辆载着长圆粪箱的牛车徐徐过来。两侧弄堂仿佛被惊醒似的，一群女子纷纷拎着自家马桶，火速冲到街头，争先把桶交给车夫。

车夫不疾不徐，一桶桶倾倒进粪箱里。她们接回了空桶，便到旁边粗竹扎成的豁笼桶里接了水，沿街蹲成一排，咯噔咯噔地洗涮起来，煞是热闹。这些杂乱的声响，把清晨那点慵懒冲击得涓滴不剩，很多人把这声音当作闹钟。

眼见粪车到了方家楼下，杜阿毛示意向后退几步，几个人藏在海亭后头偷看。只见大门一开，方三响拎着一个马桶走了出来。他走到牛车前，也不用车夫帮忙，自己一抬手，"哗"地倾倒下去，然后洗涮一番，头也不回地进门去了。

杜阿毛在不远处截住了这辆粪车，爬上去检查。粪箱的上面有一个圆口，里面罩了一层稀疏的篾网，如果马桶里有别的大异物，就可以从这里过滤下来。

杜阿毛不顾恶臭，用车夫的手耙子翻动了几下，发现篾网上头挂着几块绷带与纱布。虽然它们已被屎尿浸染得看不出颜色，但从形状可知，应该是被用过的。

樊老三纳闷地看着这一切，难道他是被黄老大逼得太狠，脑子坏掉了？杜阿毛从粪车上跳下来，龇着牙花子："姓农的，肯定就在方医生家里，而且受了伤不便移动。"

"啊？"樊老三大惊，"就凭这个？"

"我们又不是警察，要什么证据！"

樊老三顿时为难起来："就这么冲进方医生家里？不太好吧？他太太还有身孕，万一冲撞了胎气……"杜阿毛捂着半边脸道："你照顾方医生面子，就不怕黄老大的脾气？"

他见樊老三仍是畏畏缩缩，只好折中了一下："横竖要上门抓人，等方医生外出之后再动手，也算对得起他了。"于是他们缩在路对面，差不多等到七点半的光景，没等到方三响去上班，却见到一辆红会总医院的救护汽车鸣着汽笛开过来。

杜阿毛和樊老三对视一眼，疑窦顿生。只见救护车停到公寓前，冲出两个身穿红十字制服、戴着口罩的红十字护工，扛着一副担架进了公寓，过不多时，从屋子里抬出一个人来，那人从头到脚被白布蒙着，肚皮高高隆起。方三响在一旁手扶担架，脸色惶急地往救护车上送。

盯梢的两人同时直起身来。林天晴这几日临产，难道是出了什么岔子？樊老三

"啊呀"一声，当即要起身去帮忙，却被杜阿毛按住肩膀。

"你又不懂助产，过去添什么乱！正好他们离开，咱们去屋里搜！"

"可是……"樊老三仍旧犹豫。

"咱们是为了抓通缉犯，和方医生没关系。大不了，我事后请他吃饭赔罪！"

等到救护车一走，杜阿毛立刻带人踏进客厅，看到邢翠香坐在饭桌前，端着一碗咸豆浆正在喝。杜阿毛眉头一皱："翠香？你在这里做什么？"

邢翠香道："大小姐担心林姐姐生产，让我来照顾……你跑进来干吗？"

杜阿毛顾不得跟她废话，挥手说："给我搜！"邢翠香起身想要阻拦，却哪里挡得住这些混混。

方三响家的公寓不算大，又是搜一个大活人，一分钟便搜完了，家里再没其他人了。杜阿毛不信邪，他冲到二楼，一眼看到卧室里大床旁边的吊针架子还没撤掉，嗅到一股消毒水味，显然曾有一个病人在这儿休养。

"这是谁在用？"杜阿毛看向翠香，表情凶恶。翠香道："当然是林姐姐啊，还能有谁？她有点产前贫血，大小姐专门给她调配了蔗糖铁补液。"

杜阿毛不懂医学，但听翠香讲话的语气不像是乱编。他皱着眉头，翠香又道："其实我说吃点枸橼酸铁剂或者林檎铁膏就好，可大小姐非说含糖碘化铁也行，我呢……"

杜阿毛突然断喝一声："闭嘴！"

他虽不熟药学，可对含糖碘化铁这名字很熟，那是治疗梅毒性贫血的药剂，帮内很多爱逛窑子的人都在吃。翠香一说这个，杜阿毛立刻意识到，她是在信口胡诌拖延时间。

但她为什么要拖延时间？

杜阿毛脑子里突然一激灵："不对！中计了！在担架上的不是林天晴，是农跃鳞！我们被骗了！"

"啊？"樊老三一惊，"我看那肚子是挺大的呀。"

"那是垫出来的！你想啊，刚才担架上的人，可是从头到脚都盖着白布！又不是死人！"

杜阿毛冲出楼去，可救护车已经开到远处路头了。幸亏他知道这辆救护车是五年前捐献的，早已老旧不堪，果断带人冲进附近的狭窄弄堂。

这一伙人一路踢翻了不知多少马桶、灶台和晾衣架，在一片叱骂声和尖叫声中截弯取直。当他们从弄堂另外一个口冲上大路时，恰好堵住了刚拐过弯来的救护车。

杜阿毛强行截停了车子，"唰"地打开车尾的两扇门，迎面而来的是方三响两道愤怒的目光："杜阿毛？你要做什么！"

杜阿毛面皮一哆嗦，硬着头皮抱拳："方医生恕罪。"伸手去扯担架上的白布，刚扯到一半，便呆愣住了。担架上躺的正是林天晴本人，她整个人的面容痛苦不堪。旁边两个护工正忙不迭地给她擦汗。

杜阿毛脑袋"轰"的一声，一时间尴尬得不知说什么才好。方三响大吼道："你是要我太太一尸两命吗？"杜阿毛吓得倒退了几步，慌乱得连声道歉。方三响恶狠狠地一把关上车门，救护车匆匆开走。

杜阿毛站在原地，一阵懊恼，早知道十天前就该强行上楼看看，真不该妇人之仁！现在可好，人没抓到，倒把方医生给得罪了。这时樊老三也喘着粗气跑过来，杜阿毛突然问出个怪问题："邢翠香是什么时候去的方家？"

樊老三愣怔了一下："最近她和姚英子几乎天天都跑方家，你问的哪次？"杜阿毛怒道："就是刚刚那次！她说给方太太陪床，那总得有个进屋的时候吧？"樊老三张口结舌，回头跟其他几个人嘀咕了一下，回答说："我们上一次看到她，是前天晚上陪着姚英子从方家离开，再后来就没见着……"

杜阿毛眼神突然一凝，额头随即绽起一根根青筋。他望向救护车消失的方向，不由得飞起一脚，狠狠踢翻了一个晒在路边的大马桶："妈的！我们被囥进①了！"

樊老三还没明白过来，杜阿毛歇斯底里地喝道："快，快去通知黄老大！封锁各处火车站、汽车站和码头！我们还没输！"

"我们还没赢。"

车厢里方三响沉声道，把林天晴从担架上小心翼翼地搀起来。林天晴用手摸着滚圆的肚子，表情不复刚才的痛苦。前头驾驶室内，头戴鸭舌帽的姚英子回头笑道："不是我说，天晴的演技，可比蒲公英你强多了。你那一声吼太浮夸了。"

方三响望着妻子："我那是真情流露。"

旁边两个护工摘下口罩，露出孙希和农跃鳞的脸。农跃鳞脸色不算太好，孙希赶紧为他检查伤口，确认没问题后才长出一口气。

这个巧妙的计划，是孙希和翠香一起想出来的。

他们事先借出了总医院的一辆救护车，姚英子驾驶，孙希和翠香冒充护工，当着青帮人的面开到方家门口。他们两个进到屋子之后，翠香迅速把制服和口罩交给

---

① 囥进：上海方言，怂恿欺骗人做某事。

207

大病初愈的农跃鳞。由他和孙希把林天晴抬出门去，翠香则留在屋子里。

这个计策的巧妙之处是，他们故意为林天晴做了遮掩，让杜阿毛以为是农跃鳞。一般来说，当一个人发现自己猜错之后，很少会在同一个地方猜疑第二次。而且方三响扮演了一位担忧妻子安危的神经质丈夫，让杜阿毛陷入慌乱，没有余暇去发现旁边的护工被调包。

"这一条计策，对人心揣测堪称入微呀。"农跃鳞靠在车厢上，大为感叹。

"用天晴瞒天过海，是我想的；但让您化装成护工李代桃僵，是翠香的主意。相比起来，还是她考虑得更为周全。"孙希忽又有些忧虑，"只是不知道翠香留在方家，会不会有危险。"

这个调包计瞒不了杜阿毛太久，青帮分子也许会抓住翠香逼问。这些人连有十几年交情的方三响都敢动，对一个小姑娘显然更不会留情。

"放心好了，翠香那丫头，狡猾得像一只狐狸，她能照顾好自己。"

"也是，谁能逮住那只小野猫呢？"孙希大笑，旋即道，"这次记她一个头功，回头我请她吃番菜。"

"你就不记恨她天天嘲笑你？"姚英子握着方向盘，人也轻松了许多。

"我跟一个晚辈有什么好计较的？"

"你看看，你嘴上拒绝，结果还是被她洗脑了，真把自己当叔叔啦？你也就大她十多岁而已。"

在一片轻松的气氛中，姚英子轻车熟路地朝着上海地方法院开去。这也是计划的一部分，青帮发现真相之后，会立刻封锁上海华界的各条外出通道。他们绝对想不到，农跃鳞居然没有着急离开，反而去了地方法院。

他们把救护车停在地方法院附近，换好日常衣服，还给农跃鳞弄了一副大墨镜和一顶宽檐帽子。准备停当之后，分成了两拨。姚英子与孙希换了一辆自家的劳斯莱斯，在外头绕了一圈，才开去法院，方三响则陪着林天晴、农跃鳞步行前往。

此时法院门口已经挤满了新闻记者。在过去十天里，姚家与姚英子的这桩家产案，被农跃鳞用私下的关系炒作得沸沸扬扬，大家对豪门恩怨充满好奇。姚家大小姐驱车一到，立刻成为全场的焦点，无数记者蜂拥而至。

姚英子一反常态，从车上下来以后，对着记者们侃侃而谈。从李超讲到盛爱颐，说得几个女记者频频点头，低头记录。这时久未公开露面的张竹君，居然也出现在门口，来表示对弟子的支持，甚至发表了一段简短的演说，俨然要在法院前召开发布会。

孙希站在旁边，眼睛朝远处扫去，看到其他三人正低调地往法院里头钻。全场的记者都被张竹君、姚英子吸引去，竟没人注意大名鼎鼎的农跃鳞刚刚从他们背后路过。

时针推移到九点整，准时开庭。

果然如农跃鳞所料，官司一开始，焦点便集中在了那一份过继文书的真伪上。姚英子这边的代理律师率先发言，坚称文书是伪造的，不具备法律效力；而姚燕戊父子的律师自然极力反驳。

两边唇枪舌剑了十几个回合，把这份文书里里外外讨论了个遍。姚燕戊方面，甚至请来了十数位德高望重的宁波缙绅，他们都宣称亲眼见证姚永庚签署这份文书。

姚英子坐在被告席上，不住冷笑。财帛动人心，这些缙绅报出身份来，不是当地大儒就是前清官员，这些读了一辈子圣贤书的人，到头来还不是贪图贿赂，甘心撒谎？

不过这些证人的身份，确实对法官产生了很大的影响。毕竟一边有十几位社会贤达做证，另外一边却没有什么实质证据，律师的策略只有两个：一是质问姚鼎文既然早已过继，为何不立刻前往上海，反而等姚永庚去世才跑来主张；二是强调盛爱颐案的判例，未婚女子享有父母遗产的继承权，无须从他房过继。

关于第一点，姚鼎文解释说亲生父亲那时正在生病，他为了尽孝，伺候病榻，没顾上去上海。此论深得法官褒奖，赞扬说财利当前，不忘本父，实乃纯孝。紧接着，法官把被告的第二点也驳回了：

"盛爱颐案的核心是未婚女子有无继承权，而家主盛恩颐的继承权并无疑义。而姚英子案的核心，是姚鼎文是否有过继资格来充当家主，两者不可混为一谈。"

台下的观众不由得哄然议论，或觉得姚氏父子有理，或觉得法官刻意偏袒，但大部分人都不看好姚英子的局势。

在这一片议论声中，只有农跃鳞不动声色。他戴着副大墨镜，全程听得十分仔细，只是看不出神情变化。待法官宣布休庭片刻后，他把孙希叫过来，面授机宜，孙希立刻转达给姚英子。

等到重新开庭，被告律师当即站起身来，说姚英子本人要求与姚氏父子当面对质。

民国的司法体系虽效法欧美，可也斟酌国情做了改良。这个对簿公堂，便是自传统公堂而来。台下的观众们大为兴奋，当事人往往短兵相接，比打擂台还精彩。那边姚氏父子觉得优势甚大，也同意下来。

姚英子扬声道："法官大人，我父亲做事很当心，他签下的所有契约文书，都会用自家定制的铁胆墨汁。这墨汁是在意大利请名匠特别调配，自带暗褐色纹理，别家绝无，他向来是从不离身。"

姚燕戌闻言，心中大喜。律师之前故意不提墨水的细节，就是在等姚英子主动跳进陷阱。他忙站起身来，轻咳了一声，道："听侄女你的意思，只要文书是定制的墨水所签，就必然是三弟的手笔喽？"

姚英子说自然。姚燕戌立刻对法官道："大人明鉴。诚如侄女所言，舍弟的这份过继文书，用的确实是他平时专用的铁胆墨水不假。"

说完他双手呈上文书，还贴心地拿出另外几份从前姚永庚签的文件，以便对比。

法官接过去，用放大镜仔细观瞧，又交给陪审的几位书记一起看。这时姚英子大声道："大人请问，从前我父亲签的文件，笔迹纯黑，这份过继文书的签名，却分明是紫色！自然是假的！"

法官此时也看出来了。那几份老文件的签名是黑色，黑中隐约带有几缕暗褐色纹，像大理石纹路一样，煞是典雅；而这份过继文书，墨水纹理亦带暗褐色纹，底色却透出漂亮的淡紫色，尤其放在日光下看，颇为明显。

法官眉头一皱，看向姚燕戌："你是主张，这几份文书用的是同一种墨水吗？"姚燕戌却哈哈一笑，得意扬扬地一拱手："大人有所不知。舍弟用的这款铁胆墨水，洋名叫作 Scabiosa，还有个俗名叫埃及玫瑰。所谓埃及玫瑰，日出而开，日落而谢，一日两次色变，各有娇艳。这款墨汁亦是如此，初写之时呈现绛紫色，随后才慢慢变为黑色，暗喻玫瑰色变，而暗褐色纹贯穿始终，暗喻玫瑰花梗。"

对面的姚英子眼神中闪过一丝慌乱，姚燕戌捋髯轻笑。这个墨水变色，乃是他故意卖的一个破绽。只要姚英子质问为何签名颜色不同，他便可以抛出解释，敲钉转脚把这件事做实。

果然，姚英子有些气急败坏："你凭什么说，这是家父的埃及玫瑰？"

"不是侄女你刚才说的，这墨汁是意大利名匠专门调配，绝无别号吗？"姚燕戌故作惊讶，"若这定制墨水都不能证明是我三弟亲笔签署，那之前那么多生意上的合同上的签名，岂不都要作废？姚家的信誉何在？"

法官微微点头，举起小槌准备做定论。即将迎来胜利的姚燕戌忽然发现，侄女的慌张表情消失了，取而代之的，是一种计谋得逞的浅笑。他心中油然生出一股不安，可又不知哪里出了问题。

这时姚英子从容起身："大伯，你是否知道，埃及玫瑰除了变色之外，还有另外一个特点？"姚燕戊一怔。这墨水是他买通姚永庚的秘书偷拿出来的，当时那家伙只说了变色的事，可没提过别的。

姚英子道："诚如大伯所言，埃及玫瑰初写呈绛紫色，随后氧化变黑。但这个变色的过程，却不是一天，而是一个月。"

最后这一句话清脆清晰，如金铃摇动，全场都听得清清楚楚。法庭里先是一阵安静，随后议论声如潮水一般，哗哗地逐渐喧涨起来。观众们都陆陆续续意识到这意味着什么。

"你胡说！"姚燕戊大吼。

姚英子微一颔首，律师立刻取出一份文书，呈递给法官："这是我父亲临终前签署的一份保股文书，使用的同款墨水，请看签名颜色。"

法官一看，墨迹的色泽，果然是纯黑带暗褐纹理。

姚英子道："家父是公历十月三日去世，今天是十一月十四日，已过月余，所以他生前最后一次使用的埃及玫瑰，已彻底从紫色转为黑色。而伯父您手里那一份过继文书，淡紫尚在，只怕签了还不到半个月——敢问他是从阴间回来签的吗？"

姚燕戊顿时觉得手脚冰凉。他之前对这份文书考虑得很是周全，唯独遗漏了变色周期这个不起眼的细节。没想到，敌人竟然如此敏锐，居然会从这唯一一处破绽发起进攻，而且一剑封喉。

"你刚才一口咬定这是我父亲所签，是不是伪造？那些做证说亲眼所见的人，是不是公然撒谎？"姚英子的攻势一波接一波。

坐在证人席上的那些宁波贤达，无不惊慌失措起来。甚至有人起身想走，却被法警拦住。就连姚鼎文都面色大变，好巧不巧地犯了烟瘾，鼻涕眼泪不住地流淌出来。

张竹君在台下听着，侧头对旁边的农跃鳞道："农先生这一手示敌以弱，果然精妙。"农跃鳞扶了扶墨镜，唇边露出一丝自得。

他早早就从姚英子那里得知了埃及玫瑰的变色周期，但并没有急着让她拿出来。在农跃鳞的安排下，姚英子故意先拿别的话题纠缠，让对方占尽优势，再假意质问墨水变色的事。胜券在握的姚燕戊果然放松警惕，试图将计就计。直到这时，姚英子才祭出真正的撒手锏，用变色周期一举砸实。

整个庭审阶段的节奏，完全被台下的农跃鳞所掌控。这种笔墨之间的小把戏，他玩了很多年，不愧为舆论操控大师。

"听说当年我和沈敦和唱的那一出双簧，也是先生一眼识破。我还一直没当面感

211

谢遮掩之恩呢。"张竹君双手抱臂，似笑非笑。农跃鳞打了个哈哈，把帽檐又拉低了一点。

这时姚燕戊还在试图顽抗："大人，有男嗣则继之，无男嗣则家族监之，这是多少年来的规矩。您如果判给了姚英子，全国多少女子一定会争先效仿，可知道会动摇多少家族的根基？给社会带来多大的混乱？公序良俗，宗亲规矩，难道就不顾了吗？"

法官皱眉道："今日要审理的，是姚家过继一案，与别的无涉。"

"怎么无关？我要当庭再提告！提告她一个快四十的老女人没有婚配，无权继承我三弟家产！姚家不能让这种不务正业的赔钱货毁了！"

"住口！"

张竹君猛然起身，发出怒斥："姚英子这十几年来兢兢业业于慈善公益，救助妇孺，教习产婆，多少人为之受益。她不务正业，难道你那个好逸恶劳的儿子抽大烟，倒是正经人营生吗？"

张竹君多年名声在外，忽然发威，震得从法官到旁听者都不敢言语。

姚燕戊身子摇摇欲坠，想要朝旁边抓个依靠，却一下抓空。姚鼎文烟瘾犯起来，什么也顾不得，就这么让他爹"砰"地摔倒在地。法官大为尴尬，刚刚他才夸过这位大孝子……只得示意法警上前，把这对父子先弄下去，免得有更多丑态。

而张竹君仍不依不饶："同是爹娘生养，女子为何不能有平等的继承权？难道唯有依附于父家，依附于夫家，依附于儿子，女子才有存在的价值？要我说，岂止未婚女子有权继承，就是已婚妻子，也该有权继承！女子不是财产，女子的价值，不需要只用婚姻与家世去证明……"

"张校长。"姚英子叫了一声。张竹君停止了演说，以为她要补充什么。

只有台下的方三响和孙希觉察到古怪，因为姚英子周身的气息一下子沉静下来，整个人仿佛卸下了什么重担。她展颜一笑，环顾四周，轻轻宣布道："我刚刚做了一个决定。我会把姚家资产全数捐出来，一半给红会做慈善，一半捐给吴淞卫生示范区。"

这个宣布像一枚大炸弹砸进法庭，震得所有人都傻了。即使是方三响、孙希、林天晴、农跃鳞、张竹君几个人，也都愣在了原地。这可不是事先商量好的策略。

姚英子道："张校长说得对，女子的价值，不需要只用婚姻与家世去证明。这些财产于我而言，只是桎梏，只是别人攻讦我的借口。我要正告那些人，我争取的是正当的权利，却不会被它困住。我希望从今日开始，能够摆脱这些无聊的争执，全身心地投入到我自己想要做的事业中去。"

这一番意外的大胆发言，彻底引爆了法庭内外。所有的记者都像疯了一样挤过来。富家女赢得继承官司后当庭捐献所有家产做慈善，还有比这个标题更劲爆的吗？至于瘫坐在地上的姚氏父子，早就没人搭理了。

在场仍旧不动声色的，只有方三响和孙希。两人看着姚英子闪亮的双眸，不约而同地想起，当年在中国公学里，姚英子坦白心意时，也是这样坚毅和执拗。他们太了解她了，一旦决定了的事，便不会为任何因素动摇，无论是感情还是财富。

方三响侧过头对孙希道："你听明白了？"孙希"嗯"了一声，可又情不自禁喃喃道："现在的她，真的好漂亮啊，简直就像不列颠尼亚女神一样耀眼。"方三响拍拍他的肩膀，似是宽慰，又似是赞同："我们该为她高兴才是。"

孙希从嘴里吐出长长一口气，顺手从口袋里掏出一包茄力克，晃了晃："英子这么一慷慨，估计以后我是没洋烟抽喽。"他想抽出一根点上，可双手和眼神里的失落，却根本遮掩不住。

"魏伯诗德先生跟我说过，一个人也许没有被爱的运气，但不代表他没有爱别人的能力。我把这句话送给你。"方三响淡淡劝了一句，习惯性地握住妻子的手。

哪知这一握，林天晴却皱了皱眉头，捂住肚子。方三响感觉到了异动，面色一变，今天本来也是预产期，难道准时发动了？

此时姚英子走下台来，被张竹君挽住胳膊。无数记者簇拥着，希望她多谈两句。还有很多装扮入时的女子，尖叫着也要扑上来。

方三响挽扶起妻子，离开旁听席。而农跃鳞也趁着这个机会，在孙希的护送下悄无声息地朝法庭外走去，提前钻进车子等着。

留下张竹君应付记者，姚英子赶紧挤到车上去，一见林天晴的状况，二话不说，先驱车赶去了总医院。有姚英子在旁边亲自陪护，林天晴的生产异常顺利，很快便产下一个男婴，哇哇大哭，小腿蹬得十分带劲。

方三响站在产房门口，整个人有些发呆，仿佛还适应不了自己的新身份。孙希攥起拳头，狠狠砸了他肩膀几下，他才如梦初醒，蹒跚着走到产床前，先替妻子撩起一缕被汗水浸透的长发，然后才去看那个皱皱巴巴像猴子一样的小生灵。

曹主任闻讯赶来，探头瞧了一眼，对孙希嘟囔道："本院员工家属就诊，向来是打七折。方医生资历老，我做主打个五折，是不是就不用单独给红包了？"孙希哈哈一笑："曹主任，你还是别给了，免得把眼光传染给这孩子。"

曹主任哼了一声，又好奇："我听说姚医生把家产全放弃啦？这孩子也是生不逢时，不然凭他们俩的交情，不得打条金锁链送百天。”

孙希正要回答，姚英子一推他："先让他们一家三口安静地待一会儿。我们的任务还没完成。"孙希"哦"了一声，赶紧跟着她一起出去。

今天注定是最忙碌的一天，因为吴淞示范区的开办仪式，预定在下午三点举行。农跃鳞早等在车里头，和他们一起从总医院驱车赶去那里。

这正是孙希和邢翠香合谋计划的全貌：先用救护车摆脱青帮的盯梢，再请农跃鳞在法庭上指导官司的胜利，紧接着，姚英子再打着去参加示范区典礼的旗号，暗中把农跃鳞从北边送出去。如此一来，三件大事互相帮衬，可谓面面俱到。

汽车一路向北朝着吴淞开去，快过虹口与吴淞交界处的大路时，前方远远地果然遇到了警察设卡。

孙希面色微变。他们本来想打一个时间差，赶在警方封锁通路之前离开。没想到杜阿毛的反应速度比计划中要快很多，他们在打官司的时候，他也没闲着。

"农先生，对不起……都怪我们要你去法院，才耽误了辰光。"姚英子说。农跃鳞丝毫不以为意，宽和一笑："你们已经仁至义尽，等下我一个人下去好了。你们记得帮我保管好我的相机就行。它就存在福州路的一家书铺里头，旁边还有一卷我写的《四一二亲历记》，你们找机会给……唉，我也不知给谁，总之先保存下来好了。总有一日，这件事会大白于天下。"

农跃鳞正交代着事情，几个警察挥动手臂，示意车子停下来检查。一个老警官俯身一看驾驶员，为之一怔，明显认出姚英子的身份。

姚英子握住方向盘道："我要去吴淞卫生示范区参加活动，长官有什么事？"

警察一听"吴淞卫生示范区"，眼神立刻变了。倒不是因为这个示范区有多出名，而是姚英子当庭捐献全部家产的事，正在以极快的速度在上海传播开来。警察的消息最为灵通，他们都已经听说了。

此时捐赠人前往示范区，很显然是为了落实捐款，绝非虚张声势。

警察一个立正："姚小姐，我就是吴淞人。您捐款给吴淞，为民做慈善，本人代表吴淞百姓，向您表示感谢。"其他几个警察也凑过来，他们大多是吴淞本地人，齐齐向姚英子敬礼。

其中一个小警察惦记着职责，还要搜一搜车里，却被那个老警官狠抽了一记后脑勺："你脑壳坏掉了！姚小姐家产全都捐给我们吴淞，这样的人难道会去运逃犯？惹得她不高兴，把捐款收回去，戳透你的脊梁骨！"

小警察讪讪而退。老警官带着一群警察列队致敬，目送着姚小姐的车子离去。

直到车子后头的人影彻底消失不见，孙希"呼"地长舒一口气："没想到……还会有这么个转折呀。"农跃鳞在生死之间走了一遭，亦是感慨不已："若姚小姐不起善念捐掉家产，只怕我这一次真的在劫难逃。可见一饮一啄，因果皆是前定啊。"

车子很快开到一处宽阔岔口，路边立了一块界碑。附近只有几处宽阔的水塘与稻田，几乎没人，安静得连风吹过桑树杈的声音都能分辨出。再往前去，便算是正式出了上海界，无论是去太仓还是金山，水、陆皆很便当，不复有被捕之忧。

"农先生，我们只能把你送到这里了。"姚英子在路边停好车子，孙希拿出一大包事先准备好的药品，絮絮叨叨地给他讲换药的事项。

"接下来，你打算去哪里？"姚英子问。农跃鳞挥了挥在法庭外顺手买的报纸："我不去香港了，决定去江西。"

"江西？"

农跃鳞哈哈一笑："听说井冈山那边的风景不错，我准备去转转。青山不改，绿水长流，两位请留步吧。"说完他扶了扶眼镜，一抱拳，转身蹒跚着踏上大路。

这位叱咤风云的大记者虽然大病初愈，可走起路来却坚定得很。仿佛对他来说，这根本不算什么逃难，只是另一次胆大妄为的外出采访。

两人并肩目送着他徐徐走远，姚英子一时有些发怔。这些年来，一个个熟人都是这么陆续离开，峨利生、陶管家、沈敦和、姚永庚……似乎年岁越长，离别就会越频繁。

她不自觉地靠在了孙希的肩上，孙希紧张地推了她一下："英子，你还不赶紧去示范区？典礼就要开始了。颜院长在场，你可不能迟到。"

姚英子点点头，坐回到车里，孙希也迅速坐到副驾的位置上。随着救护车开始缓缓掉头，光线的角度也随之发生了变化。有那么短暂的一段时间，车内的两人正对着日头，面孔仿佛罩上了一层金黄色的薄纱。神圣的光芒模糊掉了表情的大部分细节，反而凸显出了真正的心思。

姚英子忽然道："孙希，谢谢你陪我走到这么远。"

"唉，从市区到吴淞十几公里而已，又不远。"

"笨蛋，我说的又不是这个！"

"You are welcome. You are always welcome.（不用客气，对你随时如此。）"

声音微微走低，大概是脸偏去了另外一侧的缘故。他讲英文从来都是有原因的。

车头还在旋转，光影在两人面孔上变幻着。忽然孙希感觉眼前的光芒被挡住了，两瓣绵软的嘴唇轻轻叠在了自己的嘴唇上，足足持续了半分钟，方才依依不舍地分开。一个温柔的声音在耳畔响起：

"我今天已放下了包袱，希望你从此也是。"

与此同时，林天晴在产房里怀抱着一个小毛头，他如饥似渴地吸吮着初乳，完全不顾及旁边父亲好奇的眼光。

"算算时间，示范区的典礼就要开始了吧？希望农先生顺利离开了。"林天晴看了看墙上的挂钟。方三响道："有他们两个在，没问题的。倒是他们两个，唉……"

"你呀，眼里头只盯着他们两个，就没看出来别的什么吗……"林天晴见丈夫仍一脸迷惑，便换了个话题，"对了，你想好给孩子起什么名字了吗？"

方三响沉思片刻，抬头道："钟英，我想叫他方钟英。"